틈은 틈과 잤다

손홍규는 1975년 전북 정읍에서 태어나, 동국대 국어국문학과를 졸업했다. 2001년 『작가세계』 신인상을 수상하며 등단했다. 소설집 『사람의 신화』 『봉섭이 가라사대』, 장편소설 『귀신의 시대』 『청년의사 장기려』 『이슬람 정육점』 등이 있다.

손홍규 소설집
톰은 톰과 잤다

펴낸날 2012년 6월 14일

지은이 손홍규
펴낸이 홍정선
펴낸곳 ㈜문학과지성사
등록번호 제10-918호(1993. 12. 16)
주소 121-840 서울 마포구 서교동 395-2
전화 02) 338-7224
팩스 02) 323-4180(편집), 02) 338-7221(영업)
전자우편 moonji@moonji.com
홈페이지 www.moonji.com

ISBN 978-89-320-2310-6

문학과지성사
2012

차례

투 명 인 간

그가 내게 물었다. 여기에 우리 말고 다른 누군가 있는 것 같지 않아? 나는 고개를 끄덕였다. 나는 나직한 목소리로 물었다. 아버지, 여기 오셨어요? 내 목소리는 허공에 풀려 들어가 허공의 일부가 되었다.

우리는 지난해에 어떤 방식으로 아버지의 생일을 치렀는지 기억하지 못했다. 여느 해처럼 그냥 슬쩍 넘어갔을 수도 있고 조촐한 파티를 벌였을 수도 있다. 패밀리 레스토랑에서 외식을 했을 수도 있고 영화를 관람했을 수도 있다. 하지만 딱히 지난해의 오늘이 어땠는지를 기억할 수는 없었다. 아버지를 투명인간으로 만들자는 건 농담이었을 뿐인데 어머니와 동생은 진지하게 받아들였다.

어머니는 아버지의 생일을 기념하는 특별한 선물이 될 거라고 했다. 동생은 이 세상을 단조롭고 따분한 곳으로 여겼기에 여태 해보지 못한 일을 한다는 데 흥분했을 뿐이었다. 우리는 효과적으로 아버지를 없는 사람처럼 취급할 수 있는 방법을 숙고했다. 절대 눈을 마주치면 안 돼! 몸이 부딪쳐도 모른 척해야 돼! 이런 의견들이 나왔다. 이름을 불러도 반응하면 안 된다고 동생은 강조했다. 습관적으로 대답할 수도 있으니까. 동생과 나는 어린 시절에도 대답은 잘하는 아이들이었다. 나는 어머니가 걱정스럽지는 않았다. 내가 기억하기로 어머니는 한 번도 감정을 노골적으로 표현해본 적이 없다. 배우가 되었다면 일류는 아니더라도 평생 직업으로 삼을 정도는 되었을 거다. 어머니는 실수를 하지 않을 게 분명했다.

동생은 좀 걱정스러웠다. 웃음이 헤프다 싶을 정도였으니까. 나는 몇 번이나 다짐을 받았다. 아버지를 투명인간으로 만들 수 있느냐 없느냐는 우리가 어떻게 하느냐에 달렸다. 나는 동생에게 웃음이 나거나 짜증이 날 때 마음을 다스리는 심리요법을 가르쳐주었다. 간단하다. 웃고 싶으면 슬픈 일을 떠올리고 짜증이 나면 기쁜 일을 떠올려라. 어차피 동생은 웃거나 짜증 내거나 둘 가운데 하나였으니까. 동생은 고개를 주억거렸다. 오빠나 실수하지 마셔. 동생은 내게 혀를 내밀었다. 알아듣는다는 믿음이 생기지 않았다.

정작 연극이 시작되었을 때 나를 놀라게 한 사람은 동생이었다. 어머니는 아버지가 눈치채지 못하게 나를 보며 눈웃음을 치거나 손가락질을 했지만 동생은 시종일관 최후의 전투를 치르는 군인처럼 무덤덤했다. 물론 동생의 엄숙함은 과장된 게 분명했다. 우리 식구가 아니더라도 동생의 얼굴이 부자연스럽게 뻣뻣하다는 걸 단번에 알리라. 얼굴 근육도 쓰는 대로 발달하기 마련이다. 동생은 그처럼 근엄한 표정을 여태 지어본 적이 없기에 당연히 누가 보더라도 꾸민 표정이라는 걸 알 수 있었다. 하지만 어머니는 재치 있게 동생의 과장된 표정과 행동을 자연스러운 것으로 윤색해주었다. 동생은 방금 남자 친구가 바람둥이라는 걸 확인했다. 어머니는 동생이 통화할 때 옆에 있었고 아버지가 돌아오기 직전까지 남자들이 어떤 존재인지를 훈계했다. 이런 식으로 슬쩍 사연을 만들었기에 동생이 평소와 달리 과묵하더라도 충분히 이해할 만한 일이 된 셈이다. 아마도 가장 당황한 사람은 나였을 터다. 나는 목구멍이 근질거려 미칠 것만 같았다. 심장이 딸꾹질을 하는 듯했고 입가에 미세한 경련만 일어도 온몸이 구겨졌다 펴지는 것처럼 강렬하게 느꼈다. 그래본 적이 없는데 맞은편에 아버지가 앉은 뒤로 아니 어쩌면 이 계획을 꺼낸 뒤로 다리를 떨었다. 다리를 떤다는 사실을 깨달을 때마다 멈추긴 했지만 조금 뒤 다시 다리를 떠는 걸 알게 되는 식이었다. 마약 같은 시간이었다. 우리 네 식구는 초조하고 몽롱한 상태로 금요일 밤 생일잔치를 치렀다.

식탁 가운데 놓인 둥그런 케이크는 동생과 내가 돈을 모아 샀다. 초콜릿 시럽으로 그린 하트 문양 둘레로 딸기와 키위 조각을 얹은 생크림 케이크였다. 과일과 포도주는 어머니가 준비했다. 초를 꽂을 때 잠깐 다퉜다. 우리는 몇 개를 꽂아야 할지 몰라 어머니를 바라보았다. 어머니는 그것도 모르느냐며 우리를 힐난하더니 집게손가락으로 관자놀이를 누르고 슬며시 안방에 들어갔다 나왔다. 그리고 마흔여덟이라고 말했다. 동생은 쿡쿡 웃었다.

"엄마, 아빠는 엄마 서방이지 제 서방이 아니잖아요."

나도 덩달아 웃었다. 아버지에게 똑같은 말을 해주고 싶었다. 아버지, 어머니는 아버지 마누라지 제 마누라가 아니잖아요. 어머니도 내킨다면 이렇게 말할 수도 있을 것이다. 재는 네 동생이지 내 동생은 아니잖니.

"서둘러라. 곧 오실 거다."

케이크에 모두 열두 개의 초를 꽂았다. 기다란 초는 10년을 뜻했다. 동생이 부주의하게 깊숙이 꽂는 바람에 짧은 초와 높이가 같았다. 내가 주의를 주자 동생은 우리 아빠가 열두 살이네, 하며 손뼉을 쳤다. 나는 깊게 꽂힌 기다란 초를 뽑아 조심스럽게 다시 꽂았다. 하나에 10년씩 40년을 꽂았다. 세월의 무게 따위는 전혀 느낄 수 없었다. 어머니는 벽시계를 올려다본 뒤 다시 재촉했다. 승강기 소리가 들렸다. 초에 불을 붙인 뒤 거실

전등을 껐다. 어둠이 벌떡 일어나다가 식탁 주위에서 고꾸라졌다. 촛불에 비친 동생의 얼굴은 고혹적이었다. 나는 현관문을 열어놓은 뒤 동생 옆에 앉았다. 제법 긴장이 되었다. 이윽고 아버지가 복도의 센서 등을 뒤로 받은 채 실루엣으로 섰다. 어머니는 고개조차 돌리지 않았다. 대단한 어머니였다. 이제 정말 시작인 거였다. 나는 실눈을 뜨고 아버지를 지켜보았다. 아버지의 검은 팔이 전등 스위치 쪽으로 향하다 멈췄다. 식탁에 둘러앉은 우리를 의식한 게 분명했다. 아버지도 생일잔치에 동참할 준비가 되었다.

아버지는 식탁에 다가와 손을 번쩍 들었다. 반갑다는 뜻이었다. 때로는 다른 의미일 수도 있었지만. 하마터면 나도 손을 마주 들 뻔했다. 동생 덕분에 그런 실수를 피할 수 있었다.

"아빠는 대체 언제 오는 거야? 오빠, 가서 문 닫아버려."

동생은 흥분했는지 목소리 끝이 떨렸다. 아버지를 앞에 두고 노골적으로 그런 적이 없었으니까. 나는 아버지를 스쳐 지나갔다. 내 오른팔이 아버지의 오른팔을 스쳤을 때 왠지 모르게 짜릿했다. 어쩌면 나는 이런 식의 상황을 오랫동안 꿈꿨는지도 모른다. 아버지를 없는 사람으로 취급하고 싶었던 욕망이 무의식 속에 잠복했다가 이제야 본색을 드러내며 활개를 치는 것인지도 모른다. 그런 생각이 들자 부끄러웠다. 나는 아버지를 미워하지 않았다.

아버지는 모종의 연극이 실연되는 중임을 눈치챈 듯했다. 아마도 그는 유쾌한 가족극을 연상했으리라. 그는 어머니 옆자리에 앉았다. 문을 닫고 돌아온 나는 아버지 맞은편, 동생 옆에 다시 앉았다. 아버지는 싱글벙글 웃었다. 그는 식구들이 무슨 일을 꾸몄는지 다 알지만 기꺼이 속아 넘어가줄 용의가 있노라고 말하고 싶어 하는 듯했다. 나는 허공을 보는 것처럼 아버지를 보았다. 아버지의 양복 윗도리는 하루의 노동을 증명하듯 후줄근했다. 어깨선이 구겨졌고 넥타이가 비뚤었다. 팔뚝에 잡힌 주름의 골은 촛불 탓에 더욱 깊고 어두웠다. 아버지와 눈이 마주쳤을 때 나는 그를 보는 게 아니라 딴 곳을 본다는 인상을 심어주기 위해 애썼다. 그러니까 조금은 어색하게 웃었다. 나는 하마터면 다 아시잖아요, 권태로운 식구에겐 이런 시간이 가끔 필요하다는 걸, 이렇게 말해버릴 뻔했다. 다들 나를 모른 체하기로 작정이라도 했니? 멋진 케이크구나. 생일 축하 노래는 어떤 걸로 불러줄 거니? 내가 언제 촛불을 끄면 되는 거지?

아버지는 주연으로 발탁된 무명 배우처럼 쑥스러워했다. 나는 지루한 척을 하느라 엉덩이를 의자 끝에 걸치고 거만하게 여겨질 수도 있는 자세로 고쳐 앉았고 아버지와 눈길을 마주치지 않기 위해 이리저리 고개를 돌렸다. 덕분에 그의 특별한 주의를 끌지는 않았다. 하지만 그즈음에는 아버지도 동생이 지나치게 뻣뻣한 얼굴이라는 걸 알았다. 어머니가 동생을 달랬다. 남자란 다 그렇다, 세상에 남자는 많다, 그 녀석보다 좋은 녀석을 만나게 될 거다, 이런 말들이었다. 나는 가느다란 초가 간신히 어둠을 희석시킨 이러한 공간에서 듣는 식구들의 목소리가 사뭇 별스럽고 매력적이라는 걸 깨달았다. 아버지는 유쾌하게 억울한 표정을 지었다. 그게 이 연극에 동참하는 방식이라 믿는 듯했다. 아버지는 어머니의 말에 귀를 기울였고 고개를 끄덕였다. 그는 진지하고 다정한 아버지로 여겨지길 바라겠지만 내게는 우스꽝스러울 뿐이었다. 처음으로 아버지가 귀엽다는 생각이 들었다. 케이크에 꽂힌 초는 가늘어서 금세 줄었다. 여보, 나 좀 봐주구려. 나 왔잖아. 이제 시작해도 돼. 어머니는 화들짝 놀라며 우리에게 말했다.

"얘들아, 여기 뭐가 있는 것 같지 않니? 무슨 소리가 난 것 같구나. 그런데 언제 이렇게 의자가 밖으로 나왔지?"

존경스런 어머니였다. 그 말을 동생이 두꺼비가 혀를 내밀어 파리를 낚듯 날름 받았다.

"그거 내가 발로 밀었어."

끈끈하기 짝이 없는 대화였다. 모녀는 죽이 척척 맞았다. 어머니와 동생에게 나는 감탄했다. 아버지는 이 장난이 오래갈 것이라고 여겼는지 어깨를 으쓱하더니 그럼 나 촛불 끈다, 라고 말한 뒤 입바람을 훅 불었다. 말릴 새도 없었다. 어머니가 비명을 질렀다. 놀란 아버지는 어머니를 껴안았는데 그럴수록 더 큰 비명이 났다. 다른 상황이었다면 듣는 내가 분노할 만큼 예의 없는 비명이었다. 어머니는 치한을 떨어버리듯 몸을 비틀어 아버지 품을 벗어났다. 동생이 재채기를 했노라고 놀라게 해서 미안하다고 위장병을 앓는 판사처럼 말했다. 촛불은 꺼지지 않았다. 조금 후회가 되었다. 반갑게 아버지를 맞고 행복한 얼굴로 생일 축하 노래를 부른 뒤 입을 모아 촛불을 끄고 박수를 친 뒤에, 아버지가 사라졌어! 그러면서 아버지를 찾아 온 집 안을 헤매는 방식이 더 낫지 않았을까. 어머니는 창백한 얼굴로 동생을 나무란 뒤 무언가 자신을 붙잡는 듯해 소름이 돋았다며 두 팔을 번갈아가며 손으로 쓸어내렸다. 나는 저런 어머니라면 동생이 트럭에 치일 위기에 처할 때 그 앞을 가로막는 괴력을 발휘할 수도 있을 거라는 생각이 들었다. 아버지는 어머니가 몸부림을 칠 때 양복 윗도리가 벗겨지며 드러난 왼쪽 어깨를 손으로 매만지다 안방으로 들어갔다. 그사이 어머니는 손으로 입을 가린 채 웃었고 나는 옷을 벗는 시늉을 했다. 동생은 막간을 인정하지 않는 엄격한 연출가처럼 굳은 표정을 유지했다. 정말로 아버지는 옷을 갈아입고 나왔다. 추행에 실패한 치한처럼 얼빠진 얼굴로 어머니를 보다가 한숨을 푹 내쉬었다. 그는 인내가 절실했다. 이제 곧 식구들이 웃음을 터뜨리며, 어때요 감쪽같았죠? 하고 고백하기를 기대하는 것 같았다. 아버지는 비틀어지는 얼굴을 바로잡기 위해 손으로 쓱 쓸어내렸다. 그의 주름진 손등이 눈에 들어왔다. 정맥이 두드러진 그의 손등은 이국 도시의 지하철 노선도를 연상시켰다.

식탁에 앉은 채로는 아버지를 없는 사람 취급하는 게 생각처럼 쉽지 않았다. 나만 깨달은 게 아닌 듯했다. 어머니가 맨 먼저 일어나 안방으로 들어갔고 동생도 자신의 방으로 들어갔다. 나마저 사라지면 안 될 것 같았다. 나는 베란다를 택했다. 하지만 베란다로 나가자마자 후회했다. 좀더 따뜻한 곳을 선택할 걸 싶었다. 그곳에 고였던 냉기가 대바늘처럼 나를 쿡쿡 찔렀다. 어머니가 정성 들여 가꾸는 화초들은 아무런 향기가 없었다. 선 채로 식탁을 내려다보는 아버지가 창에 비쳤다. 뒤돌아보지 않고도 아버지가 무얼 하는지 알 수 있었다.

언제부턴가 어머니는 화분 가꾸기에 몰두했다. 온갖 꽃들을 키웠다. 그리고 여인국의 여왕처럼 근엄하고도 자비로운 눈빛으로 꽃들을 바라보았다. 나는 어느 날 아버지와 어머니가 나누었던 짧은 대화를 떠올렸다. 아름다운 꽃들이군. 그래도 나는 당신이 더 아름다워. 아뇨, 잘생긴 꽃들이에요. 어머니는 꽃을 여자에 비유하지 않았다. 어머니에게 꽃은 미소년이었다. 그때 비로소 나는 어머니가 미소년들 위에 군림하는 고독한 여왕 같다는 걸 알았다. 아무려면 어떠랴. 어머니가 꽃들과 간통을 하는 것만 아니라면 아버지는 상관없었으리라.

아버지는 여전히 스탠딩 삼진을 당한 타자처럼 식탁 앞에 선 채로 케이크를 바라보았다. 아버지의 내면에는 어떤 움직임이 있을까. 일상이라는 지각 아래 은폐되었던 거대한 분노의 판들이 움직이는 중인지도 몰랐다. 나는 아버지가 화를 낼 것 같아 불안했다. 그러나 그런 불안감보다 걱정이 앞섰다.

우리 네 식구는 안방과 작은방, 그리고 거실과 베란다, 이렇게 네 곳에서 하나씩의 꼭짓점이 되어 절묘하게 마름모꼴로 선 셈이었다. 꼭짓점을 잇는 선들은 팽팽할 거였다. 어쩐지 아버지와 내가 선 자리가 예각이고 어머니와 동생이 선 자리가 둔각일 것만 같았다. 나와 아버지가 가장 멀리 떨어진 셈이었다.

어머니가 거실의 불을 켰다. 거실이 환해지자 심장박동이 빨라졌다. 나는 주맹증을 앓는 사람처럼 종작없이 거실을 왔다 갔다 했다. 소파에 앉는 게 가장 편하다는 걸 깨달은 뒤로는 그 자리에 꼼짝 않고 있었는데 그 꼴이 우스워 보일 듯해 텔레비전을 켰다.

"이러다 초가 다 타고 말겠어."

진지가 함락되기 직전 지휘관이 내뱉음 직한 목소리로 동생이 말했다. 동생은 초를 뽑은 뒤 케이크를 냉장고에 넣었다. 어머니는 불안한 듯 눈동자를 이리저리 굴렸는데 그렇게까지 할 필요가 있느냐고 동생에게 묻는 듯한 눈빛이었다. 나 역시 그런 눈빛이었을 것이다. 나는 어머니도 이제 어설픈 연극의 막을 내려야 한다고 생각하는 것이라 믿었다. 그런 낌새를 느꼈는지 동생은 단호하게 행동했다. 나는 가끔 동생의 단호함이 기이하게 여겨지곤 했다. 그러기 위해 감내해야 할 공포를 엿보아서만은 아니다. 그럴수록 앞으로 더 단호해져야 한다는 걸 동생이 모를

리가 없다고 생각했기 때문이다.

동생은 딱딱한 얼굴이긴 했지만 거침이 없었다. 생각해보니 동생에겐 이 연극이 그다지 어렵지 않을 듯했다. 평소에도 동생은 아버지가 안중에 없다는 듯 굴었다. 동생은 물기가 뚝뚝 듣는 머리칼을 수건으로 비비며 거실을 돌아다녔는데 그러면서 전화 통화까지 했다. 신문을 읽는 아버지에게 물방울이 튀어도 상관하지 않았다. 나는 그럴 때마다 안타까웠다.

그런 동생이 드라마를 시청하면서는 곧잘 눈물을 흘렸다. 언젠가는 그의 방에서 통곡이 들려오기도 했다. 무척 감명 깊은 소설이라기에 나도 읽었는데 나는 동생이 어느 대목에서 통곡과도 같은 울음을 토했는지 짐작조차 할 수 없었다. 하지만 나는 내색하지 않고 여러 번 눈물을 흘렸노라고 말해주었다. 동생은 기뻐했다. 그처럼 기뻐하는 동생을 보면서 내가 그의 취향에 좀더 애정을 가지면 좋을 것이라 생각하기도 했다.

아버지의 시선은 케이크를 따라 움직였다. 냉장고 문이 탁 하고 닫힐 때 그의 시선도 잘려 나갔다. 아니 부력을 잃은 물체처럼 툭 하고 바닥에 떨어졌다. 아버지가 고개를 숙인 건 달리 시선을 둘 곳이 없어서겠지만 나는 아버지가 털썩 무릎을 꿇고 자신도 알지 못하는 죄를 고하는 것처럼 여겨졌다. 누군가를 없는 사람처럼 다루는 일이 권력을 부여받는 것과 비슷하리라고는 생각하지 못했기에 마음이 불편했다. 그만두고 싶었다. 한 집안의 가장을 투명인간 취급하는 게 썩 즐겁지가 않았다. 가장이 모욕을 받으면 식구들 모두 똑같은 모욕감을 느끼는 것과 비슷한 것이랄까.

아버지가 어머니의 팔을 붙잡았을 때, 아버지로서는 도저히 짐작조차 할 수 없는 싸늘한 표정이 어머니의 얼굴에 떠오른 걸 나는 보았다. 당연했다. 어머니는 내 쪽을 향해 섰고 아버지는 어머니 뒤에 섰으니까. 여보, 왜 이래? 아버지는 그렇게 말했다. 어머니는 화를 낼 자격이 없는 상대방이 화를 낼 때나 경험했을 법한 모멸감을 그 순간 느꼈던 게 분명하다. 어머니는 아버지의 팔을 뿌리치고 뒤도 돌아보지 않은 채 동생에게 장난치지 말라고 한 뒤 선언하듯 이렇게 덧붙였다.

"난 네가 그런 짓을 할 때마다 소름끼쳐."

동생은 눈치가 빨라서 다소곳이 다음부터는 그러지 않겠노라 대답했다. 아버지는 어떤 기분일까. 식구들이 자신을 모른 체하는 게 혹시라도 무시하는 것처럼 여겨지지는 않을까. 화가 나면 어머니는 말을 하지 않았다.

집 안을 유영하는 점액질의 공기들 사이로 그보다 더 차지고 끈끈한 침묵이 느릿느릿 흘렀다. 이런 장난을 시작하지 않았다면 케이크를 한 조각씩 먹고 포도주를 한 잔씩 들이켠 뒤 이런 저런 이야기를 나누었을 만큼의 시간이 흘렀다. 아버지의 생일에 우리가 할 수 있는 일이란 그런 게 전부였다.

어머니는 식탁을 치웠고 동생은 리모컨으로 채널을 탐색했다. 나는 다리를 꼬았다가 쥐가 올라 풀었다. 발뒤꿈치를 소리 나지 않게 바닥에 찧었는데 예민한 동생이 나를 흘겨보았다. 나는 다시 다리를 떨었다. 이번에는 다리를 떤다는 걸 분명히 알았지만 그만두고 싶지 않았다. 나는 힐끔 아버지가 서 있는 쪽을 보았는데, 종양이 자라는 모습을 저속 촬영한 영상을 관람한 기분이었다. 거실 한구석에 아버지는 말라 죽은 고무나무처럼 섰다. 나는 아버지가 손뼉을 치며, 자자, 내가 졌으니까 이제 그만하자. 이만큼 놀렸으면 충분하잖아, 라고 말해주길 기다렸다. 조금 과장된 포즈를 취한대도 분노를 터뜨리는 것보다는 나을 테니까.

그쯤에서 신경전이 펼쳐진 듯했다. 그러니까 어느 쪽도 먼저 항복하기 싫었던 것 같다. 우리는 우리대로 아버지는 아버지대로 상대쪽이 먼저 고개 숙이길 바랐다. 아버지는 당연히 우리가 지금까지 연극을 했을 뿐이었노라 고백하길 바랐을 테고 우리는…… 아버지가 좀더 고분고분하길 바랐던 거다! 그랬다. 아버지는 한 번도 고분고분한 적이 없었다. 불을 끈 채 현관문을 열어놓았다면 놀란 척이라도 했어야지, 촛불을 켠 생일 케이크를 보았다면 기쁘고 고마워 어쩔 줄 몰라 허둥댔어야지, 아버지는 너무 일찍 연극에 동참한 셈이다. 처음에는 나와 동생 그리고 어머니 가운데 누구도 아버지를 괘씸하다고 여기지 않았겠지만 시간이 흐르면서 점점 그런 불만이 자랐던 게 틀림없다.

여기까지 생각이 미치자 연극을 금방 끝내고 싶지 않았다. 조금 더 아버지를 내버려두어도 괜찮을 듯했다. 화를 내도 모른 척할 자신이 생겼다. 감정이란 빛처럼 파동이자 입자인 것 같았다. 이따금 나는 화가 났을 때 노려본 사물이 똑같은 강도의 감정을 되쏘는 걸 느낀 적도 있다. 제풀에 지친다는 말은 그런 의미인지도 모른다.

무의미하게 흘려보낸 시간들이 거실 안에 패총처럼 쌓였다. 나는 탁하고 무거운 공기가 점점 견디기 힘들어졌다. 다들 그런 듯했다. 어머니는 더 이상 내게 은밀한 눈길을 보내지 않았고 동생은 더욱 노련해져서 그의 눈에는 정말 아버지가 보이지 않는 게 아닐까 싶을 정도였다. 아버지는, 예상과 달리 낙담하지도 분노를 터뜨리지도 않았다. 그는 순진한 사람이었다. 언젠가 내게 서운했던 점을 말하기도 했는데 나는 어이가 없어 그를 어떻게 납득시켜야 할지 알 수 없었다. 내 어린 시절의 일이라고 했다. 물론 나는 기억하지 못한다. 어머니를 따라 교회에 처음 예배를 보러 갔다 돌아온 내가 그를 붙잡고 눈물이 그득한 갈쌍갈쌍한 눈으로 올려다보더란다. 목사가 그랬다며 아버지는 지옥에 갈 거라고, 그게 못내 서러워서 울더란다. 그때 아버지는 사람이 아니라 악마가 된 기분이었다고 말했다. 그 말을 듣던 순간의 나 역시 그와 연결된 선이 끊어진 기분이었다. 원죄를 깨달은 기분이라고나 할까. 나는 내가 스스로 태어나지 못하고 부모에게서 태어났다는 사실이 원죄라는 생각이 들었다. 그 순간 아버지는 내 죄의 유일한 근원이었다. 이처럼 간단한 대화에서조차 우리는 행성들처럼 멀리 떨어진 존재라는 걸 확인할 수 있을 따름이었다.

나는 아버지가 집에 있으나 없으나 별로 다르지 않다는 걸 깨달았다. 시간이 흐를수록 나 역시 어머니와 동생처럼 자연스러워질 수 있었다. 때로는 정말 내가 아버지를 관통한다는 기분이 들기도 했다. 어머니는 아버지의 얼굴이 코앞까지 다가왔는데 눈도 깜빡하지 않았다. 동생은 아버지와 부딪쳤는데 무언가에 발이 걸려 그런 것처럼 자연스럽게 휘청대다 자세를 바로잡았다. 그 모습은 우아하기까지 했다. 나는 아버지의 얼굴에서 동심원을 그리며 번져가는 의혹을 보았다. 그의 가슴에 던져진 돌멩이 하나가 그의 감각뉴런을 활성화했다. 나는 그가 말단 감각신경을 곤두세우는 걸 느꼈다. 의혹의 파문은 그의 육체에 갇히지 않았다. 그의 손가락 끝과 머리칼 끝에서 허공으로 전달되어 그를 둘러싼 공기들에도 파동이 전해졌다. 그가 흥분한 만큼 그의 영토도 흥분했다.

나는 훨씬 대담해졌다. 아버지와 눈길이 마주쳐도 고개를 돌리거나 딴청을 부리지 않았다. 덕분에 나는 그의 얼굴에 접종된 불안, 초조, 공포 따위를 알 수 있었는데, 기묘한 건 그런 감정들에 호기심이 섞였다는 점이다. 그는 어머니 얼굴을 이리저리 뜯어보다가 한 걸음 물러서더니 팔짱을 끼고 고개를 갸웃 기울였다. 동생이 다가오면 부딪히지 않기 위해 옆으로 비켜서기도 했다. 그는 비로소 의심을 품게 되었다. 그가 직면한 상황들은 연극에 지나지 않는다는 믿음이 의심의 여지없이 단단한 토대 위에 세워진 견고한 구축물이 아닐 수도 있다는 점을 고려하게 된 것이다. 자명하다고 여겨지는 것을 의심하기 시작한 순간 그의 얼굴이 변했다. 나는 왠지 아버지를 방금 잃어버린 듯한 기분이었다. 그리고 나는 영리한 물고기들을 상대하는 루어낚시꾼처럼 초조했다. 아버지는 현관으로 갔다. 집을 나가려는 것일까. 하지만 그는 그곳에 그냥 한참을 섰다. 신발장 위에 걸린 거울을 본 것 같았다. 그는 잠시 헷갈렸으리라. 우리는 거울을 연극에 동참시키지 않았으므로, 거울이 그의 형상을 비추지 않는다거나 슬그머니 테두리 밖으로 밀어낸다거나 하는 일은 벌어지지 않았을 테니. 조금 뒤 어머니의 손전화기가 경쾌하게 울렸다. 나는 슬그머니 주머니 속에 손을 넣고 익숙한 버튼을 눌러 내 손전화기의 수신벨 모드를 진동으로 바꿨다. 동생도 그렇게 하는 듯했다. 어머니는 손전화기가 울리든 말든 신경 쓰지 않고 사과를 깎아 먹기 좋게 잘라 접시에 담아 갖다주었다. 아버지는 손전화기를 든 채 우리를 물끄러미 바라보았다. 동생이 텔레비전 채널을 돌릴 때 나는 주머니 속에서 은밀한 떨림을 느꼈다. 진동은 오래 계속되었다. 아버지는 동생에게도 전화를 걸었다. 동생은 앉은 자리에서 벌떡 일어나 자신의 방으로 들어갔다. 아마도 동생은 아버지 눈이 닿지 않는 그곳에서 손전화기를 꺼버릴 것이다.

아버지는 가능성을 고민하는 듯했다. 물리적인 접촉이 아닌 다른 방식으로 우리와 교신할 수 있는 수단들을 헤아리는 듯했다. 헛기침을 한 건 목소리를 가다듬기 위한 것일 게다. 아버지는 내 이름과 동생의 이름을 차례로 불렀다. 평소보다 한 옥타브 낮은 목소리였는데 그 탓인지 신경에 거슬렸다.

아무도 대답하지 않았다. 아버지의 목소리는 허공에서 갈팡질팡하다 잘게 부수어지며 선반, 소파, 장식장 같은 사물들에 먼지로 내려앉았다. 아버지는 필담을 시도했다. 그는 오래전 신발장 위에 버려지다시피 한 동생의 스케치북에서 도화지 한 장을 뜯어내고 거기에 붉은 펜으로 메시지를 적었다. 내가 정말 보이지 않는 거니? 이런 글자였다. 물론 우리는 아버지는커녕 도화지조차 보이지 않는 것처럼 행동했다. 나는 가슴 한쪽이 저렸다. 아버지의 편지를 받은 적이 있다. 군대에 가던 날이었는데, 아버지가 건넨 편지 봉투에는 빳빳한 만 원짜리 지폐 열 장과 편지가 들어 있었다. 훈련소로 가는 기차에서 나는 홀로 그 편지를 읽었다. 상관의 명령에 충실하라, 모든 일에 솔선수범하라. 그때는 웃었던 것 같다. 사랑한다, 건강해라, 이런 말을 아버지는 할 줄 몰랐다.

아버지가 이제 할 수 있는 일은 아무도 귀가하지 않은 텅 빈 집에 들어선 사람처럼 구는 것뿐이었다. 아니나 다를까. 그는 욕실에 들어가 한참을 나오지 않았다. 그사이 나는 어머니와 동생에게 이 연극을 어떻게 끝내면 좋을지를 의논하고 싶었다. 어머니는 여전히 말이 없었다. 여태 화가 풀리지 않았다는 뜻이다. 동생의 방문은 잠겼다. 나는 멍하니 소파에 앉아 이제는 어머니와 동생이 나마저 없는 사람 취급하는 게 아닌가라는 생각을 했다. 그 순간에는 욕실에서 새어 나오는 소리가 퍽 위로가 되었다. 어머니는 열이 오른 두 볼을 손바닥으로 두드리다 냉장고에서 오이를 꺼냈다. 나는 부엌칼이 도마에 부딪치는 경쾌하고 규칙적인 소리를 들으며 오늘 이 밤이 다른 날 밤과 어떤 차이가 있는지를 곰곰이 생각했다. 집 안에 향긋한 오이 냄새가 은은하게 퍼졌다. 아버지가 투명인간이 된 것 말고는 어떤 차이점도 발견하지 못했다. 어머니는 안방으로 들어갔다. 나는 실긋이 열린 문을 통해 어머니가 침대에 누워 얇게 저민 오이 조각을 얼굴에 올려놓는 걸 보았다.

아버지는 한결 말끔해진 얼굴로 욕실에서 나왔다. 그는 안방에 들어갔다가 나왔는데 무언가 깨달은 듯 잠시 머뭇대더니 소리나지 않도록 조심스레 안방 문을 사개가 꼭 들어맞게 닫았다. 욕실문이 스스로 열렸다 닫힐 리도 없을뿐더러 샤워기가 홀로 물을 뿜어낼 수도 없을 테지만, 아버지 역시 아직은 투명인간 역할에 익숙하지 않았을 것이므로 나는 충분히 이해할 수 있었다. 아버지는 내 옆에 앉았다. 그가 앉을 때 소파가 부드럽게 출렁였다. 사람과 사람 사이에는 이처럼 어떤 진동이 늘 교환되는데 우리의 감각기관으로 포착하기에는 너무 미세해서 알아채지 못하는 것뿐인지도 모른다. 아버지의 시선은 리모컨을 향했다. 그는 팔을 뻗어 리모컨을 집으려다 말고 오른손 집게손가락을 쭉 펴더니 손끝으로 채널 버튼을 눌렀다. 텔레비전 화면이 바뀔 때마다 아버지는 나를 곁눈질했다. 그와 이처럼 거실 소파에 앉아 텔레비전을 본 게 얼마 만일까. 드문 일은 아니겠지만, 나는 비로소 아버지를 하나의 무거운 생명체로 인식하게 된 듯했다. 소파를 도려내기라도 한 듯 부드럽고 둥근 자국이 그의 엉덩이 밑에 있었다. 아버지 냄새가 났다. 딱히 설명할 말을 찾기 힘든 독특한 냄새였는데, 나는 시간을 초월해서 유년의 어떤 시기로 돌아간 기분이었다. 살아오면서 이런 순간이 많았을진대, 나는 왜 그를 나와 같은 생명체로 인식하지 못했던 것일까. 아버지라는 낱말에 부여된 일차적 의미가 너무 강렬해서였을까. 거북스러웠다. 다리를 떠는 내가, 아버지라는 거대한 존재가 내게 끼치는 영향력이. 나는 철길 건널목을 건너듯 아버지 앞을 후닥닥 지나 내 방에 들어갔다. 아버지는 내가 방에 들어갈 때까지 줄곧 나를 지켜보았다. 문을 닫을 때 문틈으로 미끄러져 들어오던 그의 시선을 보면 그랬다. 이제 우리 식구 넷은 완벽하게 격리된 자신만의 영토에 자리를 잡았다.

어머니, 동생, 그리고 나, 이렇게 셋이 꾸민 일이었건만, 아버지가 오래전부터 쳐둔 자리그물에 포획된 기분이었다. 만약 그게 진실에 가깝다면 아버지는 인내심이 많은 편이라고 할 수 있지 않을까. 나는 인터넷으로 투명인간을 검색했다. 투명인간이 되고 싶은 사람이 많았다. 여탕에 가고 싶다는 사람이 가장 많았다. 내 눈길을 끈 건 '영국 작가 H.G.웰스의 대표적 SF소설'이라는 항목이었다. 기억이 났다. 나도 오래전 그 소설을 읽었다. 1897년 작품이라니. 오래된 욕망이다. 오빠, 오빠. 동생의 날카로운 목소리였다. 방문이 열렸다. 동생은 성큼성큼 다가왔는데 무언가 나를 엄습하는 기분이 들었다. 나는 눈살을 찌푸렸을 것이다. 그리고 눈길로 문을 가리켰다. 동생은 신경질적으로 문을 닫았다. 나는 그가 난폭하게 뒷발질로 문을 닫는 걸 처음 보았다. 나는 동생에 대해 모르는 게 많다.

"아빠가 지금 뭐하는 줄 알아? 나 참 기가 막혀서. 혼자서 케이크를 먹어."

나는 손가락을 입에 댔다. 동생의 목소리가 거실의 아버지에게 들릴까 봐 걱정스러웠다. 동생은 당돌한 구석이 있었다. 아버지가 담배를 피우지 않는 것도 동생 덕분이었다. 중학생이었던 동생은 베란다에서 담배를 피우는 아버지에게 실내화 주머니를 던지고는, 내가 폐암 걸려 죽는 꼴을 보고 싶은 거야? 담배 살 돈 있으면 바이올린을 사줘! 그런 말을 했다. 그 뒤 동생은 바이올린 교습을 받았는데 별로 행복한 것 같지는 않았다. 지금은 바이올린을 켜지 않는다.

아버지는 케이크를 끼고 앉은 채 텔레비전을 보았다. 그의 발치에 새끼손가락만큼 줄어든 초가 널브러진 걸 보면 초를 다시 꽂아 불을 붙이고 입바람을 불어 끄기까지 했던 모양이다. 그는 손에 얇고 투명한 비닐장갑을 꼈는데 손가락에 묻은 생크림을 빨아 먹을 때마다 입에서 부스럭대는 소리가 났다. 그는 식사 예절을 까다롭게 따지는 편은 아니었다. 나와 동생은 스스럼없이 씹던 음식물을 식탁 위에 뱉기도 했고 찌개 냄비에 숟가락을 푹 꽂아 휘휘 젓기도 했지만 그에게 혼나본 적은 없었다. 하지만 그는 정갈하고 깔끔하게 식사하는 방법을 알았다. 그는 숟가락과 그릇이 부딪칠 때 들을 수 있는 소리를 한 번도 내지 않으면서 식사할 수 있는 사람이었다. 그는 이런 일을 그다지 힘겨워하지 않았는데 아마도 어린 시절부터 몸에 밴 습관이기에 가능했던 것이리라. 아버지는 내게 그런 사람이었기에 소파에 앉아 싸구려 케이크를 게걸스럽게 먹어대는 모습은 괴기스럽기까지 했다. 죽음을 눈앞에 둔 상처 입고 피 흘리는 괴물이 제 몸에서 떨어져 나온 살점을 씹는 것만 같았다. 본래의 상태로 되돌아가고 싶은 열망만이 실낱 같은 목숨을 지탱해줄 수 있다는 듯이. 그 순간의 아버지는 안간힘을 다해 결핍을 채우려는 사람이었다.

아버지는 혼자서 케이크를 다 먹었다. 한 번쯤은 그래보고 싶었다는 듯 만족한 얼굴로 일어나더니 입가심으로 포도주를 마시고 소파에 길게 누웠다. 그의 시선은 천장을 향했는데 아주 먼 곳을 보기라도 하는 것 같았다. 그렇게 케이크를 먹고 포도주를 마시고 다시 소파에 눕기까지 아버지는 우리에게 눈길을 주지 않았다. 나는 아버지가 우리를 없는 사람 취급한다는 걸 알았다. 어머니는 안방 문 앞에 선 채 아버지를 노려보았다. 어머니의 얼굴에서 오이 조각이 하나씩 떨어졌다. 우리 셋이 그렇게 선 채 지켜보는데도 아버지는 전혀 주눅 들지 않았다. 나는 헷갈렸다. 아버지가 정말로 투명인간이 되었다고 믿는 건지, 아니면 우리가 그에게 보이지 않게 된 건지.

밤이 깊었다. 아버지는 생일에 다시 태어난 사람 같았다. 그리고 그 시각에 우리는 한 번도 존재해본 적이 없는, 유례 없는 인류인 것 같았다.

토요일 하루 종일 아버지는 빈둥댔다. 마흔여덟 살의 게으름뱅이는 처음 보았다. 마흔여덟 해를 빈둥대기라도 한 것만 같았다. 아버지는 발가락으로 리모컨을 다뤘고 소파에서 굴러 내려왔다. 포복해서 냉장고 앞까지 갔으며 반쯤은 흘리면서 물을 마셨다. 어머니는 동창 모임에 나갔고 동생은 친구들을 만나러 갔으며 나는 구립도서관에 다녀왔다. 몇 권의 책을 반납하고 새로 몇 권의 책을 빌렸는데 문고판 『투명인간』도 포함해서였다. 어머니와 동생은 집을 나서기 전에 아버지와 대화를 시도했다. 전화를 걸어본 것이다. 손전화기가 울렸지만 그는 받지 않았다. 어머니와 동생은 어쩔 수 없다는 듯 지난밤의 아버지처럼 어깨를 으쓱하고는 가버렸다.

아버지는 중국 음식점에 짜장면과 탕수육을 주문했다. 배달원에게 돈을 주고 그릇을 받아든 건 나였다. 그러나 아버지는 마치 짜장면과 탕수육 그릇이 절로 날아와 식탁 위에 얌전히 내려앉은 게 당연한 일이라는 듯 의혹이라고는 전혀 찾아볼 수 없는 심드렁한 얼굴이었다. 그가 포복해서 식탁으로 다가가는 걸 본 나는 다탁을 소파 앞에 펴고 음식 그릇을 그 위로 옮겨주었다. 아버지는 날벌레를 눈길로 좇는 고양이처럼 지켜볼 뿐이었는데, 만약 내가 그의 눈에 보이지 않는 게 사실이라면 다탁이 절로 펴지고 그릇이 붕 날아 그 위로 옮겨 앉는 광경은 꽤나 볼만한 구경거리였을 것이다.

하루 종일 나는 책을 읽었고 아버지는 빈둥댔다. 독서가 게으름 피우기보다 쓸모 있다고 할 수 없는 건 아버지가 나보다 더 즐거운 듯해서였다. 아버지는 졸다 깨다를 반복하며 무위의 하루를 보냈다. 나는 그가 깨끗하게 비운 그릇을 복도에 내놓았으며 몇 번인가 그에게 전화를 하려다 그만두었다. 황혼이 찾아왔고 아버지는 곤히 잠들었다. 한 권의 책을 다 읽은 나는 아버지에게 전화를 걸었다. 받지 않았다. 음성 녹음을 알리는 소리 뒤에 한동안 정적이 이어졌다. 나도 가끔 그런 음성 메시지를 받곤 했다. ……아버지, 전 아버지를 볼 수 있어요. 보인다구요.

일상이 부식되어 탁한 녹물로 흘러내리는 집에서 그와 나는 고치 속에 웅크린 유충처럼 안전하게 하루를 소화했다. 귀가한 어머니와 동생은 텅 빈 집에 들어온 것처럼 쓸쓸해했다. 어쩌면 그들이 밖에서 묻혀온 신산한 기운들이 비로소 풀려나며 집 안을 채운 탓에 그렇게 여긴 것인지도 모른다.

"실종 신고라도 할까?"

동생은 아버지를 똑바로 바라보며 이렇게 말했다. 아버지는 아무 대꾸도 하지 않았다. 그는 귀가 멀고 눈이 먼 사람 같았다. 그날 밤 나는 잠결에 누군가 내 방에 있다는 걸 느꼈다. 어둠에 눈이 익숙해지길 기다리면서 나는 이처럼 우리 식구가 서로를 안중에도 없다는 듯 여기며 살아도 썩 불편하지 않다는 게 못내 서럽다고 생각했다. 그런 생각이 불쑥 든 건 아닌 듯 평범했던 꿈조차 서글펐다. 이내 나는 아버지가 내 책상 앞에 앉은 걸 알았다. 조심스레 책장을 넘기는 소리가 들렸다. 아침에 깨어난 나는 웰스의 책이 펼쳐진 채로 놓여 있는 걸 발견했다.

동생은 걱정스런 목소리로 내게 당부했다.

"여탕이나 모텔 같은 곳을 기웃거리면 어떡해. 아빠는 자기가 정말 투명인간인 줄 아나 봐. 오빠가 잘 지켜봐. 그런 일이 벌어질지 모른다는 생각만으로도 치욕스럽단 말야."

나는 고개를 끄덕였다. 아버지는 간편한 캐주얼 차림으로 외출했다. 나는 엘리베이터에서만 아버지와 나란히 있었을 뿐 줄곧 그와 열 걸음쯤 거리를 유지한 채 졸졸 따라다녔다. 아버지는 나무가 뱉은 가래인 듯 누런 은행잎들이 들러붙은 보도를 자박자박 걸었다. 갈 곳을 정하지 않은 듯 서두르지 않았다. 투명인간이 되면 가장 먼저 무얼 하고 싶을까. 온갖 가능성들이 떠올랐지만 끝내는 이 모든 게 부질없다는 생각으로 되돌아왔다.

아버지는 오랫동안 걸었다. 나는 발바닥이 아팠다. 무릎이 시큰거렸고 찬바람을 오래 맞아 두 볼이 얼얼했다.

일요일의 도시는 한가로웠다. 아버지는 미풍에 실린 깃털처럼 가벼워 보였는데 투명인간이 되면 중력의 간섭을 덜 받기 때문인지도 모른다. 지구도 눈에 보이지 않는 사물을 끌어당기지는 못할 테니 말이다. 아버지는 아파트 단지 옆 공원으로 들어가더니 태극 문양을 이룬 국화들을 바라보았다. 아버지의 눈길을 끈 그곳은 어머니의 화원을 떠올리게 했는데 나로서는 여간 지루한 일이 아닐 수 없었다. 그러나 아버지는 무려 다섯 시간 동안 그 자리에서 꼼짝도 않은 채 국화를 노려보았다. 나는 화강암 의자에 앉아 아버지가 움직이길 기다렸다. 그가 손바닥 크기로 보였다. 아버지의 눈길에 놀라서 혹은 지쳐서 꽃잎 몇 장쯤은 떨어졌으리라. 투명인간이 되어서 하고 싶었던 일이 과연 그것이었을까. 지루한 일이었다. 아버지는 산책로를 따라 공원으로 꾸며진 야산을 올랐다. 그는 널찍한 공터의 나무 의자에 누웠다. 나는 땀이 식으면서 차가워진 이마를 손으로 감쌌다. 그가 관 속에 누운 것만 같았다. 나는 잠든 그를 지켜보다 약수터 표지판을 따라 50미터쯤 더 올라갔다. 해가 지는지 나무 그늘이 동굴 속처럼 공허하고 막막했다. 대롱 끝에서 조로록조로록 흐르는 물을 오래도록 받아먹었다. 야행성 조류가 홰치는 소리가 들렸다. 아버지가 감기에 걸리지 않을까 걱정스러웠다. 한편으로는 적이 마음이 놓였다. 어머니와 동생에게 아버지는 그런 사람이 아니었노라고, 기껏해야 공원에서 국화를 노려보거나 야산에서 잠을 잤을 뿐이라고 말해줄 수 있어서였다.

아버지가 누웠던 공터로 내려갔다. 아버지는 그곳에 없었다. 약수터를 지나치지 않았으니 아래로 내려간 게 분명했다. 나는 눈으로는 혹시라도 샛길이 있지는 않은지 주위를 톺으면서 올랐던 길을 재빠르게 되짚어 내려갔다. 산책로가 시작되는 곳에 이르러서야 나는 나무 의자를 한번 쓸어보기라도 할 것을, 이라며 후회했다. 아버지가 정말 투명해져 내 눈에 보이지 않게 된 것일지도 모르니 말이다. 가로등이 켜졌다. 나는 아버지에게 전화를 걸었다. 아버지는 방전된 배터리를 바꿔놓지 않았다. 나는 다시 음성을 남겨야 했다. ……아버지, 어디 계세요. 아버지가 이제는 정말 안 보여요. 나는 다음 말을 잇지 못했다. 아버지는 이 음성을 언제쯤 듣게 될까.

나는 어둠이 내린 거리를 걸어 집으로 돌아갔다. 그곳에서 아버지를 보았다. 아버지는 누군가와 통화를 했는데 이런 내용이었다. 집에 아무도 없어. 식구들이 사라졌어. 난 이제 어떻게 해야 하지? 말끝에 아버지가 울지 않았다면 나는 아버지가 연극을 하는 것이라 믿었으리라. 나는 방에 들어갔다. 투명인간이 되면 가장 먼저 무엇을 할 것인가. 그때 나는 망막 역시 투명하기에 아무런 상도 맺히지 않는다는 걸 그러니 투명인간은 장님과 다르지 않다는 걸 깨달았다. 그러나 눈이 있어도 아무것도 볼 수 없었던 건 내가 아니었을까라는 생각이 들었다. 한 번도 존재하지 않았던 인류란 매번 존재했으나 매번 멸망했다가 매번 새로 탄생해야 했던 인류와 다르지 않을지도 모른다. 시야가 새하얗게 표백되었다.

그처럼 나는 날마다 아버지를 잃었다.

내가 잠든 사이

그는 다정한 악녀였다. 겨우 두 살 차이일 뿐인데 그는 내게 한참이나 어른인 듯 굴면서 훈계보다는 조롱을 일삼는 불량한 누나 노릇을 즐겼다. 내가 기억하기로 그는 본심을 보여준 적이 없었다. 어쩌면 그는 본심이라는 게 따로 없었던 건지도 모른다. 그의 몸짓이나 아무렇게나 내뱉는 한마디 감탄사 같은 말조차 실은 의미를 분리해낼 수 없는 의미 그 자체였을지도 모른다는 생각이 들기 때문이다.

나는 얼마 전 버스를 타고 가다가 하마터면 추태를 보일 뻔했다. 낮 시간이라 승객은 많지 않았으나 빈 좌석은 없었다. 나는 뒤쪽 통로에 섰다. 흔들리는 손잡이를 잡고 먼지 같은 비가 내리는 창밖을 바라보았다. 어머니를 만나러 가는 길이었다. 어머니는 늙고 볼품없었다. 이즈음 어머니가 더욱 그렇게 된 데에는 나도 한몫을 했지만 그의 죽음이 결정적이었다. 나는 까닭없이 화가 났다. 습하고 끈적대는 공기와 승객들의 우산이나 신발에서 흘러나온 빗물에 젖은 바닥 탓은 아니었다. 설명할 수 없는 고요한 분노가 마치 방향을 종잡을 수 없는 강풍 속에서 뒤집히려는 우산을 한사코 끌어안으려는 사람의 손아귀처럼 차갑고도 격렬하게 경련을 일으켰다. 내 앞좌석에 앉았던 여자에게 신경이 쓰였다. 버스에 올라 처음 보았을 때부터 그랬다. 여자는 할 말이 있는 사람처럼 자꾸 고개를 돌려 나를 쳐다보았는데 그럴 때마다 시선을 피하기 위해 나도 고개를 돌려야 했다. 내 시선이 다다른 곳은 매번 낯설었다.

이윽고 여자는 장난꾸러기들이 누군가를 골려줄 때처럼 손가락으로 내 배를 쿡 찌르는 시늉을 했다. "몇 살이야?" 여자는 이렇게 물었다. 나는 실제보다 조금 낮춰 말했다. 여자는 의기양양하게 "그럼 내가 누나네"라고 했다. 여자는 실제보다 나이를 부풀린 듯했다. 여자의 음색은 듣기 싫지 않을 만큼 높았으나 다른 승객들의 이목을 끌기에는 충분했다. 딱따구리 한 마리가 내 가슴을 탁탁 찍어대는 듯했다. 무심할 게 분명했으므로 승객들의 시선이 껄끄럽지는 않았다. 여자는 몇 가지를 물었지만 내 대답을 바라지는 않았다. 내가 무어라 대답하기도 전에 질문이 이어졌으니까. 어디 가는 거야? 이 레이스 참 예쁘지?

그런 질문들은 굳이 질문이라 할 수도 없었다. 여자는 앞좌석에 앉은 중년 사내의 어깨를 두드렸다. 사내가 돌아보자 여자가 내게 말했다. "우리 아빠야. 인사 드려." 나는 여자의 아버지에게 꾸벅 고개를 숙였다. 여자의 아버지는 피로해 보였다. 얼굴은 볕에 그을렸고 이마의 주름살은 굵었다. 어색하면서도 평온한 미소를 지었는데 딸에게 자신의 속내를 감추려 애쓰는 부정(父情) 같은 걸 느낄 수 있었다. 나를 보는 눈빛은 온화했으며 충분히 사랑받을 가치가 있는 딸이 아니냐고 묻는 듯한 눈길이기도 했다. 나는 속으로 그렇다고 대답해줬다. 가슴이 벅차올라 더는 그대로 있을 수가 없었다. 여자가 연민이 가득한 눈길로 내게 물었다. "어디 아파? ……그러고 보니 입이 좀 삐뚤어졌네. 이쪽 눈은 황소처럼 큰 걸. ……우는 거야? 울지 마. 이 누나한테 말해봐. 왜 그래?" 나는 버스에서 내렸다. 여자는 퍽 아쉬워하며 다음에 만나면 꼭 인사하라고 당부했다. 나는 말없이 고개를 끄덕였다. 창문이 열렸다. 여자가 팔을 내밀어 내게 손을 흔들었다. 나는 멀어져가는 버스를 향해 슬며시 팔을 들었다가 차마 손을 흔들지는 못하고 그대로 늘어뜨리고 말았다. 나는 여자가 다행증 환자일 거라고 짐작했다. 그 병명은 묘하게 안도감을 불러일으켰다. 버스는 먼지 같은 빗속으로 사라졌다. 오른쪽 아랫눈시울에서 눈물이 굴러 떨어졌다. 나는 여자의 질문을 복기하며 속으로 대답했다. ……어디 가는지 나도 모르겠어요. ……그 레이스 참 예뻐요. ……아프지 않아요. 비뚤어진 입과 완전히 감기지 않는 눈은 고통보다는 불편에 가까워요. ……다음에 꼭 다시 만나요. 그럴 수 있다면요. 진심이에요. 그때는 제가 먼저 알은체할 거예요.

……나의 다정한 악녀. 나는 왜 미처 몰랐을까. 그 순간이 어떤 의미였는지를.

그즈음 나는 달팽이 같았다. 그와 헤어져서 회사를 그만둔 건 아니었다. 어차피 그만둘 생각이었고 우연히 시기가 겹쳤을 뿐이었다. 그가 없어도 집은 예전과 다르지 않았다. 퍽 위로가 되었다. 그가 이 집을 떠난 게 아니라 이 집이 그를 견디지 못해 뱉어낸 거라고 생각할 수도 있었으니 말이다. 나는 외출을 꺼리게 되었으며 집 안에 웅크린 채 시간을 보내는 날이 잦아졌다. 심각한 정도는 아니었지만 여성을 혐오하게 되었고 그를 떠올리게 하는 사물들이 진저리쳐지게 싫었다. 조금씩 조금씩 밤을 갉아먹다가 불도 끄지 않은 채 잠들기를 반복하더니 기어이 어느 날부터인가는 창을 통해 아침 햇살이 무례하게 방에 비쳐 들 즈음 잠들게 되었다. 오후에 일어나면 잠시 멍한 상태로 있다가 담배를 연거푸 서너 개비쯤 피운 뒤에야 정신을 차렸다. 푹 꺼진 눈 주위로 전에는 없던 잔주름이 생겼고 무언가에 손끝이 닿으면 손톱이 툭 끊어지기도 했다. 나는 익숙한 것처럼 일상을 영위했지만 사실 그런 식의 생활은 생전 처음 겪는 낯선 것이었다. 내 삶에서 사랑한 여자는 그 하나뿐이었으므로 어쩌면 당연한 일인지도 모른다.

그가 집을 나가면서 미처 챙기지 못했는지 혹은 고의로 남겼는지 알 수 없으나 대학 시절 교양 수업의 교재였던 책 한 권이 늘 나를 따라다녔다. 맨 처음 그 책이 남겨진 걸 발견했을 때 나는 서슴없이 쓰레기봉투에 그것을 집어넣었다. 골목길 전신주 아래 투기라도 하듯 쓰레기봉투를 내놓았는데 그날 밤 고양이가 헤집었는지 터진 옆구리로 책 모서리가 툭 튀어나온 걸 보았다. 가슴이 쓰라렸다. 그 책을 회수하여 거실 한구석에 던져두고 잠들었는데 악몽을 꾸었다. 다음 날 나는 책을 앞에 두고 골똘히 생각했다. 악몽의 근원은 책이 분명했다. 나는 알 수 없는 어떤 사내와 꼬챙이에 꿰어져 이글이글 타오르는 지옥불 위에 걸렸는데 그 형상이 冊과 비슷하다는 걸 깨달았다.

나는 수집가가 될 수 없었다. 단 한 번도 대학 시절 내 방을 가져본 적이 없었기 때문이다. 학회실, 동아리방, 선배나 동기의 자취방을 이리저리 떠돌며 살았다. 누군가는 나를 가리켜 도시의 유목민이라고 일컬었지만 나는 결코 유목민이 되고 싶지 않았다. 정착민이 되고 싶을 뿐이었다. 내가 끌고 다닐 수 있는 짐은 한계가 있었다. 하나씩 내 소유물들이 사라졌다. 나는 달리는 열차에서 물건을 떨어뜨린 사람처럼 그것들이 재빠르게 내게서 멀어져가는 걸 속절없이 지켜보아야 했다. 전공서적이라고 해서 예외는 아니었다. 학기가 끝나면 나는 어딘가에서 그것들을 분실했다. 이처럼 내 대학 시절을 증명할 수 있는 증거물들은 하나씩 사라졌지만 그 책만은 끈질기게 남았다. 그런 의미에서는 각별한 책이라고 할 수 있었다.

'현대문학의 이해'라는 교양 수업의 교재였다. 강의에서 다루는 문학작품과 관련 논문을 복사해 제본한 책이라 오랜 세월이 흐르면서 점착성이 사라져 책등에 여러 겹의 가로금이 생겼다. 주의를 기울이지 않으면 책장을 넘기다 아예 책을 두 동강 낼 수도 있었다.

때로는 내게 위안을 주기도 했다. 그가 내 곁에 없을 때면 나는 그 책을 펼쳐 낯익은 필체로 쓰인 메모들을 고대 문자를 해독하는 사람처럼 들여다보곤 했다. 거기에 해독하기 힘든 그 무엇이 있어서가 아니라 늘 어떤 감탄을 불러일으켰기 때문이다. 샤프로 쓴 깨알처럼 작은 글씨의 메모들이었는데 군더더기 없이 정확한 문장들이기도 했다. 교재에 실린 시와 소설에서 배어나온 문향이 메모하는 이의 가슴까지 스며들어 그 안에 잠들었던 문혼을 끄집어내기라도 한 듯 문학적이고 아름다웠다. 그가 심혈을 기울여 스스로 주석을 달았을 때 어떤 심정이었을지 상상하는 일도 꽤 즐거웠다. 스물한 살 무렵의 그는 강의 교재에 자잘한 크기의 글자들을 조각가처럼 새겨 넣는 사람이었던 거다.

그와 만난 게 운명적이었다고는 생각하지 않는다. 그 사건이 있기 전까지 나는 강의실을 채운 백여 명의 학생들 가운데 단 한 명도 제대로 알지 못했으며 딱히 그에게 주의를 기울이지도 않았다. 문과대 1학년생이 수강하는 교양 과목이었는데 그는 몇 안 되는 재수강 학생 가운데 한 명이었다. 그해 초여름 더위는 오싹했다. 교수가 누군가의 이름을 불렀을 때 강의실이 술렁였다. 출석부를 향하던 교수의 시선이 거미줄처럼 강의실에 드리워졌다. 부주의한 누군가의 입에서 이번에 사고를 당했던 학생의 여자 친구라는 말이 흘러나왔다. 강의실의 학생들은 모두 알겠다는 듯 고개를 주억거렸는데 그 순간 고개를 끄덕이거나 혀를 차거나 위로의 말을 한두 마디 읊조리는 것이야말로 그를 모독하는 행위이며 강의실을 채운 사람들과 한통속이 되는 비열한 짓이라는 생각이 들었다. 비로소 나는 그가 누구인지 확연히 깨달았다.

안타깝게도 그 책에 나를 감탄시켰던 그의 발표와 관련된 메모는 없었다. 아무려나. 그가 캐나다 혹은 멕시코에 있는 동안에도 나는 그 책을 소중히 간직했으며 그의 메모에 내 주석을 덧붙이기도 했다. 처음에는 온전히 그의 것이었던 책이 나의 것이 되었다가 그의 메모와 나의 주석 들이 갈마들면서 우리 관계를 상징하는 하나의 표상이 되었다. 먼 나라에서 돌아온 그 역시 기꺼이 수긍했다. 우리의 과거와 현재처럼—앞으로 얼마나 더 많은 주석을 기입하게 될지 알 수 없으나—미래 역시 그 책의 일부가 되리라고 믿어 의심치 않았다.

그가 나를 버리고 떠난 뒤로 우리를 상징하던 책은 공교롭게도 그 어느 때보다 더 정확히 우리를 상징하게 되었다. 오래되어 낡고 뒤틀린 책. 그 안에 갇힌 채 명도가 퇴색한 문장들. 박제된 듯 생기를 잃은 연가와 비가 들.

나는 될 수 있는 대로 그 책을 험하게 다루기로 마음먹었다. 비열했던 연인과 함께 찍은 사진에서 연인의 얼굴만을 도려내는 심정으로. 발에 걸리면 차버렸고 이따금 냄비 받침으로도 썼다. 책은 상처 입었고 점점 쓸모없게 되었다. 그와 동시에 집 안의 사물들은 중력에 이끌려 움푹 파인 곳에 고이는 물처럼 책을 향해 다가갔다. 책을 험하게 다룰수록 점점 더 집 안의 사물들이 내게서 등을 돌렸다. 두통이 찾아왔다. 편도선이라도 부었는지 목과 귀 아래 통증이 느껴졌다.

새벽녘에 잠들었는데 눈을 떠보니 여전히 창밖이 어둑했다. 바깥 창문을 열어둔 기억은 없었지만 활짝 열린 덕분에 창밖 목련이—우리가 그 집에 세 든 이유였다—꽃을 피운 걸 볼 수 있었다. 여느 날과 달리 이른 시간이었다. 나는 습관처럼 담배를 물었다가 한동안 목련꽃을 노려보아야 했다. 내 의지와는 상관없이 담배 끝이 오른쪽으로 휘어졌다. 담뱃불을 붙일 수가 없었다. 나는 그가 쓰던 화장대 앞에 섰다. 뭐가 문제인지 알 수 없었다. 거울 속에는 얼굴이 기묘하게 뒤틀리고 주름이 잡힌 실연 당한 사내가 있었다. 왼쪽 이마에서 옆으로 그어졌다가 눈살을 향해 꺾여 내려온 기역자 주름살이 선명했다. 오른쪽 눈가엔 눈곱이 끼었고 왼쪽 눈은 경망스럽게 깜박였다. 왼쪽 입꼬리가 위로 치켜 올라갔는데 담배 끝이 돌아간 것도 이 때문인 듯했다.

입이 돌아갔던 그날 오전 나는 담배를 최대한 왼쪽으로 물고 힘겹게 빨며 떠나버린 그를 생각했다. 퍽 즐거웠다. 침을 뱉으면 오른쪽으로만 날아갔다. 나는 병원에 다녀오면서 길가의 가로수를 겨냥해 침을 뱉었다. 집 앞에서 허물없이 지내는 청과물상 길호 형과 마주쳤다. 형은 결혼한 지 10년이 되었지만 자식이 없어 다른 사람들이 자신을 무능한 고자로 여긴다는 망상에 사로잡힌 사람이었다. 형은 내 얼굴을 보더니 한참을 웃었다. 형은 한뎃잠을 잔 쇠약한 노인에게나 찾아오는 병인 줄 알았다며 나를 위아래로 훑어보았는데 하룻밤 사이에 늙어버린 사람이라도 보는 듯한 눈길이었다. "개안이 따로 없네. 진리를 깨달아 아는 거지. 넌 인생이 철학이구나." 나는 마비된 오른쪽 얼굴을 손바닥으로 가렸다.

신경과 의사가—협박에 능란하다는 인상이었다—항바이러스제를 포함하여 처방해준 양약과 한의사가—보기 드물게 자신만만한 사람이었다—원기 회복에 도움이 된다며 조제해준 한약을 복용하면서 무위의 시간을 보냈다. 감을 수 없는 오른쪽 눈에서 눈물이 줄기차게 흘렀다. 나는 이따금 손으로 오른쪽 눈꺼풀을 내려주었다. 시린 눈을 대신하느라 왼쪽 눈마저 실핏줄이 도드라졌다. 세상이 무채색으로 보였다. 편도선이 부은 거라 착각한 이유는 반사통 때문이었다. 귀 밑을 지나는 신경의 어느 부위에 난 염증에서 생긴 통증이라고 했다. 한의사는 시시콜콜

내 사생활을 캐물었는데 이를테면 결혼은 했느냐, 그도 아니면 애인은 있느냐, 일주일에 성관계 횟수는 어찌 되느냐와 같은 것들로 솔직하게 대답하기 어려운 것들이었다. 나는 미혼이지만 애인이 있으며 일주일에 일곱 번을 할 만큼 왕성하다고 거짓말을 했다. 당분간 성관계는 자제하라는 말에 고분고분 고개를 끄덕여주었다. 한의원 간호사들은 무례하게 쿡쿡 웃어댔는데 신경과 간호사들에 비하면 나은 편이었다. 그들은 진찰실과 물리치료실을 기웃대다 나를 발견하자 보물찾기에 성공이라도 한 듯 즐거워하며 저희들끼리 쑥덕댔다. 동네 의원이라 나 같은 환자가 드물었던지 그들은 퍽 신기해했다. 사실 나도 내가 신기했으므로 화가 나지는 않았다. 신경 염증으로 인한 안면 마비 환자들의 수칙 가운데 하나는 거울을 보지 말라는 거였다. 뒤틀린 얼굴을 자꾸 보면 울화가 치밀어서 병세가 쉬이 나아지지 않는다는 거였다. 다른 건 몰라도 그 책만 따지자면 맞는 말이었다.

원치 않는 눈물을 흘리며 홀로 누워 있자니 언젠가 독감을 앓아 이처럼 누웠을 때 간호해주던 그가 떠올랐다. 그는 노련한 간호사처럼 자신이 할 일을 미루거나 중단하지 않은 채 이마에 얹은 물수건을 바꾸거나 이부자리를 정돈했다. 다리와 팔을 주물러주면서 통화를 하거나 책을 읽었으며 옷을 갈아입히면서 화장까지 할 수 있었다. 그가 자신의 삶에 분주해진 건 오래된 일이 아니었다.

나는 그를 사람의 형상을 한 불운이라고 생각했던 것 같다. 학기가 끝날 때까지 그는 강의실에 돌아오지 않았다. 여름방학 첫째 주, 학교는 언제 그랬냐는 듯 휑뎅그렁했다. 계절학기도 시작하지 않은 때여서 더욱 그러했다. 나는 도서관으로 이어진 가풀막진 길에서 어깨에 멘 가방끈을 추스르며 타박타박 내려오는 그를 보았다. 인생의 내리막길이라도 되는 듯 하얗게 질린 얼굴이었다. 학생식당에서 홀로 창가 자리에 앉아 카레덮밥을 먹는 그를 보았고 도서관 사회과학 서가에서 책을 뺐다 꽂았다 하는 그를 보았다. 연녹색 이파리가 무성한 느티나무 아래 나무 의자에 앉아 담배를 피우는 그를 보았고 구내 우체국에서 어디론가 편지를 부치는 그를 보았다. 걷다가 우뚝 멈춰 턱을 약간 치켜든 채 두 눈을 고요히 감는 걸 보았으며 눈시울에 슬쩍 집게손가락을 갖다 대는 것도 보았다. 교정에는 그와 나 단둘만 있는 것 같았다. 태양은 좀처럼 식지 않았으나 오한이라도 든 것처럼 몸이 떨렸다. 아마 그때의 나는 꽤나 혐오스러운 존재였을 것이다. 그가 여학생 휴게실에 들어가면 나는 그곳이 바라다보이는 곳에 쭈그리고 앉아 책을 읽었다. 여름날의 그늘은 공전했다. 나는 좁은 그늘의 움직임을 따라다녔다.

2주일이 지났을 때 그가 내게 다가왔다. 나는 도망치려 했으나 소용이 없었다. 교정에는 그와 나 둘뿐이었으므로. 나는 그를 따라 후문 근처의 찻집에 들어갔다. 유리 탁자를 사이에 두고 우리는 마주 앉았다. 가까이에서 본 그는 가슴이 민틋하고 피부가 거칠어서 중성적인 분위기를 풍겼다. 투박하면서도 섬세한 사람이라는 걸 말해주기라도 하듯 귀밑머리가 함함하고 소복했다. 그가 손가락을 함초롬하게 모아 탁자 위에 올려놓았는데 눈부시게 가늘고 고왔다. 나는 그런 손가락을 지닌 사람을 한 명 더 알았다. 담배를 피우는 데 쓰기엔 아깝다고 여겨질 만큼 곱고 가느다란 손가락을 지닌 선배였는데, 어느 날 그 선배가 난바다까지 출어했다가 허탕을 치고 돌아온 뱃사람처럼 담배를 빽빽 피우더니 "나는 나를 파괴해버리고 말 거야"라고 말했다. 선배는 자신의 기원이 모호하다고 덧붙였다. 아무런 격정과 슬픔 없이 지나온 삶이 부끄럽다고도 했다. 그가 내린 결론은 육체를 파괴하는 것이었다. 한 번도 앓아본 적 없는 작자들이 의사가 되듯 고통을 모르는 사람들이 문학을 운운하는 건 수치스러운 일이라면서. 나는 그 말에 감명받았던 것 같다— 훗날 내가 골초가 되었을 때 그 선배는 말끔한 귀공자 스타일로 되돌아와 담배 피우는 악마를 대하듯 경멸이 가득한 눈으로 나를 바라보았는데, 이런 것도 청출어람이라고 할 수 있을지—하지만 그의 손가락이 주는 감동은 내가 여태 경험해보지 못한 종류였다. 한마디로 아무 짝에도 쓸모없을 듯한 손가락이었다.

나는 죽음을 연상시키는 단어들을 발음하지 않기 위해 노력했다. 내가 그를 위해 지킬 수 있는 최대한의 예의라고 생각했다. 탁자 위에 파리 한 마리가 앉았는데도 나는 꾹 참았다. 맨

손으로 파리 잡는 솜씨를 보여줘 몇몇 여자에게 호감을 얻은 적이 있는 터라 더욱 그러했다. 나는 에둘러 말하려 했으나 그는 허락하지 않았다. 그에게서 새물내가 났다. 나는 아직 죽음을 심사숙고한 적이 없으므로 그의 고통을 짐작만 할 뿐이었다. 이따금 그가 죽은 것은 아니잖은가라는 반감이 치솟기도 했으나 다스릴 수 없을 만큼 격하지는 않았다.

말끝에 그가 흐득흐득 울었는데 듣는 이에게 죄의식을 느끼게끔 하는 소리였다. 찻집 주인 사내와 아르바이트 여학생의 시선이 비난처럼 내게 쏟아졌다. 나는 안절부절못하며 냅킨을 그에게 건넸다. 그가 울지 않았다면 그따위 부탁을 들어주지는 않았을 거다. "알았어요. 제가 함께 가줄게요." 그는 퉁퉁 부은 눈으로 나를 보더니 밥을 먹겠냐고 물었다. 찻집에서 밥을 먹어본 적이 없으므로 나는 고개를 저었다. 사실 그가 무슨 소리를 하는지 잘 이해할 수 없었다. 이윽고 그가 주문한 김치볶음밥이 나왔다. "맛있네. 정말 맛있어." 나는 조금 기뻤던 것 같다. 2주일 내내 그가 학생식당에서 밥 먹는 걸 지켜보았으나 그처럼 달게 먹는 걸 보기는 처음이었다.

다음 날 나는 발정 난 수퇘지처럼 산부인과 뒷문 계단에 앉아 꿀꿀댔다. 수속을 돕고 수술실에 들어가기 전에 손을 한 번 잡아준 뒤 이파리가 무성해 거느린 그늘마저 갈맷빛인 느티나무 한 그루가 선 그곳에서 시간을 보냈다. 문득 나는 그 자리에서 얼마나 많은 사내들이 죽치고 앉아 담배를 피우고 가래를 뱉고 앞날을 예측하고 지나온 길을 후회했는지 알 것 같았다. 느티나무 밑동과 그 주변은 사내들이 갈긴 오줌발 때문인 듯 검누렇게 물들었는데 널린 담배꽁초와 쓰레기 탓에 슬럼가의 어느 골목을 연상시켰다. 아마 사내들은 이 자리에서 수술이 끝나기를 기다리면서 자신의 내면을 거닐었을 것이다. 그의 수술과 아무런 상관이 없었건만 웅덩이에 고인 더러운 물에 비친 나조차 수퇘지로 보였으니 말이다. 나는 한 번도 본 적 없는 그의 남자 친구를 조금은 원망했다. 잘 죽었다고 사위스러운 생각도 잠깐은 했던 것 같다. 그의 남자 친구는 대성리 기차역에서 죽었다. 기찻길 위에서 후배들에게 원맨쇼를 보여주다가 그랬다는데 기차가 다가오는 걸 보았던 그 누구도 사고를 예견하지는 못했다. 플랫폼과 기찻길이 딱히 구분되지 않는데다 당사자가 무척 태평스러웠기 때문이라고들 했다. 나는 그의 죽은 남자 친구를 대신해 산부인과 뒤뜰에 앉게 된 나의 운명에 대해 생각했고 앞으로 또 얼마나 많은 예상치 못한 일들을 겪게 될 것인지를 가늠했다. 유럽의 사내들처럼 내 핏줄로 여기고 키울 테니 그에게 낳아야 한다고 애원했어야 옳지 않을까라는 생각 따위로 머리에 쥐가 날 지경이었고 나도 모르게 흘러나온 신음들이 꿀꿀대는 소리로 내 귀에 되먹임되었다. 간호사가 손짓으로 나를 불렀다. 나는 거세된 수퇘지처럼 얌전히 간호사를 따라 회복실에 들어갔다. 나는 마취에서 깨어가는 그를 오래도록 지켜보았다.

그는 오한이 든 사람 같았다. 생명이 탄생하는 걸 목격하는 기분이었다. 마취에 들었다가 깨어나면 그전과는 전혀 다른 사람으로 새로 태어날 수 있는 건지. 부디 그럴 수 있기를 속으로 기원하며 그의 입가에 흐르는 침을 닦아주었다. 그때까지도 그 역시 자신이 얼마나 분주한 삶을 살게 될지 몰랐을 거다.

닷새가 지나도 병세는 호전의 기미가 보이지 않았다. 한의사는 혼잣말인 듯 성관계를 자제하라니깐 어쩌고 중얼거리더니 생각났다는 듯 혹시 자위를 하는 건 아니냐고 물었는데 나로서는 자신의 침술이 비난받을 게 두려워 선수를 친다는 기분이 들었다. 신경과 의사는 실명까지는 아니더라도 시력이 현저히 낮아질 수 있으니 잘 때만이라도 꼭 안대를 쓰라고 충고했다. 실명이라니 좀 무시무시했다. 안대를 쓰고 잠들었다가 일어나 보면 어디론가 사라졌다. 길호 형이 집 앞에서 안대를 주워 갖다줬을 때도 별로 놀라지 않았다.

그를 만나기 전까지 나는 비밀이 없는 사람이었다. 비밀이 없는 사람은 쓸쓸하다. 무언가를 남몰래 할 수 있는 방 한 칸 가져본 적이 없으므로 나는 타인의 이목에서 자유로울 수 없었다. 간신히 누군가의 눈을 피할 수 있게 되면 잠이나 자는 게 고작이었고 그처럼 잠든 나를 또 다른 누군가 목격했다. 결과적으로 나는 비밀이 없을 뿐만 아니라 마땅히 내 것이어야 할 비밀들마저 타인에게 빼앗긴 셈이었다. 오랜만에 만난 사람인데도 내가 어느 선배의 자취방에서 자위를 하다 들켜 쫓겨나다시피 짐을 싸들고 나와야 했던 사건 따위를 화제로 꺼냈고 과음의 도가 지나쳐 속옷에 대변을 싸질렀던—내 기억에는 없는—사건 또한 오랫동안 놀림거리가 되었다. 해가 지지 않는 세계에 버려진 야행성 동물처럼 무기력한 시절이었다. 그와 나의 관계도 비밀스럽지는 않았다.

그는 다른 사람들처럼 비밀이 많았다. 실제로 그랬는지는 장담할 수 없다. 이를테면 설령 내가 아랫배의 튼 살을 목격했더라도 그게 무슨 의미인지 몰랐을 테니 말이다. 대부분 비밀의 정체는 누추했다. 고상한 비밀이라는 건 상상에서나 가능했다. 그러므로 비밀이 있는 사람도 쓸쓸하다.

그 시절 내 유일한 비밀은 바로 그 책이었다. 교수와 학생 들의 시선으로 직조된 두터운 그물을 헤치고 그가 강의실에서 뛰쳐나갔던 날, 나는 아무도 없는 텅 빈 강의실에 오래도록 남아 그가 앉았던 자리를 바라보았다. 기억을 재구성해보려 애썼으나 그래봐야 나는 그의 뒤통수만을 바라보았다는 걸 깨달았다. 그가 앉았던 책상 서랍에서 교재로 쓰던 책을 찾았을 때는 가볍게 흥분했는데 깨알 같은 그의 메모들을 들여다볼 때는 그가 느낀 배신감을 이해할 수 있을 듯했다. 그는 나를 만나면 졸린다고 했다. 배가 고프다고도 했다. 나는 그가 편히 잘 수 있도록 대운동장 스탠드나 한적한 등나무 그늘을 찾아 무릎을 빌려주었고 배가 고프지 않아도 함께 식당에 갔다. 근심 걱정 없이 끼니를 때우고 잠들 수 있다면 생은 행복할 수도 있을 듯했다. 그렇게 우리는 여름과 가을을 보냈다. 교정의 은행나무가 누렇게 물들 무렵 노골적으로 그를 비아냥대는 내용의 대자보가 곳곳에 나붙었다. 그가 다시 화제의 중심이 되었다. 대자보를 쓴 사람은 그의 죽은 남자 친구와 우정이 깊었다던 한 사내였다. 대자보에 따르면 그는 남자를 파멸의 구렁텅이로 이끄는 요부였다.

나는 그에게 왜 성추행 당한 사실을 말하지 않았냐고 힐난했다. 그는 무슨 말인지 모르겠다는 듯 나를 빤히 바라보았는데 수억 광년쯤 떨어진 별을 볼 때의 눈빛이 그러할 듯했다. "내가 말했잖아. 그날……" 나는…… 이해했다. 어느 날인가 그는 내 무릎을 베고 눕지도 않았으며 식당으로 나를 이끌지도 않았으며 내게 말 한 마디 건네지도 않았다. 그의 말은 입 밖으로 나오는 순간 휘발되어 사라졌다. 나는 잠들지 못했다. 날이 밝아 해가 뜨면 사방이 아득했다. 그 시절의 내게 햇살은 불면증을 유발하는 근원적 고통이었다. 그는 치열하게 싸웠다. 그를 음탕한 여자로 윤색했던 사내는 혼자가 아니었다. 사내의 배후에는 편견과 무지로 무장한 세상이 있었다.

치욕이란 것도 묘한 구석이 있어서 흙탕물이 지나간 자리에 앉은 검고 부드러운 명개와 같아 세월이 흘러 차분히 되돌아보면 더는 치욕스럽지도 않을뿐더러 외려 비감을 불러일으키면서 추억의 일부를 구성하기도 한다. 가지런히 놓인 옛 치욕들. 앙

금이 되어 가라앉은 지난날의 격정은 더 이상 수치가 아니라 재현할 수 없는 순정이었다. 마침내 사내가 공개 사과를 한 뒤 휴학했다. 나는 기진맥진한 그를 어머니에게 데리고 갔다. 어머니는 버스 종점 옆에서 작은 식당을 운영했다. 어머니는 그에게 아무것도 묻지 않았다. 그저 국밥 한 그릇을 말아 내놓았을 뿐이다. "맛있어요, 어머니." 국물도 남기지 않고 달게 먹은 그는 당연하다는 듯 졸리다고 말했다. 그는 한 사람이 누우면 꽉 차고 마는 가겟방에 기어 들어가더니 금세 세차게 코를 골았다. 나는 조붓한 가게에 앉아 일수꾼과 밥 손님과 주변 상인 들 혹은 그저 길을 묻기 위해 잠시 고개만 들이민 뜨내기들을 지켜보았다. 어머니는 가겟방 문턱에 앉아 그의 이마에 맺힌 땀을 손수건으로 닦아주었다. 어머니와 그는 모녀처럼 썩 잘 어울려서 나만 외톨이가 된 기분이 들 정도였다.

나는 그가 충분히 강한 사람이라는 걸 알았다. 입대하던 날 춘천의 보충대까지 배웅하겠다는 그를 청량리역에서 뒤돌려 세웠다. 기다릴 필요가 없노라고 쓰게 웃으며 일러주자 그는 고개를 끄덕였다. 군에 있는 동안 그의 편지를 여러 통 받았다. 휴가 때마다 엇갈려 나는 그를 만날 수가 없었다. 4박 5일 혹은 9박 10일의 휴가 기간 동안 예전에 그가 누운 적이 있던 가겟방에서 어머니를 곁눈질하며 연가와 비가를 읽었다. 그 책에 실린 시와 소설은 그의 주석이 있어 비로소 의미가 분명해졌다. 사실을 말하자면 그의 주석은 다분히 공격적이고 비판적이었다. 그의 체취가 번진 활자를 읽을 때마다 나는 청량리역 광장 한가운데 쪼그리고 앉아 타인들의 시선은 아랑곳 않은 채 씩씩하게 울던 그를 떠올렸다. 그의 뒷모습이라도 한 번 더 보고 싶어 개찰구를 뛰어넘어 달려갔던 나는 행여 그에게 들킬세라 조심스레 뒷걸음질을 쳐야 했다. 그처럼 등 돌린 뒤에야 눈물을 비칠 수 있는 사람이라면 어디에 내버려두어도 죽지는 않을 거라는 믿음이 생겼다. 내게는 잔인한 믿음이었다.

내가 복학했을 때 그는 캐나다에 있었다. 졸업은 하지 않았으나 어학연수를 위해 체류 중이었다. 내가 졸업을 앞두었을 때 그가 한국에 돌아왔다. 우리는 후문 근처 찻집에서 해후했다. 눈에 띄는 어느 곳에라도 파리가 앉았다면 나는 기꺼이 맨손으로 파리 잡는 솜씨를 보여줬을지도 모른다. 그가 손가락을 가지런히 모아 탁자 위에 올려놓았는데 창밖 가지치기가 끝난 가로수 마들가리처럼 쓸쓸해 보였다. 그동안 그의 삶이 얼마나 분주했던가를 말해주는 듯했다. 그의 첫마디는 이랬다. "배고파. 밥 먹어도 될까?" 나는 수 년 동안 참았던 눈물을 쏟아버렸다. 이번에도 찻집 주인과 아르바이트 여학생은—나는 어쩐지 그들이 과거에서 불쑥 튀어나온 사람들인 것만 같았다—용서의 여지가 없는 파렴치범을 보듯 내게 사나운 눈길을 던졌는데, 어쩌면 비밀이 없는 나를 비밀이 많은 사람으로 보아준 타인은 그들이 유일하지 않을까 하는 생각도 들어 그다지 몰강스럽게 여겨지지는 않았다.

나는 실업 급여로 생활비를 충당했다. 얼마나 버틸 수 있을지 알 수 없었다. 월세를 분담해주던 그가 없었으므로 그 집은 내게 벅찬 거주지였다. 목련은 밤새 잠들지 않았다. 기도하기 위해 모은 손을 떠올리게 하던 꽃봉오리가 어둠을 견디면 눈에 띄지 않을 만큼 입을 벌렸다. 나는 목련 꽃잎들이 어느 순간 모가지가 부러지듯 가지에서 툭 떨어지는 것도 무리는 아니라고 생각했다. 숨 한 번 쉬기 위해 입을 벌리는 데 저토록 오랜 시간이 필요하다면 단 한 번의 호흡이 목련 꽃의 목표인지도 몰랐다.

그날 어떤 징조도 없었다. 예언의 새가 어둠을 가르며 날지도 않았고 발정 난 고양이가 울부짖지도 않았다. 외려 다른 날보다 고요하고 차분해서 질식할 만큼 어둠이 한층 두터웠을 뿐이다. 나는 침대 위에 엎드려 스탠드가 흩뿌리는 불빛 아래서 운명을 다루듯 그 책을 만지작거렸다. 오랜 세월 나의 고독과 함께 낡아버린 책. 고독은 습관이 되었고 그 순간부터 특별함을 잃었다. 펼쳐둔 쪽 위로 눈물 한 방울이 떨어졌다. 누렇게 바랜 책장에 갓맑은 눈물이 아슴아슴 스며들었다. 눈물이 스며든 활자는 제 옆의 그것들보다 도드라졌다. 활자라는 말이 실감되었다. 생생한〔活〕 글자〔子〕. 책은 하나의 육체인지도 모른다. 또 다른 육체에만 반응하는. 눈꺼풀을 움직이는 신경이 기능을 못하는 탓에 손을 썼더니 아랫눈시울에 민다래끼가 돋았다. 나는 조심스럽게 눈가에 맺힌 눈곱을 떼고 집게손가락으로 눈꺼풀을 내렸다. 눈물에 젖었다 말랐다를 반복하는 까칠한 아랫눈썹이 만져졌다. 손가락을 눈두덩에 댄 채 한동안 그렇게 있었다. 그 밤에 추억들은 오래 놔둔 과일처럼 물크러졌다. 종내 나는 썩었다가 말라비틀어진 과일을 보듯 나의 과거를 보았다. 무언가를 추억하기에는 너무 젊다는 생각도 들었다. 하지만 그가 떠난 뒤 모든 특별한 예외는 진부한 범례가 되고 말았다. 그가 트렁크를 끌고 나갈 때 내 입에서 나온 말은 배고프지 않느냐는 것이었다. 나는 곧바로 후회했으나 그런 자책이 무색해질 만큼 그는 머뭇거리지도 않고 고개를 돌려 담담한 목소리로 배가 고프지 않다고 말했다. 우리는 아무런 수사 없이 헤어졌다.

침대 위에서 이리저리 뒤척이다 까무룩 잠이 들 무렵 초인종 소리가 났다. 길호 형의 트럭 소리가 들리지 않았으므로 아직은 이른 새벽인 게 분명했다. 나는 좀비처럼 어슬렁거리다 이내 현관에 다가가 문을 열었다. 그 앞에 트렁크를 끌고 나갔을 때와 같은 옷차림의 그가 있었다. 나는 환영을 본 거라 믿었으나 이젠 누구나 시간 여행이나 공간 이동을 할 수 있게 되었는데 나만 몰랐던 것일 수도 있다는 생각도 잠깐 들었다. 내가 현실을 똑바로 인식하지 못한 이유는 막 잠에 들었다 깨어나 정신이 혼미했던 탓도 있었고 그가 입은 붉은색 계통의 긴팔 티셔츠가 재빠르게 나를 과거로 데려갔던 탓도 있었다.

우리는 월드컵이 열렸던 해 뒷골목으로만 돌아다녔다. 그는 거리 응원을 조금 두려워하는 듯했다. 먼 옛날 타국에서 벌어졌던 카니발이 뒤늦게 이 땅에서 재현되는 걸 목격하는 기분인 건 나도 마찬가지였다. 거기에는 옹졸한 자존심도 있었고 억눌린 분노도 있었다. 가느다랗고 기다란 금관악기들이 내지르는 새된 소리와 파동이 느껴지는 격음 들이 허공에서 한데 뒤엉켰다. 우리는 궁여지책으로 각자가 지닌 옷 가운데 붉은 악마처럼 보이게끔 하는 붉은 계통의 옷을 골라 입었으나 그것이 최악의 선택이었음을 금세 깨달았다. 우리는 주목받지 않기 위해 노력했으나 외려 그 옷은 다른 이들의 이목을 집중시켰고 타자성의 확고한 증거가 되었다. 온통 붉은 옷들이 활보하는 거리에서 단지 붉은 계통이라는 건 신뢰와 일치가 아닌 배신과 분열을 뜻했다. 그 뒤 우리는 거리 응원전이 펼쳐지는 날이면 일찌감치 귀가했다.

이듬해 그가 멕시코로 떠난 뒤였다. 나는 그가 한국에 있을 때보다 자주 그가 등장하는 꿈을 꾸었다. 꿈속의 그는 늘 실제보다 어렸다. 이십대인 경우도 드물었다. 주로 교복을 입은 십대였는데 누에 같은 손가락으로 어미의 젖무덤을 더듬는 아기일 때도 있었다. 나는 그의 십대와 어린 시절을 오로지 그의 이야기를 통해서만 알았다. 하지만 꿈에서 나는 그를 마치 어린 시절의 동무처럼 같은 반의 급우처럼 가까이에서 지켜보았다. 꿈에서 깨어나면 스스로 생각해도 어이가 없었다. 십대의 그를 혹은 갈래머리의 어린 그를 지켜보며 흥분했던 내가 괴상했다.

나는 괴물처럼 그를 통째로 삼키기도 했으며 일반적으로 난폭하게 다루었다. 그는 거세게 반항하지는 않았지만 눈동자에는 어김없이 비난이 떠올랐다. 나는 귀를 닫고 눈을 막고 입을 감았다. 멕시코의 칸쿤에서 한 농민이 할복자살했다. 날짜를 보니 9·11 2주기였다. 우리는 세계무역센터가 무너지는 걸 술집에서 보았다. 서양인들처럼 맥주를 마시며 서양인들의 재난을 보았다. 빌딩은 거대한 성화봉처럼 보였는데 꼭대기에서 뭉클뭉클 피어나 뉴욕 하늘로 퍼져가던 거대한 연기는 우리가 보았던 것 가운데 가장 현란한 인류의 구난 신호였다. 그리고 한 농민의 할복자살은 나 홀로 보았다. 나로서는 농민의 슬픔을 헤아릴 수 없었다. 아마 어쩌면 영원히 그럴 것이다. 나는 그를 걱정했다. 그는 자결한 농민이 속한 단체의 통역원으로 그곳에 갔다. 죽음을 연상시키는 단어조차 삼갔건만 아무 소용이 없었다.

현관의 센서등이 꺼졌다. 나는 거실등을 켰다. “이 시간에 왜 왔어?” 내 목소리는 내가 듣기에도 생경했다. “네가 보고 싶어서.” 그 상황이 못마땅했지만 이유는 알 수 없었다. 사랑이 식어서일지도 모른다고 여겼다. 그게 아니라면 내가 병에 걸렸기 때문인지도 몰랐다. 오른쪽 얼굴을 지배하는 말초신경들은 잠들었다. 안면 신경 마비는 결핵처럼 고상하지도 암처럼 무자비하지도 않았다. 한센병, 매독, 페스트, 스페인 독감처럼 경악스럽지도 헌팅턴 무도병처럼 희귀하지도 않았다. 그와 나 사이에 잠시 소란스러운 침묵이 흘렀다. 그는 당황하는 듯했다. 누군가 그때의 우리를 보았다면 팬 포커스로 찍은 사진처럼 배경과 한 가지로 납작했다고 묘사했으리라. 집 뒤쪽은 텃밭이었다. 산 아래 자리 잡은 이 마을의 맨 마지막 열에 있어서였다. 부지런한 누군가 갈묻이를 벌써 끝낸 터라 텃밭들은 시련을 겪고 난 사람의 가슴 같았으나 그 시각에는 눈에 보이지 않았다. 간신히 지평선을 넘어온 희부연 빛이 어슴푸레 사위를 밝혔을 테지만 산기슭은 여태도 짙은 어둠이었다. 그의 손이 내 얼굴 가까이 다가왔다. 손끝이 푸르르 떨렸는데 과장된 감정을 보는 듯해 불쾌했다. 그의 손이 오른쪽 얼굴을 쓸고 지나갔다. 아무런 느낌이 없었다. 그의 티셔츠 소매 끝에서 옅은 새물내가 났다.

조금 놀라웠다. 발병했던 첫날 나는 마비된 곳이 오른쪽인지 왼쪽인지 분간하지 못했다. 신경과 의사가 오른쪽이라고 일러주지 않았다면 오랫동안 헷갈렸을 것이다. 그에게는 고통을 보는 눈이 있었던 거다.

나는 자주 우울했던 그를 위해 두 눈동자를 가운데로 모아 모들뜨기 흉내를 내곤 했다. 해고됐던 사십대의 노동자가 자살했던 날에도 전직 대통령이 투신했던 날에도…… 나는 그들의 죽음이 그에게 전염될까 봐 두려웠다. 으레 그는 내 얼굴을 똑바로 보지 않으려 고개를 이리저리 돌리다 결국 함빡 낯꽃을 피우고야 말았다. “이제 그만 해도 돼.” 한참 웃은 뒤에 그가 이렇게 말해주면 나른하게 맥이 풀렸다. 삶에서 은퇴해도 된다는 말처럼 들렸다. 영원한 휴식이 약속되었다는 기분이 들게끔 했으니 말이다. "너는 사랑을 할 때만 기염을 토하지." 그 말은 내 기분에 따라 달리 들렸다. 내가 토라지면 그는 너털웃음을 터뜨렸다. "난 네가 부러워. 나도 그럴 수 있으면 좋겠어." 그의 말은 늘 임계점에서 맴돌았다. 화를 내야 할지 웃음을 터뜨려야 할지 모호하고 불쾌한 건지 고통스러운 건지 구분하기 힘든 문턱 값에 아슬아슬하게 걸렸다. 나 또한 우리의 동거가 좌초인지 정박인지 헷갈렸다.

나는 거실 소파에 앉았다. 내 행동이 그에게 나를 귀찮게 하지 말라는 의미로 받아들여지길 바라면서 풀썩 앉았다. 이 시각에 왜 왔는지 알 수 없으나 별 용건이 없다면 돌아가주었으면 싶다는 뜻으로도. 그가 이 집에 있든 없든 상관없다는 듯 행동할 수도 있었지만 나는 좀더 내 의사가 정확하게 전해지길 바랐다. 내 질병이 다른 방식으로 해석되길 원하지 않아서였다. 그는 벗의 집들이에 초청받은 사람처럼 굴었다. "청소를 자주 하나 봐. 예전보다 깨끗한걸." 그의 손길은 거실의 사물들을 부드럽게 쓰다듬었다. 나는 조금 우스웠다. 새삼스레 이 집에서 숨겨진 경이로움을 찾아냈을 리도 없을뿐더러 그의 행동이 진지하기도 해서였다. 통속적인 게 분명한데도 진지한 예술 작품이라도 되듯 다루는 위선적인 비평가처럼 보였다. 그래서 조금은 통쾌하기도 했다. 그와 나는 완벽하게 남남이 된 듯했고 어쨌든

이 집에서 권리를 행사할 수 있는 사람은 나였으니까. 그는 손님에 지나지 않았다. 그가 잠깐 고개를 돌려 소파에 앉은 나를 보았다. 그의 시선은 강철로 된 실처럼 곧장 날아와 내 눈과 마주쳤다. 그러나 잠시였다. 이윽고 그의 시선은 사리사리 허공으로 흩어졌다. 언제였던가. 우리는 가끔 교외로 소풍을 갔다. 농협대학 뒤편의 종마 목장을 찾았던 날 진입로에 섰던 은행나무가 떠올랐다. 풍성한 금빛 은행잎들 아래를 걸으며 흰 울타리 너머 초원에서 한가롭게 서성이는 말들에 감탄했다. 종마라는 낱말이 불러일으키는 이미지 탓에 억세고 정력적인 말들일 거라고 지레짐작했다. "여기에 종마만 있는 게 아니래." 그가 눈빛을 빛내며 말했다. "혈통이 좋은 말들만 있는 게 아니라는 거야. 암말을 흥분시키는 특별한 말이 있거든. 강력한 페로몬을 발산하는 그런 말을 먼저 씨암말과 대면시켜. 암말이 흥분하면 이 녀석은 제 역할을 다한 셈이야. 그리고 흥분한 씨암말에게 씨수말을 데려다주는 거지." 불쌍한 녀석이네. 나는 이렇게 말했던 것 같다. 우리는 진입로를 따라 사무실이 있는 곳까지 갔다. 격리된 작은 터에서 눈에 띄게 키가 작고 체구가 왜소한 기수들이 훈련 중이었다. 우리는 자판기에서 커피를 뽑아 마시고 한동안 말과 기수 들을 지켜보다가 왔던 길을 되짚어갔다. 목장 입구까지 가는 동안 우리는 아무 말도 하지 않았다. 나는 우리에게 과거로 되돌아갈 수 있는 능력이 생겨 자신의 인생을 거꾸로 걸어본다면 아마도 이처럼 조용하게일 거라고 생각했다. 목장 입구에서 그에게 말했다. "너와 내가 아이를 낳으면 매기와 같은 괴물이 나올 거야." 그가 물었다. "매기가 뭔데?" "수퇘지와 암소가 흘레붙어 낳은 짐승이래." "그런 짐승을 본 적 있어?" 나는 고개를 저었다. "네가 수퇘지고 내가 암소야?" 그는 내 대답을 기다리지 않고 혼자 쿡쿡 웃었다. 나도 따라 웃었다. 바로 곁에 선 은행나무 밑동에 상처 자국이 있었다. 부주의한 누군가가 주차를 하려다 부딪친 모양이었다. 저 흔적도 언젠가는 반흔으로 남아 떨켜처럼 처량할 터였다. 우리는 키가 다 커버린 나이 많은 애송이에 지나지 않았다. 매기. 어쩌면 이미 우리가 매기였는지도 모른다. 매기들은 누구와 결혼하여 아이를 낳아야 할까. 또 다른 매기만이 유일한 배우자겠지. 그리하여 근친혼을 거듭하다 결국 도태되어 사라지겠지. 그럼에도 끝없이 되풀이되어 어디에선가 매기가 탄생했다가 소멸하겠지. 그가 속으로 이렇게 생각하리라는 걸 나는 알았다. 처음부터 그 모든 걸 알았다. 우리는 서로 달랐고 또한 비슷했다. 이 세상을 두려워한다는 점에서 일치했고 처음부터 이런 세상과는 어울리지 않는 사람이라는 점에서도 그러했다. 버스 정류장까지는 한참이었다. 그 길을 걸으면서 내가 모들뜨기 흉내를 냈는지 내지 않았는지 기억에 없다. 다만 그의 눈시울이 하분하분 젖었다는 것만은 선명하게 떠올랐다. 가슴이 허우룩하고 쓸쓸했다. 자청해서 대를 끊고 소멸하려면 반드시 거쳐야 하는 과정이라고 스스로를 위로해도 소용이 없었다. 그때 우리는 스스로를 우주에

버려진 돌멩이 같다고 느꼈다.

"돌아가. 혼자 있고 싶어." 그가 떠난 뒤 혼자였건만 그 순간 나는 미치도록 혼자이고 싶었다. 연인이 아닌 사이로 둘이 함께 있다는 게 이처럼 견디기 힘든 일인 줄 미처 몰랐다.

그가 책을 집어들었다. 나는 어떤 인력을 느꼈으며 그에게 딸려가지 않기 위해 두 다리에 힘을 줘야 했다. 왜 나를 버리고 떠나야 했는지, 그를 사로잡는 열정의 정체가 무엇인지 물어봐야 아무런 대답도 들을 수 없을 거였다. 어쩌면 그는 이미 내 질문에 대답을 했는지도 모른다. 말해지지 않은 질문과 답들. 누군가 갈피를 넘기기 전까지는 책이 단 한 번도 스스로 말하지 않듯이. 그 시각에 나는 정말 매기라도 된 듯 이 세상이 이물스럽고 두려웠다. 아무리 둘러보아도 자신과 똑같은 존재를 찾을 수 없을 때처럼. 이 세상에 나와 같은 존재는 오직 나 하나뿐이라는 생각이 들었을 때처럼. 그 역시 그런 생각이었을지 모른다. 나는 그의 목적이 책이라고 여겼다. 배가 고프다고 했거나 잠이 온다고 했다면 나는 두말 않고 요리를 하거나 침대를 정돈해줬으리라. 하지만 그는 멍한 시선으로 오래전 찍었던 증명사진을 보는 사람처럼 책을 들여다보았다. 서로에게 종요롭고 풍성한 관계가 되어야 한다고 믿었던 적이 있었다. 그는 확신에 찬 사람이었지만 타인에게 자신의 확신을 강요하지는 않았으므로 나 역시 그러고 싶었다. 그는 사물을 영혼으로 감지했고 나 역시 그를 흉내 내기 위해 애썼다. 그는 바람마저 가둬버릴 듯 빈틈없이 단단했기에 나는 오직 그를 스쳐 지나갈 수 있을 뿐이었다. 대신 그의 내부는 어둡고 차가웠다. 그러나 그 역시 이따금 햇살이 가슴속에 스며들도록 작은 바라지창 하나라도 내어야 했으므로 나는 그 창을 통해 드나들 수 있으리라 믿었다. 내가 진실로 바란 건 그뿐이었다.

그는 책을 손에 든 채 두리번거렸다. 나는 손가락으로 현관을 가리켰다. 그가 알겠다는 듯 고개를 끄덕이더니 타박타박 걸어 현관을 통해 집을 빠져나갔다. 내 속에 갇혔던 것들도 일시에 왈칵 쏟아져 나오더니 그를 따라 현관을 통해 세상으로 빠져나갔다. 텃밭에 희부연 기운이 맴돌았다. 소파에 앉은 채 나는 책의 운명을 생각했다. 얼마나 시간이 흘렀을까. 길호 형의 아내, 활기차고 명랑한 형수가 현관 앞에 선 채 시든 채소처럼 내게 손짓했다. 나는 형수를 따라 나갔다. 골목 입구에 책이 있었다. 가까이 가서 보니 두동강이 난 채였다. 형수의 말에 따르면 그는 이 자리에서 목련 꽃잎이 지듯 팔랑팔랑 쓰러졌다고 한다. 농산물시장에서 돌아오는 길이었던 길호 형이 그를 트럭에 싣고 병원으로 갔다. 내가 병원에 도착했을 때 그는 이미 이 세상 사람이 아니었다. 머릿속 혈관이 터져 고인 피가 간뇌를 압박한 뒤 겨우 2~3분 만에 숨졌을 거라고 의사는 추측했다. 그의 장례를 치른 한 달 뒤쯤 경찰서에서 연락이 왔다. 뺑소니 택시 기사는 그가 멀쩡하게 일어나더니 잠깐 주위를 두리번대다 걸어갔다고 진술했다.

나는 오래도록 생각했다. 발써 익은 길이어서일까. 그는 어쩌자고 나를 찾아왔던가. 동네 근처에서 사고를 당한 걸 보면 처음부터 나를 만나기 위해 왔던 것일 수도 있었다. 안면 마비는 더디게 치유되었다. 입사 지원서를 위해 새로 증명사진을 찍었더니 무언가에 놀란 듯 오른쪽 눈을 부릅뜬 게 확연히 드러났다. 왼쪽 입꼬리의 주름살도 선명했다. 신경과 의사는 길게는 1년 혹은 평생 그럴 수도 있다고 분통을 터뜨리듯 말했다. 한의사는 침을 놓을 때 더 주의를 기울여야 했다. 그가 내 오른쪽 얼굴에 침을 꽂을 때 비로소 통증이 느껴졌다. 길호 형은 개안해봐야 아무 소용이 없다고 혀를 찼다. 형수는 그가 사고를 당하기 며칠 전에도 새벽에 그 골목에서 나오는 걸 보았다고 말했다. "어차피 헤어진 사람들인데 말해 무엇하랴 싶었어요." 형수는 죄를 저지른 사람처럼 안절부절못했다. 나는 괜찮다고 말했다. "그러니까 아마도 그날이었던 것 같네요." 형수가 일컫는 그날은 내가 발병했던 날을 뜻했다.

그날 나는 잠에서 깼을 때 입이 돌아간 걸 깨달았다. 병은 내가 잠든 사이 기지개를 켰을 테고 더불어 내가 잠든 사이 말초신경이 꺼지면서 더는 기능을 수행하지 못했으리라. 그러니까 나는 잠든 사이에 오른쪽 눈을 부릅떴던 것이다. 그리고 어쩌면 한 번쯤은 그 눈으로 창문을 통해 나를 들여다보던 그를 보았을

지도 모른다. 그와 시선이 마주쳤을 때 내 눈은…… 무엇을 보았을까. 이런 가능성을 떠올리자 산올벼처럼 자잘한 슬픔들이 가슴에 박혔다. 나는 눈을 뜬 채 아무것도 보지 못했으므로 영혼이 실명한 것이나 마찬가지였다. 배가 고팠을 그를, 어딘가에 누워 깊이 잠들고 싶었을 그를 창밖에 홀로 내버려둔 것만 같았다. 다정하고 귀중했던 나의 그는 오래도록 쓸쓸했던 것이다—내가 오래도록 맹시(盲視)였듯이.

마르께스주의자의 사전

그해 봄 소집 해제로 학교에 돌아간 그는 반년 남짓한 기간 동안 많은 게 변했음을 깨달았다. 문학회에서 열어준 환영식은 몇 달 전의 환송식과 별다르지 않았다. 그가 군에 간다고 말했을 때 그건 입대가 아니라 소집일 뿐이라고 정정해주었던 짓궂은 선배가 여전히 제대가 아니라 소집 해제일 뿐이라고 놀렸지만 그는 어떻게 대처해야 할지 몰랐다. 나는 그에게 무엇이 그토록 낯설었냐고 물었다. "인류 최초의 농담을 듣는 기분이었다고나 할까."

그 선배가 환송식에서 김소진이 방위로 복무하는 동안 국어사전을 ㄱ부터 ㅎ까지 독파했다는 이야기를 들려주었다. 그는 골똘히 생각에 잠겼다. 그리고 국어사전을 잘근잘근 씹어 먹고 돌아오겠노라 선언했다. 그는 기초 군사 훈련이 끝나는 날 다락방에 널렸던 누나들의 옷가지며 잡동사니를 치웠다. 다락방에는 신전에 바쳐진 제물처럼 국어사전 한 권만 성스럽게 달랑 놓였다. 근무를 마치고 돌아오면 그는 다락방에 올라가 침침한 백열등 아래서 신중하게 낱말을 더듬은 뒤 정말로 국어사전을 씹어 먹었다. 다락방은 그의 고치였다. 그는 사전에서 새로운 세계를 발견했으며 태초의 시인처럼 말의 매력에 금세 사로잡혔다. 사전의 세계에 몰두하다 보면 깊은 골짜기와 높은 봉우리가 있는 산맥의 한가운데 선 기분이었다. 낱말들은 서로의 이름을 불렀고 메아리처럼 이 골짜기와 저 산봉우리를 종횡으로 가로질렀다. 그는 귓가에 울리는 활자들의 부름에 따라 이리저리 헤매고 싶은 충동을 억눌러야 했다. ㄱ부터 ㄴ, ㄷ, ㄹ…… 이렇게 차근차근 사전이라는 미로를 정복하고 싶었다. 그의 누나들은 이따금 다락방 문을 열고는 채 변태를 하지 못한 번데기라도 보듯 혀를 찼다. 그는 나비로 우화할 날을 기다리는 인간 번데기였다.

그는 사전을 먹다 잠이 들기도 했다. 어린 시절에는 반듯이 누워도 남을 만큼 넉넉한 크기였지만 이제 더는 그럴 수가 없었다. 그곳에서 잠들었다 깨면 설거지를 하고 난 뒤처럼 몸이 쑤셨다. 더 이상 다락방이 신비롭지 않다는 사실을 깨닫기도 했다. 그는 어린 시절 왜 이 다락방을 즐겨 찾아들었는지 이해할 수 없었다. 그토록 많은 악몽의 근원지였는데. 부모가 남겨준 그 집에서 세 남매는 서로를 경멸하지 않고 사는 방법을 배웠다. 그는 힘이 센 급우에게 놀림을 당하거나 얻어맞은 날이면 다락방에 웅크리고 앉아 공상 속에서 복수를 감행하는 가련한 약골이었다.

그는 누나들에게 쓸데없는 근심을 안겨주지 않기 위해 사전을 뜯어 먹을 때마다 최대한 소리가 나지 않도록 입을 꾹 다문 채 꼭꼭 씹었다. 사전은 쓴맛이 났다. 몸속에서 낱말들이 아우성을 치며 혈관을 따라 흘렀다. 어느 날 그는 작전 계획도를 만들다 압정에 손가락을 찔렸는데 그곳에서 낱말이 한 방울 한 방울 기포처럼 아슴아슴 솟아오르는 환각을 겪기도 했다. 화장실의 낡은 변기는 배설물을 제 힘으로 삼키지 못했다. 대야에 물을 가득 담아 높이 들어 올려 낙차를 이용해 부어주어야만 했다. 그럴 때마다 그는 눈을 질끈 감았다. 거기에 소화되지 못한 낱말들이 뭉텅이로 똬리를 틀었을 것만 같아서였다.

그는 방위로 복무하던 6개월 내내 속이 좋지 않았다. 그는 먹을 수 있는—먹어도 탈이 나지 않는 사전을 만들면 빌 게이츠처럼 억만장자가 될 수도 있겠다는 공상을 했다. 3분의 1쯤이 뭉텅 뜯겨나간 그의 사전은 미래 인류가 발견한 골동품 같았다. 그가 정복한 곳은 ㅁ까지였다. 선배가 여섯 달 전의 약속을 기억하고 그에게 물었다. 그는 당황하여 얼굴이 벌게졌는데 기간이 짧아서라고 항변했지만 믿어주는 것 같지는 않았다.

그가 돌아온 교정은 을씨년스러웠다. 산 중턱에 자리 잡은 터라 여전히 바람이 드셌다. 해마다 봄이면 되풀이되는 학생들의 등록금 투쟁이 지겨웠는지 대학 당국은 다양한 방식의 등록금 분할 납부를 미리부터 고지하고 나섰다. 그는 한꺼번에 등록금을 납부한 게 억울했다. "큰누나는 적금 때문에 쩔쩔맸고 작은 누나는 카드 빚 때문에 안달이었거든."

교학과, 서무과, 학생과를 찾아다니며 등록금을 돌려달라고 요구했다. 교직원들은 긴장한 얼굴로 그를 맞았다가 너털웃음을 터뜨리며 그를 돌려세웠다. 그들이 긴장한 이유는 그가 고리끼 소설의 주인공 빠벨처럼 비장하게 찾아와 등록금을 돌려달라 요구했기 때문이었고, 너털웃음을 터뜨린 이유는 그가 돌려준 등록금을 고이 간직했다가 다시 분할 납부하겠다고 말했기 때문이었다. "이봐, 학생. 그런 이유로 등록금을 돌려줄 학교가 어디에 있어?"

그는 분했다. 그런 이유로 등록금을 돌려줄 학교가 어딘가에 분명히 있을 거라 굳게 믿고 다른 대학에 다니는 지인들에게 하나하나 전화를 걸어 물어보았지만 만족할 만한 대답을 듣지는 못했다.

그는 교정 곳곳에 나붙은 대자보들을 심드렁하게 바라보았다. 대선 자금 공개나 교육 재정 확보를 요구하는 내용들이었다. 그는 자신과는 무관한 일인 듯해 김이 샜다. 이미 등록을 해버린 그로서는 등록금 투쟁만큼 무의미한 일이 없었다.

문학회는 매주 세 번, 월요일과 수요일과 금요일에 모임이 있었다. 월요일에는 일상적인 총회가, 수요일에는 시 합평회가,

금요일에는 소설 합평회가 열렸다. 그는 얼마 안 가 발자크라는 별명으로 불리었다. 합평이 끝난 뒤 뒤풀이 자리에서 반드시 분탕질을 했기 때문이었다. 그는 후배들이 자신을 발자크라 부른다는 사실을 알고 쓸쓸한 얼굴로 이렇게 말했다. "나는 마르께스주의자야." 그는 이런 말을 누나들에게도 했다. 누나들은 근심스러운 눈빛으로 그를 보았다. 어린 시절부터 어머니 노릇을 했던 큰누나가 한숨을 푹 내쉬었다. "젊은 시절에 마르크스주의자가 아니면 그것도 바보라고 했으니까." 종합병원의 간호사인 큰누나에게선 늘 강렬한 클로로포름 냄새가 났다. 아버지 노릇을 했던 작은누나는 그 옆에서 화난 얼굴로 고개를 주억거렸다. 백화점 화장품 판매원인 작은누나에게선 늘 희미한 아세톤 냄새가 났다. 그는 할 말이 없었다. 마르께스주의를 마르크스주의로 오해한 것도 그러하지만 식민지 시대에나 통용되었을 법한 농담을 누나들의 입에서 듣게 된다는 게 어쩐지 역사는 진보하지 않고 순환한다는 증거인 듯해서였다.

그의 집 앞 골목 입구에는 수십 년 된 복덕방이 있었다. 고리오 영감을 연상시키는 복덕방 노인은 장판을 깐 작은 평상에 앉아 밥도 먹고 술도 마시고 화투도 쳤다. 노인에 대한 인상은 그가 나이를 먹을수록 달라졌다. 그가 최초로 기억하는 노인은 스크루지 영감이었고 중학생 시절에는 방망이 깎는 노인이었으며 고등학생 시절에는 늙은 어부 산티아고였다. 이제 노인은 고리오 영감처럼 수심이 가득한 얼굴로 복덕방 앞을 지나치는 사람들을 초점 없는 눈길로 바라보았다. 예전이나 그때나 변하지 않은 게 있다면 그가 고리오 영감을 노인으로만 기억한다는 사실이었다. 대학생이 된 뒤로 그는 복덕방 앞을 지나갈 때마다 절로 어깨가 움츠러들었다. 고리오 영감의 동료들인 참전 용사회 노인들에게 뺨을 맞은 적이 있어서였다. 하지만 그가 방위로 복무하는 동안 그들과 관계가 원만해졌다. 비록 육방이라는 놀림을 빼놓지 않고 받긴 했지만. 그는 고리오 영감이 싫지 않았다. 그가 누나들과 사는 집을 고리오 영감이 중개했다는 인연 때문만은 아니었다. 노인은 그가 풀이 죽어 타박타박 걸어오는 걸, 흥에 겨워 가볍게 뛰듯이 걸어오는 걸 오랜 세월 동안 지켜보았다. 노인의 눈빛은 그의 기분을 다 안다는 듯 부드러웠는데 그가 침울하면 똑같이 침울해졌고 그가 즐거우면 똑같이 기쁨으로 빛났다.

그날 아침 누군가를 기다리기라도 하듯 복덕방 앞에 우두커니 섰던 노인이 지나가는 그의 팔을 붙잡았다. "네가 마르크스주의자라는 이야기를 들었다. 나는 괜찮다. 아무 상관없어." 노인은 그렇게 말해주었다. 그는 버스에서 지하철에서 학교로 이르는 길에서 노인의 말을 곱씹어보았다. 어쩌면 자신을 가장 잘 아는 사람은 누나나 문학회 동료 들이 아닌 그 노인일지도 모른다는 생각이 들었다. 그날 강의는 사회과학대학 건물에서 있었다. '북한의 정치와 사회'라는 교양 강좌였다. 그에게는 공공연하게 주체사상을 논할 수 있다는 점이 매력적이었다. 사회과학

대학 대강의실은 청강생을 포함해 교수와 대결하고 싶어 안달이 난 200여 명의 학생들로 북적였다. 머리칼이 하얗게 센 교수는 개량 한복을 입었는데 방금까지 모내기를 하다가 새참을 먹기 위해 논두렁에 오른 농부처럼 보였다. 강의는 지루했다. 창밖으로 보이는 하늘이 어두컴컴했다. 한바탕 비가 쏟아질 기세였다. 아주 먼 곳에서 누군가 울부짖는 듯한 소리가 들려왔는데 그건 도서관 앞에서 열리는 출정식의 소음일 터였다. 강의가 시작된 지 채 한 시간도 지나지 않았을 때 대여섯 명의 학생들이 앞문을 통해 우르르 들어왔다. 낯익은 문학회 후배가 있어 그는 하마터면 팔을 번쩍 들고 소리라도 지를 뻔했다. 수강생들이 웅성거렸다. 교수는 뒷짐을 진 채 묵묵히 그들을 견뎠다. 짧고 간단한 소개를 마친 뒤 그들은 도서관 앞에서 열리는 집회와 서울 시내에서 치르게 될 시위에 동참해줄 것을 호소했다. 몇몇 수강생들이 가방을 꾸려 슬그머니 강의실을 빠져나갔다. 그는 자신과 상관없는 등록금 투쟁에 동참할 생각이 없었다. 그러나 조금 뒤 그는 도서관 앞에 모인 학생들 무리 뒤쪽에 스페인 내전을 취재하기 위해 영국을 떠나 바르셀로나에 방금 도착한 조지 오웰처럼 팔짱을 낀 채 섰다.

3천여 명의 시위대가 학교를 떠날 무렵에는 한낮인데도 캄캄했다. 시위대는 후문을 통해 학교를 빠져나간 뒤 경찰과의 쓸데없는 충돌을 피하기 위해서였는지 인도로만 행진했다. 그는 의용군에 입대하는 것 말고는 달리 할 수 있는 일이 없었던 조지 오웰처럼 시위대를 따라 시내로 진입했다. 시위대는 청계천 고가도로 아래서 다른 시위대들과 합류했다. 3만여 명이 내지르는 함성이 고가도로 아랫면에 부딪히며 공명되어 그의 귓속에서 울렸다. 시위대는 느릿느릿 시청 쪽으로 흘러갔다. 시위대 선두는 광교를 거쳐 을지로입구에 이른 듯했다. 시위는 따분했다. 그가 있는 곳에서는 전투경찰도 보이지 않았고 시민들도 무심한 얼굴로 지나쳤다. 추적추적 비가 내렸다. 3월의 막바지에 내리는 빗줄기에는 한기가 스며 있었다. 빗물이 그의 앞 머리칼 끝에서 뚝뚝 떨어졌다. 그는 등에 멨던 가방을 벗어 가슴에 안았다. 그의 가방 속에는 ㅅ까지 뭉텅 떨어져 나간 국어사전과 노트 한 권이 들었다. 소집 해제 뒤에도 그는 사전 삼키기를 그만두지 않았던 거였다. 내가 속은 괜찮았냐고 묻자 그는 만성이 된 덕분인지 가끔 설사를 해도 견딜 만은 했노라고 답했다.

시위대 선두 쪽의 소식들이 입과 입을 통해 전해졌다. 명동 쪽에서 진출한 다른 시위대까지 을지로입구에서 합류했는데 그곳에 경찰 저지선이 펼쳐졌다는 것이었다. 일부 시위대는 종로 쪽으로 진출하여 종각에서 경찰과 대치 중이라고 했다. 서울 하늘은 우중충했다. 빗줄기는 점점 굵어졌다. 그는 고가도로 아래를 떠나지 않았다. 시위대의 후미마저 그에게서 멀어졌다. 시위대가 빠져나간 자리를 재빠르게 자동차들이 채웠다. 그는 중앙분리대가 없는 횡단보도 가운데 쭈그리고 앉았다. 마르께스라면 이런 상황을 어떻게 묘사했을까. 그는 ㄱ에서 ㅅ까지의 낱말들 가운데 적당한 걸 찾아보려 애썼다. 머릿속 낱말들은 뒤엉킨 채로 그의 사고의 촉수를 피해 달아났다. 고가도로를 지붕으로 이고 앉은 그는 평온하다고 느꼈다. 세상에서 가장 큰 다락방에 들어간 듯한 기분이었다. 그곳에서 그는 엠마처럼 고독했다. 그는 하릴없이 앉았다가 습관처럼 가방에서 사전을 꺼냈다. ㅅ의 마지막 장에 실린 낱말들을 찬찬히 눈으로 훑어본 뒤 눈을 감고 방금까지 시선으로 어루만졌던 그것들을 음미했다. 이제 더는 사전의 세계가 경이롭지 않았다. 어쩌면 눈앞에 외계인이 나타난대도 5분만 지나면 이웃사촌처럼 친숙하게 대할 수 있을 듯했다. 그는 비 맞은 염소 꼴로 ㅅ의 마지막 장을 천천히 씹어 먹었다. 파란불이 켜져 횡단보도를 건너던 사람들이 그를 무심한 눈길로 보았다. 그는 폭음을 들으며 헛구역질을 했다. 폭음은 그치지 않았다. 조금 뒤 그는 최루가스 냄새를 맡았다. 그는 재채기를 하다 퇴각하는 시위대에 뒤섞였다. 질서! 질서! 시위대는 손수건, 피켓 등을 흘리면서 동대문운동장 쪽으로 밀려갔다. 그는 을지로 쪽으로 방향을 꺾어 퇴각하는 시위대에 휩쓸렸다. 청계로와 을지로에서 밀려온 시위대들이 옛 훈련원 앞 대로에 대기 중이던 전경들에게 막혀 인쇄소가 모인 골목길로 뿔뿔이 흩어져 들어갔다. 그 시각에 을지로입구에서 명동 쪽으로 밀려난 시위대와 충무로까지 우회했던 시위대는 명동성당으로 모여들었다.

"확신할 수는 없지만 보았다고 생각했어." 그가 보았던 건 눈매가 날카롭고 머리털이 뻣뻣하며 공포와 피로 가운데 어느 쪽인지 알 수 없는 어쩌면 둘 다에 잠식되었을 수도 있는 낯빛이 창백한 남학생이었다. 누군가 그의 등을 가볍게 툭 건드렸다. 그가 돌아보았을 때 어둠이 빗줄기를 타고 창처럼 그들 사이로 내리꽂혔다. 그는 백골단이 그들을 뒤쫓는 걸 힐끔 보았다. 몇 명의 학생들과 함께 중구청으로 향하는 큰길가의 주유소까지 달려온 그는 자신이 방금 빠져나온 골목에 뒤엉키며 쓰러진 한 무리의 학생들이 백골단의 곤봉과 군홧발 세례를 받는 걸 보았다. 그 순간에 설명할 수 없는 환각을 보았는데 한 무리의 노동자들이 곡괭이질을 하는 모습이 그의 눈앞에 떠올랐다가 사라졌다. 곧이어 정체를 알 수 없는 문장들이 입속에서 웅얼댔다. 메모하고 싶은 강렬한 충동을 느꼈지만 그가 부들부들 떨리는 손으로 할 수 있는 일은 가방을 꼭 붙잡는 것뿐이었다. 비는 잠시 그쳤다. 그는 충무로까지 터덜터덜 걸었는데 병사들의 시체 틈에서 홀로 일어나 아무 일 없다는 듯 황산벌을 빠져나가는 백제의 패잔병이라도 된 듯한 기분이었다. 누군가 그를 불렀다. 돌아오라고 손짓을 했다. 그는 고개를 저었지만 어느새 발길을 되돌려 인쇄 골목을 향해 걷는 자신을 발견했다. "겨우 한 살 차이지만 나보다 어린 사람이 전경에게 맞아 죽을 수도 있다는 걸 처음으로 실감해서였을 거야." 그날 죽은 학생은 연세대 법학과 2학년생 노수석이었다. 명동성당에 집결했던 시위대가 소식을 듣고 달려왔다. 시신은 을지로 국립의료원에 안치되었다.

어둠이 짙게 내려앉은 서울 거리는 장대비 속에 푹 잠겼다. 국립의료원이라 짐작되는 곳 앞에 달맞이꽃처럼 빛나는 전경들의 헬멧만이 보였다. 하수구는 외려 빗물을 콸럭콸럭 내뿜었다. 빗물이 내를 이뤄 골목을 흘렀다. 발목까지 잠긴 채 그는 내리는 비를 고스란히 맞았다. 돌멩이에 두들겨 맞는 기분이었다. 고리오 영감은 이럴 줄 알았던 걸까. 그는 자신을 위로하듯 부드럽게 감싸주던 노인의 말을 떠올렸다. 나는 괜찮다. 아무 상관없어. 이렇게 입속으로 되뇌어보자 오전에 듣던 것과는 달리 비난으로 여겨지기도 했다. 괜찮지 않아. 상관있어. 이건 역사적 사건이 아니야. 그저 수해와 같은 자연재해일 뿐. 그는 이렇게 중얼거리며 자정이 가까운 시각에야 학교로 돌아갔다. 학생회관은 밤샘을 하려는 시위대로 북적였다. 그는 다른 동료들처럼 문학회 방에 앉아 추모 시를 써보려 노력했다. 비에 흠뻑 젖은 고단한 마르께스주의자는 가방에서 사전을 꺼냈다. 다행히 귀퉁이만 젖었으나 사전은 좌뇌 쪽이 함몰된 두개골을 연상시켰다. 그는 밤새 한 줄도 쓰지 못했다. "그때 처음으로 이런 의문을 품었던 것 같아. 이 상황을 표현할 수 있는 낱말은 사전에 없을 거라는, 침묵이 사전의 장기일 거라는."

그는 매일 장례위원회가 있는 연세대에 갔다. 꽃보다 먼저 피어난 대자보와 플래카드가 그의 정신을 어지럽혔다. 아직 사전을 다 먹지 못했으므로 섣불리 문장은커녕 낱말조차 뱉어낼 수 없었다. 그는 장례가 치러질 때까지 난코스라 여겨졌던 ㅇ을

다 먹어치웠다. 그사이 시를 제법 쓰던 한 후배가 등록금을 마련하지 못해 휴학을 했고 소설가가 되고 싶다던 한 후배가 군대에 갔다. 장례식 당일 오전 신촌로터리에서 노제가 열렸다. 그는 우연히 가까운 곳에서 노수석의 부모를 볼 수 있었다. 기형도의 산문 가운데 망월동 묘역을 참배한 뒤 버스 안에서 이한열의 어머니와 조우했던 순간을 묘사한 대목이 떠올랐다. 기형도는 그 장면을 별다른 수사도 없이 섬세하게 그려냈는데 읽는 그조차 무슨 말을 해야 할지 몰라 더듬거리는 심정이었다. 그제야 그는 아버지가 돌아가셨을 때에도 어머니가 돌아가셨을 때에도 그와 비슷한 상황이었다는 걸 깨달았다. 그는 다락방 안에서 문고리를 꼭 잡은 채 누나들이 불러도 친척들이 혀를 차도 동요하지 않았다. 다락방의 어둠을 견디는 게 무슨 말을 해야 할지 몰라 다른 사람들 앞에서 쩔쩔매는 것보다 낫다는 걸 어린 시절에도 알았던 거다.

한순간 노수석의 부모와 눈이 마주쳤던 것도 같았다. 집요하게 존재하는 것들을 볼 때처럼 경멸과 찬탄이 뒤섞인 시선이었다고 그는 기억했다. 그는 노제 현장을 빠져나가고 싶었으나 사람들에 가로막혀 뜻대로 할 수 없었다. 사방이 훤히 트이고 하늘이 끝없이 높은 곳이었건만 다락방에 갇힌 듯 답답했다. 나는 그가 느낀 답답함을 이해할 수 있을 듯했다. 그는 간신히 사람멀미라는 낱말을 기억해냈다. "나 역시 눈매가 날카롭고 머리털이 뻣뻣하며 공포와 피로 가운데 어느 쪽인지 알 수 없는 어쩌면 둘 다에 잠식되었을 수도 있는 낯빛이 창백한 남학생 가운데 하나였으니까. 젠장, 안 그런 녀석이 그중에 누가 있지?"

마르께스주의자는 그해 봄과 초여름을 우울하게 보냈다. 학생총회가 성사되어 수업 거부가 결정되었으나 본관 건물을 점거한 학생들의 숫자는 점점 줄어갔다. 기말고사가 얼마 남지 않았던 어느 날 문과대학에서 나오던 그의 시야에 총장실 창턱에 걸터앉아 남산타워를 바라보는 학생이 들어왔다. 그는 하마터면 문과대학 계단에서 구를 뻔했다. 넘어졌다 일어나 보니 그 학생은 사라졌다. 휑하게 열린 창문은 짐승의 눈처럼 사나웠다. 농성 천막은 해체되었고 본관을 점거했던 학생들도 그곳을 빠져나왔다. 그의 사전은 더 얇아졌고 그의 배 속에는 ㅊ까지 들어갔다. '북한의 정치와 사회'의 기말고사 시험 문제는 단 하나였다. 주체 개념을 설명하고 비판하시오. 아래로부터의 의사 결정. 관료제 정착으로 사실상 불가능할 수밖에 없는 구조. 그의 머릿속에서 한 학기 동안 배우고 익혔던 개념어들이—상투적인 수사들이 생각의 촉수를 피하지 않고 얌전히 기다렸다. 그는 지난봄부터 습관적으로 위장약을 복용했고 사전을 삼키기 전보다 더 나은 문장을 쓰지 못한다는 걸 인정하는 순간이 올 것 같은 불안감 때문에 불면증에 시달렸다.

여름방학 첫날 그는 누나들에게 다음 학기 등록금을 스스로 마련할 테니 걱정하지 말라고 선언했다. 큰누나는 미덥지 못하다는 듯 입을 샐쭉거렸지만 그의 어깨를 주물러주었고 작은누나는 팔짱을 낀 채 깔깔깔 웃었다. “우리는 네가 염소가 될까봐 걱정했단다.” “염소가 다 뭐야. 토끼 새끼지.” 그는 안심이 되었다. 등록금 마련에 실패하더라도 손 내밀기가 덜 쑥스러울 것 같아서였다. 그는 기와지붕을 수리하는 사람들을 따라다니는 동안 ㅋ을 삼켰다. 지붕 위에 올라 낡은 기왓장을 아래로 던질 때마다 낱말 하나씩을 함께 던졌다. 서울과 수도권 곳곳에 이처럼 많은 한옥이 있다는 걸 그는 처음 알았다. 선조들의 마을을 거니는 기분이 들었다. 경마장 마사(馬舍)에 딸린 말 샤워실 벽에 고무 판을 대면서 ㅌ을 삼켰다. 말의 부상을 방지하기 위한 고무 판이었는데 한쪽 면에 본드를 잔뜩 발라 벽에 붙이는 단순한 작업이었지만 얼마쯤은 본드에 취한 듯 몽롱해지는 걸 감수해야 했다—그는 무의식에 저장된 낱말 가운데 ㅌ이 많은 이유가 바로 그 때문이라고 설명했다. 체구가 작은 기수들과 어울려 밥을 먹기도 했고 마주들의 허락을 받아 말들의 갈기를 쓰다듬기도 했다. 건초를 씹어보기도 했는데 사전보다는 맛이 좋은 듯했다. 유제류(有蹄類) 특유의 쌍꺼풀진 눈과 발굽 들 사이에서 그는 자주 환상에 취했다. 그사이 장마가 끝나고 무더위가 시작되었으며 복날을 꼬박 지켜 누나들과 삼계탕을 먹었다. 그의 피부는 전보다 짙은 구릿빛으로 그을렸고 이마에 제법 단단한 주름살이 잡혔다. 8월에 접어들었을 때 그는 잠시 문학회 방에 들렀다가 마침 통일선봉대로 국토 순례를 떠나는 후배의 환송식 자리에서 거나하게 취하는 바람에 발자크라는 꼬리표를 떼지 못하고 말았다. 8월은 더할 나위 없이 무더웠다. 그는 배관공을 따라다니며 누수관을 보수하는 작업을 거들었다. 작업을 마치고 시험 작동을 했을 때 말끔하게 수리가 된 걸 확인하면 체증이 가라앉듯 속까지 후련했다. 그는 ㅍ을 그처럼 술술 삼켰다. 낱말 하나하나가 피톨이 되어 자신의 몸속을 자유롭게 돌아다니는 공상을 했다. 저녁노을이 물든 서쪽 하늘을 보며 귀가하는 시간은 더없이 감미로웠다. 배관공은 작업이 끝나면 그를 데리고 술집에 갔다. 그곳에서는 싸구려 막걸리마저 농염했다. 배관공은 그를 아우라 불렀고 그는 배관공을 형님이라 불렀다. 배관공의 거칠고 단단한 손가락을 동경했으며 상스러운 동시에 다정한 말투 역시 배우고 싶었다. 그는 난생처음 몽키와 스패너를 손에 쥔 채 춤추는 사람을 보았으며 한쪽 가슴을 덜렁 내놓은 채 술을 따르는 퇴물 작부에게 방심한 동안 불알을 잡혀 보기도 했다. 나는 그에게 뉴스를 본 게 그 술집이었냐고 물었다. 그는 고개를 끄덕였다. 왜 연세대에 들어갈 생각을 했느냐고 묻자 그가 내 눈을 빤히 바라보았다. "몰랐니? 너 때문이었잖아."

나는 기어들어가는 목소리로 연세대에 있지 않았노라고 그에게 말했다. 통일선봉대 대원으로 참여했던 건 사실이지만 서울에 올라왔던 날 빠져나왔다고 덧붙였다. "난 몰랐다." 그는 집에 돌아가 ㅍ의 마지막 장을 우물우물 삼키면서 무엇을 해야 할지 고민했다. 큰누나는 그의 고민에 아무런 관심이 없었다. 그해 가을에 결혼할 계획이었다. 그는 하지정맥류로 고통스러워하며 잠결에도 끙끙 앓는 소리를 내는 작은누나의 혈관이 도드라진 종아리를 만져보았다. 나무처럼 단단했다. 밤새 잠 못 이룬 그는 새벽녘 배관공에게 전화를 걸었다. 배관공은 그가 더는 일을 할 수 없게 되었다고 하자 아쉬워했다. "뭔가 좀 외설스러운 말을 했던 것 같아. 그러니까 술집 누님 젖통이 그리우면 언제든 찾아와 등등. 그런데 전혀 그렇게 들리지가 않았어. 정든 사람과 이별할 때 서운함을 감추려고 외려 부산을 떨며 재촉하는 사람의 목소리라고나 할까." 그는 배관공이 종이는 작작 처먹으라고 힐난한 뒤 전화를 끊었다는 것도 기억했다. 그의 머리를 깎아준 사람은 고리오 영감이었다. 그날따라 이발소는 좀처럼 문을 열지 않았고 그의 얼굴에 수심이 가득한 걸 본 노인이 손짓을 했다. 노인은 복덕방 의자를 문 앞에 내놓은 뒤 이발 도구를 평상 위에 가지런히 늘어놓았다. 그는 노인이 손에 쥔 바리캉에서 나는 윙윙대는 소리가 어떤 운명을 암시하는 것처럼 여겨졌다. 머리카락이 말끔하게 잘려나간 머리통을 스윽 만져보았다. 노인은 모자를 쓴 채 어떻게 사례를 해야 할지 몰라 엉거주춤 선 그를 부드럽게 안아주었다. 그리고 그의 귓가에 예의 그 말을—그는 토씨 하나 다르지 않은 문장이었다고 기억했다—속삭여주었다.

그는 우선 학교에 갔다. 불교학과 학생회실을 찾은 그는 낯익은 사람들에게 부탁해 어렵지 않게 승복과 바랑을 구할 수 있었다. 그는 문학회 방에서 옷을 갈아입었다. 청바지와 티셔츠 그리고 운동화는 바랑에 넣었다. "세브란스 병원을 통해 들어갔는데 얼마나 떨렸는지 몰라. 얼굴은 새카맣게 탔으니 흠 잡힐 걱정이 없었지만 머리통이 새하얗잖아. 눈썰미 있는 전경이었다면 그렇게 쉽게 들여보내주지는 않았을 거야. 차라리 목사나 수녀로 변장할 걸 그랬어." 나는 차마 그에게 왜 그런 위험을 감수했느냐고 묻지 못했다. 그러면 내 눈 속에 뛰어들기라도 할 것처럼 빤히 들여다볼 게 뻔했으므로. 그는 연세대에 들어간 날짜를 기억하지 못했다. 나는 8월 15일일 것이라고 일러주었다. "맞아. 시내 곳곳에 내걸렸던 태극기를 보았던 것 같아." 그날 오전 6천여 명의 경찰이 교내에 진입해 정문에서 본관까지 이어진 도로인 백양로를 점거했다. 나는 그가 전경이 점거한 백양로를 어떻게 통과했을지 무척 궁금했다. 그는 학생회관 뒤편 조경 공사를 위해 파놓은 구덩이에 네 시간 남짓 처박혀 있었다고 했다. 그는 주변에 있던 널빤지로 구덩이를 가리고 그 아래서 푹푹 찌는 8월의 열기를 견뎠다. 그 안에서 조심스럽게 옷을 갈아입었다. 그의 바랑 안에는 이제 승복과 고무신 그리고 ㅎ만이 남은 국어사전이 들었다. 학생들의 목소리가 가까운 곳에서 들리자 그는 널빤지를 치우고 슬금슬금 학생회관 북쪽으로 돌아 백양로에 들어섰다. 학생회관을 경계로 그 너머는 딴 세상이었다. 그는 자신도 모르게 이건 폐허라고 탄식하듯 중얼거렸다. 최루탄과 화염병 파편들 그리고 돌멩이가 어지럽게 널린 백양로 주변은 살천스럽기 그지없었다. 바리케이드로 사용되었던 책상과 의자가 불에 그슬린 채 아무렇게나 뒹굴었고 타다 만 광목천과 플래카드가 들러붙은 차도와 인도에는 최루탄 냄새가 섞인 메스꺼운 연기가 힘없이 피어올랐다. 난간과 계단은 말할 것도 없고 손 닿는 높이의 건물 외벽 마감재들까지 몽땅 뜯겨 나갔는데 그는 마치 눈앞에서 세계가 해체되는 중인 것 같은 느낌이었다. 미처 던지지 못한 채 방치된 돌무더기가 곳곳에서 눈에 띄었으며 그 옆에는 손수건으로 눈만 내놓은 채 얼굴을 가리고 쇠파이프를 쥔 학생들이 주저앉아 휴식을 취하고 있었다. 그는 백양로를 따라 올라간 뒤 머리에 붕대를 감은 학생이 일러준 종합관을 찾아갔다. 그는 나지막한 목소리로 내 이름을 불렀다. 1층부터 옥상까지 차례차례 모든 복도와 강의실을 둘러보았지만 그는 나를 만날 수 없었다. 나는 그에게 당연하다고 말했다. 그곳에 있지 않았으므로.

종합관을 빠져나온 그는 왔던 길을 되짚어 내려간 뒤 도서관과 체육관 사잇길을 지나 이학관으로 향했다. 학생들의 점거로 공사가 중단된 운동장의 패널로 된 차폐막을 따라 전경과 학생들이 밀고 밀리는 중이었다. 그는 쉽게 이학관에 다가갈 수 없었다. 그는 체육관 벽에 바짝 붙어선 채 하늘에서 최루액이 쏟아지는 걸 지켜보았다. 백양로에서 사수대들이 체육관 쪽으로 몰려왔다. 최루 연기가 그들을 집어삼키며 따라왔다. 정문 쪽에서 전경들의 진입 작전이 다시 시작되었다. 이학관 정문 계단의 바리케이드 때문에 그는 운동장에서 밀려온 사수대들을 헤치고 가야 했다. 누군가 그에게 싸울 수 있느냐고 물었다. 그는 잠시 머뭇거렸다. 그는 이학관을 올려다보았다. 옥상에서 나부끼는 깃발의 끝자락이 나타났다 사라졌다. 깨진 창문을 가로막은 피켓을 보았고 고개를 내민 채 한가롭게 먼 하늘을 응시하는 사람도 보았다. 그는 세상에서 가장 차분한 구조 신호를 본 듯한 기분이었다. 누군가 그에게 쇠파이프를 쥐여주었다. 정문 쪽으로 갑시다! 이런 외침들이 들려왔고 그는 바랑을 고쳐 멘 뒤 다른 학생들을 따라 달려갔다. 그는 공포를 억누르고 간신히 내뱉는 고함과 포성을 연상시키는 폭음에 둘러싸였다. 성한 사람들이 없었다. 핏자국이 말라붙은 청바지와 팔뚝이나 머리에 감긴 더러운 붕대들만이 보였다. 여름날 오후의 태양빛이 사정없이 그들 머리 위로 내리꽂혔다. 아스팔트에서 피어오르는 열기와 짓누를 듯 덮쳐오는 햇볕에 그의 몸뚱어리가 이글이글 타오를 지경이었다. 학생들은 채 10분도 버티지 못하고 종합관과 이학관 쪽으로 밀려났다. 운동장에서 대치하던 사수대가 버텨주지 못했다면 이학관을 등지고 물러서던 학생들은 꼼짝없이 포위되었을 것이다. 누군가 후퇴 신호를 보냈고 학생들은 전경들에게 등을 보인 채 이학관으로 뛰어 올라갔다. 그는 이학관 맞은편 건물의 외벽에 기대어 잠시 숨을 고르다 운동화가 핏물에 젖은 걸 발견했다. 그는 바짓단을 접어 올렸다. 오른쪽 정강이의 새끼손가락 크기로 벌어진 상처에서 진득한 핏물이 흘러나왔다. 그는 백양로를 달려 올라가는 백골단을 보았다. 중대 병력의 전경들이 도서관과 체육관 사잇길로 진입하는 것도 보았다. 사수대들이 이학관을 뛰어 올라가는 것도 보았다. 그는 그곳까지 달려갈 자신이 없었다. 그는 자신이 기대었던 건물 외벽을 따라 절뚝절뚝 걸어 모퉁이를 돌아갔다. 그곳은 기이하게도 창문이 저만큼 높은 곳에 있었다. 그는 건물 뒤편으로 돌아갔다. 해체된 비계가 쌓인 곳을 발판으로 삼으면 창문을 통해 안으로 들어갈 수 있을 듯했다. "그런 걸 초인적인 힘이라고 하는 거지. 어떻게 거길 통해서 기어 들어갔는지 모르겠어." 나는 그에게 물었다. 그럼 언제 연세대를 빠져나간 것이냐고. 그는 어깨를 으쓱하더니 되물었다. "나는 연세대를 빠져나간 게 아니야. 진압 작전이 벌어졌던 이십 일까지 그곳에 있었어." 나로서는 금시초문이었다. 나는 그가 연세대에 남았을 줄은 미처 짐작도 하지 못했다.

그가 창문을 넘어 들어간 곳은 복도 끝 계단참이었다. 누가 지켜보는 것만 같아 그는 한동안 고개조차 들지 못했다. 오한이 든 것처럼 몸이 떨렸다. 그는 이윽고 어슴푸레한 복도에 눈이 익었다. 조심스레 복도 양편의 문손잡이들을 돌려보았다. 그는 손잡이들에서 자신을 밀어내는 척력을 느꼈다. 또한 그들의 거부하는 목소리도 들었다. 이상한 나라의 앨리스와 다른 점이 있다면 그가 몹시도 겁에 질렸다는 것이리라. 마지막 문이 그를 받아주었다. 손잡이가 끼익 소리를 내며 돌아가던 순간 기시감에 사로잡혔는데 그건 아마도 어린 시절 자신을 골탕 먹이려고 다락방 문을 바깥에서 잠갔던 누나들에 대한 기억이 겹쳤던 것이리라고 그는 추측했다. 그는 다락방 문이 잠기면 그 안에서 열어달라고 떼를 쓰거나 우는 대신 그냥 잠들었다. 그리고 언제나 문 열리는 소리에 깼다.

그는 주인이 누구인지 알 수 없는 연구실로 한 걸음 들어섰다. 그가 들어선 방과 건물은 외부 세계와 완벽하게 절연된 공간이 아니었기에 공기를 찢는 폭음과 헬리콥터 소리, 사람들의 아우성과 외침 들이 기세가 한 뼘쯤 숙진 채이기는 했지만 어김없이 파고들었다. 하지만 그는 전혀 다른 세계에 한 발을 들여놓았다고 생각했다. 연구실은 외부의 소란과는 상관없이 원래 그대로인 듯 얌전하게 스스로의 내부를 그에게 드러냈다. 학생들이 학교를 점거하기 전까지는 심상한 풍경이었을 고요하고도 조금은 뻔뻔하게 느껴지기까지 했던 연구실이 그에게는 신비로웠다. 커다란 창을 가린 블라인드는 틈도 없이 드리워졌지만 높이 달린 조그만 창들을 통해 빛이 스며 들어와 방은 그리 어둡지 않았다. 책상 위는 깨끗했고 책장에는 책들이 빈틈없이 꽂혔다. 의자마저 책상과 선을 맞춰 반듯하게 놓였고 바닥에는 휴지 한 조각 없었다. 방은 이 낯선 마르께스주의자의 침입에 당황하지 않았다. 방을 채운 공기마저 부드럽게 견고했으며, 그가 한 걸음 내디딜 때마다 시치미를 떼듯 그가 방금 전까지 점유했던 공간을 소리도 없이 채웠다. 잠시 숨을 멈추기라도 했던 듯 작은 단문형 냉장고가 조용히 헛기침을 한 뒤 진동했다. 그는 손님용 탁자 위에 놓인 꽃병에 다가갔다. 방금 누가 물을 갈고 분무기로 적셔주기라도 한 것처럼 장미꽃은 어둑신한 방 안에서도 생생하게 빛났다. 이 방의 주인 혹은 조교는 퍽 세심하면서도 다감한 성격의 소유자일 거라 짐작했다. 바로 그 순간이 아니었다면, 다른 일로 이 방을 방문할 기회가 있었다면 그는 결코 이 방을 신비로운 공간으로 체험하지 못했을 것이다. 평범한 것에 깃든 신성. 마르께스주의자는 일상과 보통에 감춰진 신비를 누구보다 빨리 깨달았다.

그는 책상 앞 바퀴 달린 가죽 의자에 앉았다. 의자는 그에게 어려워하지 말라고 속삭였다. 타인에게 익숙해진 사물들에서 흔히 느낄 수 있던 이물감은 없었다. 그의 등과 엉덩이를 부드럽게 받아들인 의자는 가볍게 발끝으로 밀기만 해도 소리 없이 굴렀다. 그는 오래전 혹은 전생에 이 방의 주인이었을 자신을 상상했다. 언젠가 이런 방에 이처럼 앉아 사색에 잠긴 적이 있었던 것만 같았다. 유리창은 간헐적으로 흔들렸다. 폭음이 일 때마다 방을 보호하듯 그렇게 떨었다. 시간이 정지된, 아니 어쩌면 시간이 처음부터 존재하지 않았던 공간이라고 표현하는 게 더 어울릴 듯한 그곳에서 그는 바깥 세계를 눈이 아닌 귀로 관람했다. 그는 바깥을 거대한 수족관으로 혹은 바다로 상상했다. 그에게 헬리콥터는 한 마리 고래상어였다. 백골단은 은갈치 떼였고 전투경찰은 벵에돔 떼였다. 이학관이라는 어초에 몰려든 학생들은 고등어 떼였고 사방을 자욱하게 메우는 최루 연기는 한류에 섞여든 난류였다. 쇠파이프와 방패가 부딪는 소리들이 날치 떼처럼 그의 귓속으로 날아왔다. 경찰의 무전기에서 나는 잡음과 이학관 옥상에서 들려오는 선무 방송에서 선율마저 헤아릴 수 있을 듯했다. 그러나 그의 즐거운 상상은 오래가지 못했다. 그는 높이 달린 작은 창을 통해 여전히 먼 하늘을 응시하는 누군가를 볼 수 있었고 최루액이 흩뿌려지는 것도 볼 수 있었다. 그는 나지막하게 중얼거렸다. 비가 오네 그날처럼.

해 질 무렵 학생들은 전경을 정문까지 밀어냈다. 그는 자신이 머문 건물 주변에서 들려오는 소리들로 그런 사실을 알 수 있었다. 이윽고 그는 용기를 내 큰 창에 드리운 블라인드를 살짝 들어 올려 밖을 내다보았다. 여전히 그곳은 폐허였다. 그는 나갈 수도 있었다. 아무렇지도 않은 듯 무리에 뒤섞일 수도 있었지만 방이 그를 붙잡았다. 그는 설명할 수 없는 감정이라고 말했다. 마르께스주의자는 피곤했다. 수십 년에 걸쳐 소모해야 할 감정들을 단 몇 시간 만에 소진해버린 듯 맥이 빠졌다. 하지만 사실 그는 불안과 평온 사이에서 동요했다. 이학관에는 그가 만나고 싶어 하는 사람이 있었고—다시 한 번 나는 그곳에 없었노라고 말했지만 그는 내 말을 별로 신경 쓰지 않는 듯했다—출혈은 멈추었지만 정강이가 욱신거렸다. 그는 책상 서랍 맨 아래 칸에서 구급함을 찾아냈다. 그는 이 방에 얼마나 머물게 될지 알 수 없었지만 되도록 흔적을 남기고 싶지 않았다. 하지만 몇 방울의 요오드팅크 액이 바닥에 떨어졌다. 혀로 핥아 먹고 싶을 정도였다.

그는 의자에 앉은 채로 자신이 이곳에 오지 않았다면 지금쯤 배관공이 운전하는 트럭 조수석에 앉아 차창 밖을 보았을 것이라고 생각했다. 어제까지의 그는 이 시각에 전혀 피곤하지 않았다. 새벽부터 늦은 오후까지 작업을 했어도 배관공과 함께 단골 술집으로 가는 동안 새로운 활기가 솟았다. 그곳에는 큰누나보다 나이가 두 배쯤 많은, 노회하지만 추하지 않은 누님이 있었으니까. 그러나 지금 그는 몽롱하고 어지러웠으며 구역질까지 났다. 그는 헬리콥터 날개에서 시작된 파열음들을 들으며 까무룩 잠 속으로 빠져들었다. 나는 그 시각에 연세대 상공에 뜬 헬리콥터가 모두 열넷이었다고 일러주었다. 그는 놀란 듯했다. "그렇게 적었단 말야? 나는 하늘을 까맣게 뒤덮은 새 떼들을 보았거든. 무슨 종류였는지는 알 수 없지만 거대한 날개를 우아하게 편 채 속도를 줄여 하강하는 새 떼들이었어." 그는 새 떼들 꿈을 꾸었다. 그가 잠든 사이 서울은 어둠에 잠겼고 서치라이트 불빛이 이따금 창을 비추었으며 그의 형상이 고요한 방에서 점멸했다.

그는 새벽에 잠깐 깼지만 시각을 알지 못했고 날짜도 알지 못했다. 자신이 어디에 있는지도 몰랐다. 방의 고즈넉함에 이끌려 다시 잠에 빠져들었다. 다음 날도 무척 맑았지만 그는 흐리다고 기억했다. 그는 그 방을 떠나는 순간까지 그렇게 믿었다. 냉장고는 텅 비었다. 이 방의 주인은 오랜 휴가를 떠난 것만 같았다. 다행히 냉온수기의 물통에 물이 3분의 1쯤 남았다. 그는 뜨거운 물을 컵에 받아 천천히 조금씩 마셨다. 그는 할 일이 없었다. 편지나 일기와 같은 은밀한 읽을거리를 찾아낼 수도 있었겠지만 그는 무단 침입자가 아니라 방문객처럼 처신하기로 마음먹었다. 마르께스주의자라면 꽃 가까이 다가가지 않아도 향기를 맡을 수 있어야 한다고 그는 믿었다. 그는 하루를 초조한 느긋함 속에서 보냈다. 그는 대담하게 방을 나가 화장실을 다녀왔고—하마터면 습관처럼 변기의 손잡이를 누를 뻔해 가슴을 쓸어내린 일 말고는 딱히 그가 감수해야 할 위험은 없었다—방의 한쪽 벽에 붙은 작은 세면대에서 세수까지 했다. 배가 고프긴 했지만 아직은 참을 만했다. 그는 ㅎ을 먹으며 허기를 달랬다. 사전을 그처럼 달게 먹기는 처음이었다. 소독을 자주 해주었지만 상처는 쉬이 낫지 않았다. 외려 정강이가 부어올랐고 간지럼을 느껴 손을 대면 칼로 후벼 파는 듯한 통증이 찾아왔다. 민중가요와 군가가 밀물처럼 갈마들었다. 오후가 되었을 때 그는 자신이 생각보다 태연스럽게 이 상황을 견딘다는 사실이 대견하기도 했으며 좀더 용감하게 행동하지 못했음에 부끄럽기도 했다. 저 건너편에 이학관이 있다는 사실만이 그의 유일한 위로였다. 그가 체험하는 결정적 사건들이 비록 언제 어느 때 결정적 순간으로 바뀌게 될지 알 수 없었으나 그런 순간이 다가온다면 이 방을 뛰쳐나갈 용기를 발휘할 수 있을 거라 믿었다. 그가 넉 장째의 ㅎ을 씹을 때였다. 여태 들어보지 못한 낯선 소음이 들렸다. 그는 문에 다가가 귀를 댔다. 현관문이 열리는 소리였다. 이윽고 그는 방을 점검할 것을 명령하는 목쉰 소리를 똑똑히 들었다. 손잡이의 잠금장치를 누르기에는 이미 늦었다. 그는 소리 없이 두 손으로 손잡이를 꽉 잡았다. 복도를 달리는 군홧발 소리가 가까워졌다가 멀어졌다. 2층으로 향하는 전경인 것 같았다. 맞은편 방들의 문손잡이를 점검하는 소리가 들렸다. 그 소리가 멀어졌다가 가까워졌다. 전경은 옆방 앞에서 한참을 머물렀다. 2층에서 내려온 전경이 모두 잠겼다고 보고했다. 손안의 손잡이가 물에 젖은 둥근 비누처럼 미끄덩 빠져나갈 것만 같았다. 조금 뒤 그는 손잡이를 돌리는 힘을 느꼈다. 그의 이마에서 땀이 주르륵 흘렀다. 그와 전경은 문을 사이에 두고 상대를 알지 못한 채 어떤 대결을 치르는 중이었다. 전경은 누가 안에서 문을 잠갔을지도 모르지 않느냐고 투덜댔다. 현관이 잠겼으니 그럴 리 없노라고 변명하는 목소리가 이어졌다. 그는 문 너머 그들의 숨결까지 느낄 수 있었다. 뜨뜻미지근한 숨이 문을 관통하여 그의 얼굴에 훅 끼쳐왔다. 나는 그가 느낀 공포를 짐작할 수 있었다. 그 상황을 묘사할 때 그의 말투에서 묘한 슬픔이 느껴졌고 그의 슬픔에서는 사과 냄새가 났다.

그는 전경들이 손잡이에서 손을 뗀 뒤로도 두 시간 남짓 꼼짝도 하지 못했다. 그들은 현관문을 닫은 채 복도에 누워 잠들었고 그들이 누군가의 성난 발길질에 깨어나 허겁지겁 건물을 빠져나갈 때까지 숨조차 크게 쉬지 못했다. 그는 간신히 잠금 버튼을 눌렀다. 딸깍. 그 소리가 격발한 총탄처럼 그의 가슴에 박혔다. 그는 우아한 착지에 실패한 체조 선수처럼 문 앞에서 비틀대다 쓰러졌다. 그제야 그는 자신이 있는 건물이 이미 전경들의 영역으로 넘어갔음을, 이학관이 포위되어 섬처럼 고립되었음을 깨달았다. 어둠이 무례하게 방으로 난입했다. 그는 흐물흐물 녹아버린 넉 장째의 ㅎ을 삼키지 못하고 뱉었다. 반쯤 소화된 나머지 석 장의 ㅎ도 토해냈다. 그가 ㅎ에 약한 이유였다.

그는 스스로를 자신의 몸 안에 은닉했다. 블라인드 너머가 전경들의 집결지였다. 그곳에서 중대 단위의 교대와 얼차려와 배식이 이루어졌다. 식판을 긁는 소리, 라이터 부싯돌 소리, 기합 소리, 그리고 이해할 수는 없었지만 탄식하는 소리와 울음도 들려왔다. 그는 더 이상 그 방에서 평온하지 못했다. 그는 매 순간 그들의 적의를 느꼈다. 그에게 문밖은 적으로 가득한 세계였다. 그가 그들의 소리를 들을 수 있다는 건 그들 역시 이 방에서 생겨난 소리를 들을 수 있다는 걸 뜻했다. 방 안의 사물들이 한숨을 쉬었다. 그는 방의 보호가 사라졌음을 깨달았다. 그 방은 더 이상 학생과 전경 사이의 텅 빈 완충지대가 아니었다. 그는 여기에서 죽는다면 자신이 우렁찬 군가에 눌려 죽은 최초의 인간일 거라고 생각했다. 마르께스주의자는 더 이상 품위를 지킬 수 없었다. 그는 옆으로 누운 채 바지 지퍼를 내려 누런 오줌을 쌌다. 나중에는 거추장스러운 바지를 아예 벗어버렸다. 한낮의 열기가 가시고 달구어졌던 방이 서서히 식으면 참았던 대변을 누었다. 밤이 깊으면 무싯날처럼 쓸쓸했다. 잠드는 것조차 두려웠다. 혹시라도 코를 골거나 잠꼬대라도 하면 이 방이 산산조각 날 것만 같았다.

그는 하룻밤에 ㅎ의 수많은 단어들을 먹어치웠다. 어두컴컴했으므로 상관없었다. 무엇을 먹든 마찬가지일 것이었다. 날이 밝자 눈이 뻑뻑했다. 졸음이 밀려왔다. 그는 잠들어도 괜찮을 이유를 찾기 위해 고심했다. 그가 조언을 구하기 위해 불러들일 수 있는 사람은 자신뿐이었다. 민중가요와 군가가 어김없이 갈마들었다. 그 틈으로 낯선 웃음이 비집고 들어왔다. 서로를 위무하기 위한 목소리들이었다. 학생과 전경이 구호를 주고받았으며 가볍게 조롱하기도 우스갯소리를 나누기도 했다. 이곳에서는 뜻하지 않게 연방제가 이루어졌다. 저들과 그는 이웃이었다. 서로에게 무관한. 그는 새로운 형태의 해방구에 자신이 속했음을 깨달았다. 어떤 역사에도 기록된 적 없는 특별한 코뮌이었다. 그는 이 해석에 만족했다. 그리고 그가 자신의 해방구에서 맨 처음 한 일은 잠을 자는 것이었다. 어머니 배 속처럼 아늑했다. 해가 타올랐다 저물었으며 별이 뜨고 달이 가고 어둠이 그를 부드럽게 덮어주었다. 깨어 있는 동안에는 시간의 흐름을 잊지 않기 위해 낮과 밤이 몇 번 바뀌었는지를 되풀이해서 각인

했지만 외려 너무 몰두한 탓에 사흘이 흘렀는지 나흘이 흘렀는지를 종내 헷갈리고 말았다. 그는 바닥에 누운 채로 밤이 낮을 토하고 낮이 밤을 토하는 걸 목격했다. 밤 속에 낮이 낮 속에 밤이 있었다. 밤과 낮은 누구의 꿈일까. 낮이 밤의 꿈일까 밤이 낮의 꿈일까. 어둠 속에서 눈을 번쩍 뜨면 창 너머 캄캄한 하늘에 뜬 희미한 별이 보였다. 자신을 주시하는 하늘의 게슴츠레한 눈이었다. 그에게는 퍽 위안이 되었다. 어둠 속의 한 점 불빛은 제 주변만 밝히지는 않았다. 불빛을 볼 수 있는 곳이라면 어디나 어둠은 걷힌 것이나 마찬가지였다. 한 점 불빛이 밝힐 수 있는 어둠은 무한했다. 그는 엄지와 집게로 동그라미를 만들어 눈에 댔다. 그렇게 하면 별을 관통해 그 너머의 다른 세계로 갈 수 있을 것 같았다. 그의 시선만이라도. 그는 몸속에 은닉했던 자신이 벌떡 일어나 방을 서성이는 것도 보았다. 어느 날이었는지는 기억하지 못했다. "그때는 이미 시간이 아무런 소용없었으니까. 내 몸에서 빠져나와 방 안을 서성이던 그것의 정체가 악마라고 생각했어. 만약 내 안에 악마가 있다면 나는 그의 형상을 나와 꼭 닮은 사람으로밖에 달리 상상할 수가 없으니까. 악마가 가슴이나 머리에 깃든다는 생각들, 그러니까 마치 기생충이나 바이러스처럼 내게 침투한 외부의 존재라는 생각들은 다 거짓이야. 악마는 내 전부를 지배하는 존재일 테니까."

그는 블라인드 너머에서 들려오는 소리에 귀를 막았다. 전경들은 체포한 학생을 장난감처럼 다루었다. 어느 총련이야? 광

주라고? 이 새끼들은 그때 씨를 말려버렸어야 했는데. 그때 뒈지지 않은 걸 후회하게 해주마. 너 저 안에서 씹했지? 몇 명 따먹었냐? 그는 폭력의 오금을 보는 듯한 기분이었다. 안락하고 잔인한 움푹 팬 공간. "그 학생이 전경의 쇠파이프에 두들겨 맞으며 내지르던 비명 때문이 아니었어. 나는…… 그 말들이 모두 사전 속에 있다는 사실을 참기 힘들었던 거야." 마르께스주의자는 그동안 자신이 삼켰던 낱말들을 모두 토했다. 1년여 동안 그가 공들여 씹었던 낱말들이 몇 줌 위액으로 나와 바닥을 적셨다. 부질없는 언어들. 그는 칼로 부은 정강이를 쨌다. 거기에서도 피고름 같은 언어들이 흘러내렸다. 그는 존재하지 않는 나라의 시민이었다고 말했다. 의무도 권리도 없는 나라. 그러나 왠지 내게 그곳은 아름다웠다. 영주권도 시민권도 없는 결코 만날 수 없는 나라.

그는 어느 날 한밤중에 눈을 떴다가 벽에 난 창문들이 모두 방을 비춘다는 걸 알았다. 그때의 어둠은 거울의 뒷면에 입히는 주석과 수은의 합금이었다. 현실의 그가 속한 방은 고요했지만 창에 비친 방들은 서로에게 소문을 전하듯 은밀했다. "그러니까 그때가 진압 작전이 시작되기 직전의 새벽이었던 거야. 징조는 그처럼 은밀하게 찾아오잖아."

희붐한 빛이 창에 비친 방을 지워갔다. 그는 자신이 점점 자웅동체에 가깝게 변해가는 걸 느꼈다. 욕망 없이 슬퍼할 수도 기뻐할 수도 있을 듯했다. 그는 자신의 고립을 실감했다. 누가 원해서였을까. 그 새벽 그는 진정으로 존재하지 않는 공화국의 유일한 시민이었다. 그는 벽이 투명해지고 안개가 낀 듯한 시야가 말끔히 개면서 한낮의 공포가 자신을 엄습하는 걸 지켜보았다. 그가 혼자 감당해야 할 공포들. 그는 혼자이기에 자유롭고 외로웠다. 그는 종합관이 진압되는 동안 맹렬한 기세로 나머지 ㅎ을 씹어 먹었다. 이학관에서 탈출을 시도하는 학생들을 보면서 마지막 장을 꿀꺽 삼켰다.

8월 20일 오후, 대학 관계자들과 몇몇 업무 차량의 정문 통과가 허용되었다. 생수 배달 업체의 직원은 공사가 중단된 공대 건물 앞을 지나 맨 처음으로 그가 고치를 틀고 숨죽여 울었던 건물에 들어섰다. 배달원은 이제 막 태어난 알몸의 나비를 놀란 눈으로 바라보았다. 그는 배달원이 건넨 목장갑을 끼고 바랑에서 모자를 꺼내 쓴 뒤 어깨에 생수통을 올렸다. 마지막으로 그는 고개를 돌려 방을 보았다. 수많은 방들이 겹쳐 보였다. “다 보았지. 폐허의 흔적조차 사라져 완전하게 무가 되어버린 연세대 교정을. 그 배달원을 뒤쫓아 다니며 모든 건물의 생수통을 교체했어. 새로운 세계를 건설이라도 하듯 비장하게 말야.” 나는 그가 1초라도 빨리 그곳을 벗어나고 싶어 했을 거라 생각했다. 그는 어떻게 목격의 고통을 견뎠을까. 쥐어뜯긴 머리칼과 핏자국 선명한 깃발과 썩지 않아 구슬 같던 눈알 들이 뒹굴던 그곳에서. 그는 배달원에게 발견되고도 세 시간이 지난 뒤에야 정문을 통해 연세대를 빠져나올 수 있었다. 그가 내 눈을 지그시 들여다보았다. "나는 그곳에 있었던 걸 후회하지 않아. 팔을 부러뜨려서라도 병원을 통해 들어갈 생각이었으니까. ……자 이제 말해주지 않겠니?" 나는 그의 가슴에 얼굴을 묻었다. 나는 그를 군대에 보내던 날의 환송식과 그가 돌아왔을 때의 환영식 자리에 있었다. 나는 그에게 발자크라는 꼬리표를 붙여주었고 선전전을 위해 들어갔던 대강의실에서도 수많은 학생들 가운데 앉은 그를 한눈에 알아보았다. 그가 청계 고가도로 아래서 뭇사람들의 시선을 아랑곳하지 않고 사전을 씹어 먹을 때 옆에 함께 쭈그리고 앉았으며 비가 내리는지 오르는지 분간할 수 없었던 더럽고 후락한 을지로 골목길에도 있었다. 그가 한 문장도 쓰지 못한 채 은결든 몸으로 휘청대며 문학회 방을 빠져나가는 걸, 문과대학 그늘 속에서 계단을 내려오다 넘어지는 걸 보았다. 노제가 열렸던 신촌로터리에서 뒷걸음질하는 그의 팔을 붙잡기도 했으며 국토 순례를 떠나기 전 그가 내 손에 쥐여주었던 봉투를 잊지 못했다. 그 봉투 속 지폐에서는 고약한 구린내 대신 사과 냄새가 났다. "난 직감으로 알았다. 네가 이학관에 있다는 걸. 그날 탈출하는 학생들 무리에서 너를 발견하고 얼마나 안도했는지 모른다. 그러니까 난 잘못 본 게 아니었어." 그리고 그는 내 어깨를 부드럽게 만지면서 고리오 영감이 자신에게 들려주었던 말을 내게도 똑같이 속삭였다.

나는 이학관 컴퓨터실에서 열린 창을 통해 그를 보았다. 처음에는 환청일 거라 생각했다. 내 이름을 부르는 그의 목소리……
나는 빡빡 깎은 그의 머리에서 부서지는 햇살을 보았다. 눈부셨
다. 나는 그의 공화국의 첫번째 시민이 되고 싶었다. 나의 마르
께스주의자. 그의 공화국에 존재하지 않는 유일한 사물은 사전
이다.

불멸의 형식

지옥촌(地獄村)이라고 불리었던 그 하숙집엔 네 개의 방이 있었다. 한 방에 두 명씩 모두 여덟 명의 하숙생이 있었지만 이런 숫자는 무의미했다. 언젠가는 동시에—개교기념일 전날이었고 그날 학생식당에서는 삼계탕을 1,500원에 먹을 수 있었다—스무 명이 지옥촌에서 쏟아져 나왔다.

하숙집 주인은 왕뚜껑이라 불리는 오십대 중반의 여자였는데, 충청도 어느 소읍 중학교 교장의 외동딸이었다고 한다. 왕뚜껑이라는 별명은 아마도 그이의 크고 축 늘어진 가슴 때문에 생겼으리라. 교육자 집안 출신임을 자부하던 왕뚜껑은 하숙생의 일탈 행위를 단속하겠다며 교활한 교장 선생처럼 이따금 창을 통해 하숙방을 훔쳐보곤 했다. 그 탓에 몇 명의 하숙생이 주기적으로 가위에 눌리기도 했지만 저렴한 방세 때문에 쉽사리

박차고 나가지는 못했다. 키가 작은 왕뚜껑은 자신처럼 산으로 둘러싸인 저지대 출신들은 그곳에 고인 공기의 무게에 짓눌려 키가 클 수 없는 법이라고 우겼다. 창문을 통해 감시를 할 때 키 작은 왕뚜껑은 발뒤꿈치를 올려야 했고 이런 불편한 자세로는 쉽게 지칠 수밖에 없어 하숙생을 놀라게 하기에 충분할 만큼 얼굴이 붉게 달아올랐다.

지옥촌은 본래 경찰관이었다는 왕뚜껑의 시아버지가 해방 뒤 불하받은 적산 가옥이었다. 일본인이 주인이었다고도 하고 근처의 유곽에 불려 다니던 기생들의 숙소였다고도 하는데 그 시절에는 꽤나 정갈한 처소였을지 몰라도 세월과 함께 영락하여 말 그대로 지옥촌이 되고 말았다.

하숙생은 해마다 혹은 학기마다 바뀌었지만 터줏대감이 한두 명은 있게 마련이었다. 지옥촌이라는 이름을 갖게 된 결정적인 구실이기도 한 터줏대감은 예비역 복학생으로 대학 신입생 시절부터 쭉 그곳에서 살았다는 김상일이었다. 왕뚜껑의 먼 친척이라고 했지만 두 사람 사이에 딱히 혈연적 친분이 존재하는 것 같지는 않았다. 그는 짙은 눈썹에 갈색이 감도는 이국적인 눈을 가진 사내로 누구나 첫눈에 상냥한 사람이라는 걸 알 수 있을 만큼 호감을 주는 인상의 소유자였다. 그는 자신이 터줏대감이라는 사실을 과시라도 하듯 늘 방문을 활짝 열어놓고 토플 따위를 공부하는 모습을 남들이 힐끔거리는 걸 즐겼다. 하지만 그가 밤마다 미친 듯이 술집을 돌아다니며 조그마한 친분이라도 있는 누군가에게 다짜고짜 술을 구걸하는 사람이라는 걸 모두가 알았다. 그는 하숙집 주변의 고양이들을 돌보기도 했는데 어쩌다 심사가 뒤틀리면 그런 고양이 가운데 한 마리를 유인해 소주를 먹였다. 빙글빙글 도는 고양이를 보며 박장대소하는 괴벽을 만족시키기 위해서였다. 그렇다 해도 그를 악한이라 말하는 것은 곤란했다. 사람들은 그의 이런 가학적 행동이 매우 드물게 나타난다는 점과 그런 행동의 원인이 취직할 가능성이 없는 예비 졸업생의 불안한 심리에 있노라고 인정해주었다. 김상일만큼은 아니지만 꽤 오랫동안 지옥촌에 머물던 또 다른 사람은 부산 출신의 최동우였다. 부드럽고 깨끗한 피부를 지닌 그는 이마에 자잘한 주름살 하나 없는 사람이었다. 그는 자신이 나이에 비해 어려 보인다는 사실에 지나치게 신경을 쓴 탓에 머리를 짧게 자르고 늘 화난 표정으로 낡은 군복을 입고 지냈는데 그의 의도와는 달리 오히려 어른 대접을 받고 싶어 안달이 난 소년병을 연상시켰다. 그는 수다스럽지는 않았지만 하고 싶은 말을 꾹 참는 사람처럼 안절부절못했고 그 탓에 그와 함께 있노라면 시장 골목에 서 있는 것마냥 주의를 집중하기가 힘들었다. 김상일과 최동우는 서로에게 적대적이어서 결코 한방을 쓴 적이 없었다. 그들은 분대장처럼 자신의 방과 이웃한 다른 방에 지휘권을 가진 듯 행동했고 상대방 분대로 돌격할 기회만 엿보았다. 둘의 적대 관계는 결코 서로에게 득이 되지 못했다. 오히려 이런 관계를 이용해 이득을 보는 사람은 왕뚜껑이었다. 왕뚜껑은 하숙생을 구하기 위해 발품을 팔 필요가 없었다. 적당히 이간질하면 그들은 알아서 자신의 구원병을 구해왔다. 그런 이유로 지옥촌은 오로지 국문과 사람들만의 하숙집이 되어버렸다. 만약 두 사람의 활동 범위가 조금만 더 넓었더라면, 컴퓨터 동아리에 가입하거나 총학생회 집행부가 되거나 했다면 지옥촌을 구성하는 사람들의 면면도 다양했을지 모른다. 하지만 그들은 학과 공부 외에는 관심도 재능도 없었다. 합격자 발표를 하던 날 나는 학과 조교에게 하숙을 할 생각이라고 말했고 조교는 내게 김상일을 소개해줬다.

입학식을 며칠 앞두고 지옥촌에 들어갔다. 복도 입구에서 왕뚜껑은 왼쪽 두번째 방을 가리켰고 나는 두말없이 그 방에 들어갔다. 내 짐은 단출했다. 이불 보따리와 커다란 가방 하나가 전부였다. 약간 곱슬거리는 머리칼을 길게 기른 탓에 지저분해 보이는 사내가 걸레질을 멈추고 고개를 들었다. 쌍꺼풀진 눈은 매력적이었지만 콧대가 왼쪽으로 약간 휘어진 탓에 얼굴이 그쪽 방향으로 쏠린 듯한 느낌을 줬다. 나보다 서너 살은 많아 보였는데 보통보다 조금 큰 키에 탄력 있고 다부진 몸이었다. 그가 손을 내밀었을 때 나는 어떻게 해야 할지 몰라 잠시 머뭇거렸다. 동거인이 나와 같은 신입생인지 혹은 선배인지 몰랐던 탓이기도 하지만, 악수를 하자며 걸레 쥔 손을 내미는 사람은 처음이었으니까. 바통을 건네듯 걸레를 넘겨주려는 의도인지도 모르겠다는 생각마저 들었다. 그는 고개를 늘여 나를 빤히 보더니 내가 머뭇거리는 이유가 걸레 탓이라는 걸 깨달은 듯 아! 하고 감탄사를 내뱉었다. 나는 박형규. 꼬마 너는? 그는 대뜸 나를 꼬마라고 불렀다. 꼬마 아닌데…… 그는 가소롭다는 표정을 지었다. 통성명을 한 뒤 그의 첫 물음은 서식지가 어디였냐는 거였다. 고향이 어디냐는 뜻일 텐데 나는 그가 무리 가운데 주목받고 싶어 하는 냉소주의자일 거라는 인상을 받았다. 그의 특이한 화법, 과장된 몸짓 같은 게 그 증거였다. 다변인 그가 쓸데없는 말을 별로 하지 않는다는 사실만은 놀라웠다고 할 수 있다.

전라도 어디에서나 볼 수 있는 흔한 농촌 도시 가운데 한 곳 출신인 나와 인천 출신인 박형규의 동거 생활이 시작되었다. 신입생인 그는 실제로 나보다 네 살이 많았다. 다른 학교에 다니다 자퇴한 뒤 다시 학력고사를 치르기까지 몇 해 동안을 재수, 삼수생으로 빈둥거렸기 때문이다. 그는 집에서 빈둥거리는 시절에 3천 권의 책을 독파했다고 말했다. 3천 권째 책의 마지막 장을 넘겼을 때 그는 국문과에 가라는 계시를 받았다고 주장했다. 그걸 증명하기 위해서였는지 그는 유행가를 흥얼거리듯 전위적인 시들을 읊조리다가 지치면 즉흥시를 지어내곤 했다. 그는 결벽증이 있었다. 아침에 눈을 뜨면 창문부터 열었다. 내가 이불 속에 웅크린 채 버틸 수 있는 시간은 채 1분도 못 되었다. 그는 읊조리고 흥얼거리면서 털고 쓸고 닦았다. 그것으로도 모자라 둥근 테이프에 발을 넣어 밀고 다니며 먼지와 털을 수거했다. 그는 달팽이처럼 자신의 집을 지고 다니는 사람이었다. 어느 곳에 머물든 익숙한 형태로 방 안의 사물들을 배치하고 거의 똑같은 동선만을 고집하는 비슷한 부류의 사람들과 다른 점이 있다면 그가 펼쳐둔 공간이 일종의 다중 세계처럼 동거인의 공간을 침범하지 않는다는 점이었다. 그는 이 좁은 방에서 나를 관통해서 살아가는 방법을 알았다. 나는 그와 지내는 게 전혀 불편하지 않았다. 우리 방을 수시로 들락거리는 다른 사람들도 그 점을 신기하게 여겼다. 가깝지도 멀지도 않은 일정한 거리를 만들어준, 어쩌면 그 방에 새로운 차원의 공간을 입주시킨 박형규 덕분에 오히려 우리는 한정된 공간을 갑절로 늘려 사용할 수 있었다.

그는 나와 비슷한 과정을 거쳐 지옥촌에 들어오게 되었지만 김상일이 눈치를 줘도 아랑곳 않고 최동우와 어울려 다녔다. 그는 최동우에게 한동안 부산 사투리를 사사하는 듯하더니 오래지 않아 최동우보다 능숙하게 구사할 줄 알게 되었다. 누구도 왕뚜껑을 왕뚜껑이라 부르지 않았지만 박형규만은 예외였다. 아지매요, 왕뚜껑 아지매요, 뱃가죽이 등짝에 딱 들러붙었심더. 얼른 밥 주이소. 이렇게 너스레를 떨 수 있는 유일한 사람이기도 했다. 돌이켜보면 어쩌면 그런 사람에게만 사랑이 허용되는 것인지도 모른다는 생각이 든다.

계시 따위는 없었다. 박형규가 국문과에 들어온 이유는 오로지 어느 교수 때문이었다. 맨 앞자리에 앉는 모범생인 그가 유독 그 교수의 문학개론 시간이면 맨 뒷자리에 앉았다. 그는 상대방이 어떤 표정인지 알 수 있는 최대의 거리는 11미터라고 주장하면서 그 최대치에 해당하는 자리에 앉았다. 나는 그가 3천 권이 아니라 딱 세 권의 책만 읽었을 거라고 짐작했다. 그 교수가 등단한 뒤 펴낸 세 권의 시집이 바로 그것일 테다. 나로서는 흥미가 없었다. 그저 그렇고 그런 아줌마 가운데 한 사람일 뿐이었다. 결혼을 한 적이 없다는 사실을 알게 되었어도 교수에 대한 내 인상기를 고쳐 쓸 생각은 없었다. 그가 거의 신도처럼 교수의 시를 찬양했기 때문에 나는 3천 권의 책을 읽었다는 그의 말이 거짓일 거라고 판단했다.

4월의 어느 날 저녁 우리는 2열종대로 교수를 따라갔다. 복수 전공을 하거나 오로지 문학에 대한 흥미 때문에 수강을 하는 다른 학과생들도 몇 명 있었다. 술집과 술집을 전전하느라 밤이 이슥해졌고 행렬의 길이는 짧아졌지만 노래방에 들어갔을 때에도 여전히 열댓 명의 학생들이 남았다. 맥주를 박스째 들여놓고 술을 마시며 노래를 불렀고 흥에 겨운 교수는 다른 술자리가 파한 뒤 우리와 합류했던 문학 이론을 강의하는 젊은 강사와 춤을 췄다. 우리는 예의상 야유 비슷한 환호성을 질렀고 젊은 강사의 손이 교수의 허리를 더듬는 걸 보고도 모른 척했다. 모두 취기가 올라 그런 일에 무감하기도 했지만 흥겨워하는 교수의 기분을 망가뜨리고 싶지 않았다. 어쩌면 저렇게 비위가 좋을까라고 젊은 강사에게 감탄했던 것도 같다. 그때까지 누구보다 명랑하게 이야기를 나누던 박형규의 얼굴이 일그러진 것을 내가 맨 처음 발견했다. 그는 고뇌에 찬 표정이었는데, 나치 부역자를 사형에서 구제해주길 청원하는 문서에 서명할지 말지로 고민하는 까뮈를 보는 듯한 기분이었다. 그와 지내는 동안 나는 그가 고뇌하는 걸 자주 보았다. 그는 라일락꽃 무성한 밀실에서 질식해 죽는 게 소원이라고 내게 은밀히 말한 적도 있었다. 하지만 이번에는 달랐다. 그가 가슴을 움켜쥐고 울부짖지 않는 게 이상하게 여겨질 정도였으니까. 그의 꾹 다문 입가에 경련이 일어났다. 눈알이 툭 튀어나와 탁자 위를 데굴데굴 굴러갈 것만 같았다. 그는 무언가를 결심한 사람처럼 자리에서 벌떡 일어났다. 그 바람에 맥주병 서너 개가 넘어졌고 주둥이에서 식은 맥주가 쿨럭쿨럭 쏟아졌다. 그는 교수와 젊은 강사에게 다가갔다. 젊은 강사의 어깨에 턱을 댄 교수의 감긴 눈이 천천히 열렸다. 그때까지도 다른 사람들은 그의 행동에 주의를 기울이지 않았다. 하지만 나는 이 광경을 모두 지켜보았으며 그를 보는 교수의 나른한 눈빛에 경멸마저 담겼음을 알았다. 젊은 강사가 고개를 돌려 그를 보았다. 그의 얼굴을 휙휙 지나가는 요란한 조명들이 기이한 효과를 내며 그를 악마가 보낸 사절처럼 보이게끔 했다. 나는 끔찍한 일, 가령 그가 맥주병으로 젊은 강사의 꼭뒤를 내려쳐서 피가 낭자하게 흐르는 노래방 바닥을 밀걸레로 닦아야 할 상황이 발생할 것이라 예상했다. 하지만 그는 소심한 사람이었다. 교수와 젊은 강사를 떼어놓은 그는 교수를 껴안았다. 젊은 강사는 어깨를 으쓱하며 주위를 두리번거렸고 교수가 그의 뺨을 한 대 치는 걸로 상황은 마무리되었다. 돌이켜보면 그가 흥분했다가 차분해지기를 반복하다 끝내 교수를 껴안는 걸로 마무리한 그날의 행동은 일정한 궤도를 따라 이뤄진 것만 같다. 다른 과정과 결과를 상상하기 어렵기 때문이다. 다음 날이었다. 문과대 2층 복도 끝에서 무리 지어 담배를 피우고 있을 때 교수가 지나가다 그를 보고 멈췄다. 교수는 손가락으로 박형규를 가리키며 "자네는 왜 내게 사과하지 않나?"라고 했다. 한동안 교수를 물끄러미 바라보던 그는 "그건 아마도 교수님을 사랑하기 때문일 것입니다"라고 악한처럼 말했다. 담배 연기가 역류하는 바람에 내가 재채기를 하는 동안 교수는 부르르 떨며 가버렸다. 나는 이제 그가 끝장나는 건 시간문제일 것이라고 생각했다. 며칠 뒤 그는 저녁밥을 사양했다. 대신 그는 무스와 젤로 머리를 단정하게 빗어 넘기고, 입학식 날 입어 모두에게 조롱거리가 되었던 옆이 트인 감색 양복을 차려입으며 휘파람을 불었다. 지옥촌 사람들은 놀라지 않을 수 없었다. 그가 교수와 데이트를 하러 간다는 사실을 알았을 때 야유를 보내는 것조차 잊을 정도로. 그는 자정이 넘어 지옥촌에 돌아왔다. 그의 발소리가 들리자 네 개의 방문이 동시에 열렸다. 그럼 그렇지. 김상일이 이렇게 뇌까리는 걸 신호로 세 개의 방문이 도로 닫혔다. 박형규는 조금 취해 있었다. 그는 천천히 양말을 벗고 공동 수도에 나가 차가운 물에 발을 씻고 세수를 한 뒤 양치질까지 하고 돌아왔다. 그리고 벽에 기대 앉아 담배를 피웠다. 그는 슬며시 혼자 웃기도 하고 침울하게 혀를 차기도 했다. 나는 그에게 데이트가 어땠느냐고 물었다.

"너는 사랑스럽고 귀여운 꼬마니까, 너한테만은 얘기해주지."

그가 말하기를 교수에게는 줄기차게 꽁무니를 쫓아다니는 사내가 있는데, 그 사내는 실업계에서 꽤나 성공한 인물로 알려졌다는 것이다. 그가 교수와 만나기로 약속한 호텔 로비에 도착했을 때 이미 그 사내와 교수는 상기된 얼굴로 다투고 있었다고 한다.

"둘만의 데이트를 한 게 아니잖아요."

"쉿, 여자가 한꺼번에 두 명의 남자를 만날 때 어떤 의도를 가지고 있을지 생각해봐."

나는 고개를 갸웃 기울였다. 아무리 생각해도 상식에 어긋났다. 그는 빙그레 웃었다.

"두 사람은 한때 서로에게 첫사랑이던 시절이 있었지. 흔한 중년의 로맨스에 불과하긴 해. 어느 날 사내는 옛 연인이 교수라는 걸 알게 되지. 처음에는 그저 호기심으로 만났지만 만남의 횟수가 더해갈수록 옛 감정이 새록새록 되살아나는 걸 느꼈지. 사내는 옛 연인이 여태 결혼을 하지 않은 건 첫사랑인 자신을 잊지 못해서라고 착각했지. 사내들에게 이런 착각은 선천적인 것이라고도 할 수 있어. 하지만 이 모든 감정은 자신을 위로하기 위한 치사한 수작일 뿐이야. 나이를 먹고도 여전히 매력적인 첫사랑. 이게 진정한 이유지. 너도 이건 인정해야 해. 그분이 얼마나 아름다운 사람인지."

그는 사랑에 빠진 사람들이 흔히 그러듯 교수를 예찬하기 시작했다.

"그분에게는 특별한 아름다움이 숨겨져 있어. 운이 좋다고 할 수도 있지. 아랍인의 피가 흘러들어온 가계인지도 몰라. 오뚝한 코와 매력적으로 휘어진 눈썹, 쌍꺼풀진 크고 깊은 두 눈. 입을 오므릴 때마다 살짝 파이는 보조개……"

나는 그다지 동의하고 싶지 않았지만 그의 열에 들뜬 표정에 기가 죽었다. 그는 나의 침묵을 동의로 받아들이는 듯했다.

"보통 사람이라면 이런 아름다움을 젊은 시절에 지녔다고 해도 세월과 부주의, 나태와 자기기만으로 훼손하고야 말았겠지. 하지만 그분은 끊임없이 자신의 아름다움을 부정하고 화장조차 거부하며 자신을 아름답다고 말하는 사람들을 경멸하면서도 그걸 지켜왔어. 그분은 그럴 자격이 있는 유일한 사람이야."

그의 눈길이 허공을 더듬었다. 그가 진심으로 교수를 사랑한다는 걸 알 수 있었다. 노화된 피부에 새겨진 싱싱했던 과거마저 읽어내는 수고를 아무나 즐기는 건 아니니까. 이렇게 말하는 동안에도 그는 손가락에 침을 묻혀 방바닥에서 머리카락 한 올을 집어 올려 쓰레기통으로 추방했다.

"흙 묻었다고 다이아몬드를 마다할 사람은 없는 것처럼 그분이 자신 둘레에 단단한 보호막을 치고 그 안에 숨는다 해도 사람들은 마치 팔태충을 보듯 그분이 지닌 아름다움을 속속들이 볼 수 있었지. ……꼬마야, 네가 무슨 말을 하고 싶어 하는지 나는 알아. 그래 맞아. 어쩌면 사람들의 말이 옳을지도 몰라. 두터운 화장 아래 자신을 감추고 산다는 걸 부정할 수는 없으니까. 그분이 진정으로 자신의 아름다움을 잃기 시작한 건 세상이 무엇인지 알게 되었던 그 순간부터야. 그분은 화장을 시작했고 피부 관리실을 드나들었고 백화점에서만 쇼핑을 했지. 그분이 존재라는 것을 알게 된 순간, 생물학적 성인이 아니라 철학적 성인이 된 뒤부터 노화가 시작된 거야. 이 지독한 운명은 사실 그분에게만 해당하지는 않아. 우리 모두 마찬가지야. 자신이 무엇 때문에 아름다운지 모른 채 나이를 먹고 그 사실을 깨닫는 순간부터 늙어갈 수밖에 없는 존재들이라는 점에서."

그는 한숨을 내쉬었다. 그는 방패막이 역할을 위해 불려갔다고 했다. 교수는 옛 연인과 오래도록 다시 만날 생각이 없었고 젊고 싱싱한 청년을 그 자리에 불러 옛 연인 스스로 자신이 얼마나 추한 사람인가를 깨닫게 해주고 싶었다. 교수가 의도한 대로 성공한 사업가는 씁쓸하게 웃으며 노스탤지어여 안녕 하며 자리를 떠났다. 그리고 교수와 박형규는 서울의 야경을 감상할 수 있는 곳에서 위스키를 마셨다. 그는 세 권의 시집을 품에서 꺼냈다.

"그분의 사인을 받았어. 어때?"

나는 교수의 젊은 시절 사진을 물끄러미 보았다. 그의 주장이 별로 설득력 없어 보였다.

"그분도 자신의 옛 시집에 실린 사진을 한참이나 보고 있었어. 그리고 이렇게 말했어. 자신은 내일이면 늙어버릴 거라고. 늙고 추해지는 자신을 견디지 못할 거라고. 그래서 내가 말했지. 늙지 않는 방법은 딱 한 가지라고. 당신의 아름다움을 기억해줄 수 있는 사람과 평생을 함께하는 거라고. 그분은 내 말을 수긍하지는 않았지만 선물을 받은 어린아이처럼 수줍게 웃었지. 너도 그때의 그분 얼굴을 보았어야 해. 누구라도 그런 표정을 짓는 사람을 사랑하지 않고는 배기지 못할 테니까. 네가 사랑에 대해 알게 된다면 얼마나 멋질까!"

그즈음 나 역시 연애라는 걸 하려던 참이었다. 물론 어디까지나 그건 내 생각에 지나지 않았다. 내가 관심을 가지고 교제하는 사람은 문학개론 강의에서 만난 소설가 지망생이었다. 사회학 전공인 그는 소설가 지망생이라면 마땅히 어떠해야 한다는 관념에 사로잡힌 사람이었다. 그는 나와 동갑이었고 편모슬하에서 자란 사람답게 습관적으로 우울한 표정을 지었다. 나는 그 우수 서린 얼굴에서 눈길을 떼지 못했고 조심스럽게 자판기에서 뽑은 커피를 날라주었다. 그게 반복되면서 함께 밥을 먹기도 했고 술을 마시기도 했다. 하지만 그가 나를 동료 이상으로 여기지 않는다는 건 분명해 보였다. 그는 소설가 지망생답게 모든 일에 부정적이었고 냉소적이었으며 자기 비하에 능숙했다.

"사실 나도 연애를 하고 있어요."

박형규는 놀란 얼굴로 나를 바라보았다. 그는 비밀을 공유한 사람들끼리 나눌 수 있는 최대의 호의를 품은 말투로 나를 격려해주었다. 그 주의 토요일 지옥촌은 텅텅 비었다. 지옥촌 사람들이 저마다의 향우회로 달려갔기 때문이었다. 박형규는 교수를 만나러 갔다. 나는 소설가 지망생을 만나러 갔다. 내가 돌아왔을 때 지옥촌은 여전히 텅텅 비어 있었다. 자정 즈음 창백한 얼굴로 박형규가 돌아왔다.

"인간은 네 살만 되면 자신이 책임져야 할 일을 남에게 돌리는 능력을 갖게 되지. 아마 나는 그런 능력을 두 살 때부터 발휘했을 거야."

그가 불쑥 이렇게 말했다. 그리고 나와 함께 산 뒤 처음으로 내 앞에서 웃통을 벗었다. 그가 등을 돌렸다. 그의 왼쪽 어깻죽지에 아랍 칼의 곡선을 닮은 흉터가 있었다. 그는 히죽 웃으며 자신의 서랍에서 스크랩북을 꺼냈다. 그는 뽀빠이 이상용과 함께 찍은 사진이 박힌 신문 쪼가리를 보여주었다.

"심장병에 걸렸다는 걸 알게 된 뒤 죽으려고 마음먹었던 적도 많아. 하지만 어린아이는 감시의 눈길에서 자유로울 수가 없지. 특히 뜀박질은커녕 학교에서 집까지 걷는 것만으로도 쉽게 탈진하고 마는 나 같은 녀석은. 수술은…… 무서웠지. 하지만 감시에서 자유로울 수만 있다면 기꺼이 심장을 떼어줄 수도 있었어."

그는 화가 난 사람처럼 이런 말들을 거칠게 내뱉었다.

"꼬마야, 여자란 원래 다 그런 걸까?"

나는 그가 교수에 관해 말하고 있다는 걸 알 수 있었다.

"……그의 부드럽던 발바닥은 이제 각질로 뒤덮였고 그 위로 베일처럼 스타킹이 감싸여 있지. 사람은 누구나 마찬가지야. 나이를 먹을수록 신비로워지고 싶은 게 당연해. ……나는 어렸을 때 아버지가 밤마다 신문지를 펴놓고 줄톱으로 발바닥의 굳은살을 베어내는 걸 보았어. 더러는 부스러기로 떨어지기도 했지만 대개 엿과 함께 고아낸 생강 과자처럼 말랑말랑해 보이는 덩어리들이었지. 나는 그때 왜 아버지가 생살을 베어내면서도 아파하지 않는지 궁금했어. 그 정도 고통쯤은 아무렇지도 않게 받아들이는 존재가 어른이라고 스스로 결론을 내리기도 했지. 그때 내 몸에는 굳은살이라는 게 없었으니까. 나중에 내 손바닥에 박힌 굳은살을 이빨로 물어뜯고서야 알게 되었어. 베어내도 아프지 않은 부분이 내 몸에도 있다는 걸."

나는 머리카락과 손톱을 언급하며 조심스레 그의 의견에 반론을 제시했다. 그는 미처 고려하지 못했노라 담담하게 인정했다. 그는 별로 당황하지 않았다. 아마도 이런 문제를 실제로 중요하게 여기지는 않는 듯했다. 사실 그는 무척 흥분한 상태였고 지금 자신이 무슨 말을 하는지조차 정확하게 알지 못하는 듯했다. 그는 자신을 사로잡았던 어떤 격정에서 여태 풀려나지 못한 사람 같았다. 나는 그를 사로잡는 걱정이 어떤 종류인지 짐작할 수 있었다. 그는 참지 못하고 내게 말했다.

"그래, 방금 호텔에서 나왔어. 그분은 나의 벗은 몸을 보고 싶어 했지. 제발 지금 내가 하는 이야기는 듣는 순간 다 잊겠다고 약속해줘. 나는 지금 해서는 안 될 말을 하고 있는 거야. 나도 알 수가 없어. 내가 왜 이렇게 미친놈처럼 중얼거려야 하는지. 나는 분명 후회하게 될 거야. 어쩌면 너를 미워하게 될지도 몰라. 그러니 만약 네가 너의 고향 사람들처럼 용기가 있고 타인의 명예를 존중할 줄 아는 사내라면 지금 이 방에서 나가줘. 아니, 아니야. 미안해. 잠깐, 내가 너의 볼을 쓰다듬어도 될까? 그렇게 가만히 있어줘. 그렇지. ……고마워. 이제 믿을 수 있겠지. 그분과 나 사이에 아무 일도 없었다는 걸."

그는 교수에게 심장병 수술을 받은 적이 있다고 말했다. 그가 어떤 이야기를 해도 별로 흥미를 느끼지 못하던 교수가 그 순간 눈빛을 빛내며 흉터를 보고 싶다고 했다. 그는 호텔까지 가는 동안 자신이 안개 속을 헤매고 있다고 생각했다. 부드럽고 물컹물컹한 어둠을 가르며 호텔에 도착한 그는 카펫 위를 걷고 문을 열고 들어가 안락의자에 앉아 포도주를 마셨다. 그는 자신이 호텔 방에 들어간 과정을 이처럼 단속적으로만 설명할 수 있었다. 그는 언제라도 오열할 수 있는 초상집의 곡하는 사람들처럼 극적인 표정을 지었다. 아니 실제로 그는 울었다. 그는 울면서 띄엄띄엄 말했다. 교수는 그의 상의를 벗긴 뒤 돌려세웠다. 그는 자신을 사로잡은 매혹적인 공포에 긴장한 육체로 대응했다. 교수의 손가락이 부드럽게 호를 그렸다. 아랍 칼의 곡선을 닮은 그 흉터의 선을 따라 움직였다. 손가락이 아니라 불에 달군 인두가 천천히 미끄러져 가는 것 같았다. 교수의 손가락은 기타 줄 위의 그것처럼 그의 흉터를 하나하나 뜯었고 그의 몸은 아르페지오가 되었다. 그의 내면에서는 비극이 연주되었다. 하지만 그는 자신이 처한 상황을 구체적으로 인식할 수 없었다. 한 모금의 술에 만취한 사람처럼 그의 의식은 그의 육체를 떠났다. 사물들이 그를 향해 달려들었다. 그는 눈을 질끈 감고 자신도 모르게 팔을 내저었다. 정신을 차렸을 때 교수는 거기에 없었다. 그는 맨발로 호텔 방을 서성거렸다. 교수는 욕실에 있었다. 물 냄새가 만리향처럼 그의 코끝에 감돌았다. 그는 알 수 있었다. 교수가 욕실 문을 열고 나오는 순간 그곳이 지옥이 되리라는 사실을. 나는 교수에 대한 험담을 늘어놓았다. 그는 고개를 저었다.

"악은 원래 평범한 거야. 그 악이 초래한 결과도 평범하지. 나를 봐. 내가 바로 그 증거야."

그가 내 손을 잡아 끌어당겼다. 그가 등을 돌렸다. 나는 교수처럼 손가락으로 그의 흉터의 궤적을 더듬었다.

"확신이 생겼어. 내 몸은 그분에게만 반응해."

어느새 눈물을 그친 그가 환하게 웃었다. 나를 여자로 착각하는 게 아니라면 그는 바보임이 분명하다.

"너의 소설가 지망생은 어때?"

"별로 말할 게 없어요. 그는 끊임없이 중얼거려요. 내가 무슨 말을 해도 건성으로 듣지요. 자신이 하고 싶은 말만 해요. 그리고 자신에게 닥쳐올 사건의 목록을 작성해요. 첫경험은 이런 사내와 이런 장소에서 하고 싶다, 자신의 등단작은 어떤 내용일 것이다, '가'로 시작해서 '하'로 끝나는 소설을 쓸 테다, 러시아에 갈 거다, 아이를 낳지 않겠다, 거의 강박관념 수준이에요. 그렇게 자신의 인생이 정해진 행로를 따라가지 않는다면 미쳐버릴 것처럼요. 그를 보고 있노라면 모든 것에 열광하는 척하면서 사실은 그 무엇에도 자극을 받지 못하는 불감증 환자가 떠올라요."

"우리 시대 사람들은 그 무엇에도 놀라지 않을 준비가 되어 있는 것 같아. 하지만 사실 그들은 두려워하면서 기다리지. 마치 하룻밤의 향락을 즐긴 탕자가 숙취를 해소하기 위해 해장국집을 찾아 동터오는 도시의 뒷골목을 걸으면서 잠시 슬픔에 빠지는 것처럼. 이따금 우리를 습격하는 슬픔을 매번 방어할 수는 없는 거니까. ……잘해줘. 너의 소설가 지망생은 지금 누군가의 위로가 절실하게 필요할 거야. 그 사람이 너여서는 안 된다는 법은 없잖아. 한 가지 충고를 덧붙이자면, 너의 소설가 지망생은 예외적인 것들의 진부함을 깨달아야 해. 그걸 네가 가르쳐주렴."

나는 잠들지 못했다. 진심으로 그에게 우호적인 적은 없었다.

하지만 그 밤 이후 나는 내가 알지 못하는 세계를 지닌 그에게 경외심을 품게 되었다. 그렇다고 해서 그의 모든 걸 인정할 수는 없었다. 지옥촌 사람들은 여전히 그를 비웃을 뿐이었다. 나는 그에 대한 평가가 동성에 대한 질투심 때문에 그릇된 방향으로 흐를 수도 있다고 생각했기 때문에 같은 과의 여학생들에게 그가 매력적인 남성인지 아닌지에 대해 물었다. 여학생들은 처음에는 꺼렸지만 술을 한두 병쯤 마시면 예외 없이 그런 자식은 꼴불견이라고 말했다. 나는 고개를 주억거렸다. 그리고 그들의 소주잔에 손가락을 넣었다. 그날 내내 손가락 끝에 머물렀던 고통이 잠시 수그러든 기분이었다.

박형규는 나날이 수척해졌다. 그의 말은 날카로움을 잃었다. 그는 횡설수설하기 일쑤였고 강의실에도 들어오지 않았다. 나는 문학개론 시간이면 박형규처럼 맨 뒷자리에서 교수를 살펴보았다. 흠잡을 데 없는 인생을 사는 사람이었다. 이십대 중반에 시인이 되었고 세 권의 시집을 출판했으며 삼십대 후반에 교수가 되었다. 결혼은 하지 않았지만 당당했고 경제적으로도 풍족했다. 사십대 중반이었지만 외모로만 따지자면 삼십대 중반이라 해도 좋을 듯했다. 하지만 행복해 보이지는 않았다. 어쩐지 그런 생각마저 나의 것이 아니라 박형규의 것이 아닐까 싶었다.

지옥촌에 돌아가면 해골 같은 몰골로 책상 앞에 앉아 시를 쓰는 그를 볼 수 있었다. 두 달이 지났건만 별다른 성과가 없었다. 그는 계속 교수와 만나고 다니는 듯했다. 그는 선생님께 칭찬받고 싶어 안달이 난 학생처럼 교수에게 자신의 걸작 시를 보여주기 위해 안간힘을 썼다. 사랑에 빠진 사내들은 모두 상대방에게 감탄의 대상이 되고 싶어 한다. 그는 누군가 교수에 대해 투덜거리기라도 하면 참고 지나가지 못했다. 특히 김상일과 최동우는 이 버릇없는 후배 때문에 골머리를 앓았다. 조롱과 비아냥이 그치지 않았다. 아무런 위험에도 노출되지 않은 누군가를 위해 불침번을 자처한 한심한 사람처럼 박형규는 교수를 적극적으로 옹호했다. 지옥촌의 이상 기류를 눈치챈 왕뚜껑이 전보다 더욱 자주 출몰했다. 박형규에 대항하여 김상일과 최동우는 최초로 연합했고 연합 전선이 퍽 유효한 것임을 깨달은 그들은 영원한 평화 조약에 서명했다. 오랫동안 지켜졌던 지옥촌의 불문율이 그야말로 박형규 한 사람 때문에 바뀐 셈이었다.

그는 우리 방의 창문을 달력으로 막아버렸다. 햇볕을 쬐기 위해서는 밖으로 나가야 했다. 아침이 되어도 우리 방은 여전히 어두컴컴했다. 철쭉이 졌고 중간고사와 대동제가 지나갔다. 그는 자신이 염두에 둔 어떤 환경에 광적으로 집착하는 듯했다. 그 점에서는 소설가 지망생과 별로 다르지 않았다. 나는 대동제가 치러지는 동안 소설가 지망생의 하소연을 들어줘야 했다. 소설가 지망생은 자신이 연모하던 고등학생 시절의 과외 선생을 대동제에 초대했다. 술을 마셨고 나무가 우거진 구내 우체국 앞 벤치에 앉았다. 고백을 했고 함께 여관에 갔다. 눈을 떠보니 혼자였다. 쓰린 배를 움켜쥐고 여관을 나오던 소설가 지망생은 다른 여관의 뒷문으로 나오는 과외 선생을 보았다. 그 뒤에는 자신의 친구가 따라나오고 있었다. 눈이 뒤집힌 소설가 지망생은 단거리 선수처럼 그들에게 달려갔고 친구의 머리칼을 움켜잡았고 고래고래 소리를 질렀다. 과외 선생에게 뺨을 맞았고 길거리에 쓰러져 토악질과 하혈을 했다. 홀로 병원 응급실을 찾아가 치료를 받았고 다시 학교에 나온 뒤 나를 찾았다. 나는 그가 불운한 하룻밤 커플을 향해 멧돼지처럼 달려가는 모습을 상상하며 술을 마셨고, 내가 사랑하는 사람이 누군가에게는 하룻밤 상대로도 여겨지지 않을 만큼 하찮게 취급당할 수도 있다는 사실에 분개하면서 취해갔다. 물론 소설가 지망생은 과외 선생처럼 자상하지는 않아 술에 취한 나를 버려둔 채 떠났고 새벽녘 잔디밭에서 깨어난 나는 지옥촌으로 엉금엉금 기다시피 돌아갔다. 나는 소설가 지망생이 자신이 겪은 일을 언제쯤에나 소설로 쓰게 될지 궁금했다. 주요하지 않은 인물로 내가 언급될 수도 있으리라. 그런 생각만으로도 짜릿했다. 나는 인간이 어느 정도의 속도로 달려가야 양력이 발생되어 하늘로 날아갈 수 있을까 생각했다. 장담컨대 소설가 지망생은 분명 그 불운한 하룻밤 커플에게 달려갈 때 날았으리라. 그날 밤 나는 소설가 지망생이 우아하게 날아 제 친구의 머리카락을 잡으며 착륙하는 꿈을 꿨다. 사랑에 형식이 있다면 아마도 그런 것이리라.

어느 날인가 박형규는 웃통을 벗고 내게 면도칼을 쥐여주었다.

“완벽한 대칭이 되고 싶어. 반대편에 똑같은 흉터를 만들어 줘.”

나는 교수의 변태적인 욕망에 혀를 내두를 수밖에 없었다. 나는 면도칼을 내던지고 교수에게 직접 시키라고 말했다. 그는 진심으로 난감하다는 듯 한숨을 내쉬었다.

“그분에게 이런 일을 맡길 수는 없잖아.”

그는 스스로 대칭이 되어보려 했지만 고무 인간이 아닌 이상 불가능하다는 걸 뒤늦게 깨달았다. 그가 힘들게 팔을 등 뒤로 돌려 그은 선들은 술에 취한 사람의 발걸음처럼 종작없었다. 스스로를 위로하기 위해 술을 마신 그는 내게 고해성사라도 하듯 이렇게 말했다.

“만약 신이 나를 창조한 게 틀림없다면, 그래서 내 영혼에도 신성이라는 게 깃들어 있다면, 나를 창조하던 순간 신은 외로웠던 게 분명해. 그런데 꼬마야, 신조차 나를 구원해주지 못했는데 그분을 만난 뒤로 나는 외로움이 무언지 잊었어.”

중증이었다. 내가 보기에 그는 교수를 알게 된 그 순간부터 지독한 외로움에 시달려야 하는 존재였다. 교정의 구석에 선 어느 대시인의 시비 뒤에 쓰러져 잠든 그를 찾아낸 것만도 여러 번이었다. 좋은 시를 쓰고 싶다면 많이 읽고 많이 쓰고 많이 생각하라는 가르침을 잊지 말라고 주의를 줘도 그는 옛 시인에게 기원하는 방식을 포기하지 않았다. 방학을 앞둔 어느 날 그는 문득 교정에 선 부처상에 눈길을 돌렸다. 대시인이 그의 소원을 들어주지 않아서였고 부처가 그 대시인보다 공력이 높다는 생각이 들어서이기도 했다. 그는 오로지 좋은 시를 쓸 수 있는 능력을 부여해달라는 말을 하기 위해 금단의 벽을 넘었다. 마침 그곳을 지나던 어느 교수가 부처상에 기어오르는 괘씸한 학생을 목격했고 명백한 훼불이라고 여긴 교수는 그 학생의 발목을 붙잡았다. 학생은 더러운 것을 떨어내듯 발을 흔들었고 나자빠진 교수는 전치 2주의 상해를 당했노라 주장하며 학생의 퇴학을 요구했다. 그는 어깨를 으쓱했다.

"왠지 부처님과 악수 한 번 하면 좋은 시가 나올 것만 같았어."

징계위원회가 열렸고 박형규의 퇴학이 결정되었다. 국문과 학생들은 선처를 호소하며 집단으로 불상 앞에서 108배를 했고 그것으로도 모자라 3천 배를 했다. 지옥촌 사람들도 어쩔 수 없이 이 행사에 참여했고 모두 무릎이 까져서 돌아왔다. 방학을 맞아 지옥촌 사람들은 뿔뿔이 흩어졌다. 그사이 재입학을 허용하는 것으로 사실상 박형규의 퇴학 처분이 취소되었다. 그는 등록금을 마련하기 위해 막노동판을 전전했다. 녹초가 된 몸으로 돌아와서도 시를 쓰기 위해 새벽까지 끙끙댔다. 비록 그럴듯한 시 한 편도 못 썼지만 내가 보기에 그는 이미 시인이었다. 일몰 무렵, 노을이 물들면 비로소 언어가 타오르기 시작한다. 사람들은 밤이 주는 평온과 공포를 이기기 위해 낮 동안 가두었던 진심을 풀어놓는다. 비유하자면 언어는 어둠 속에서 번쩍! 하는 예광탄과 같다. 사람의 가슴을 관통하여 죽일 수도 있는 탄환은 언어가 아니라 기껏해야 그것의 잔상일 뿐이다. 그래서 밤이 세상을 점령하는 동안 사람들은 상대방이 겨냥한 언어에 의해 죽고 해가 뜨면 다시 살아나길 반복하는 것이다. 그러니까 그는 매일 밤 죽었다가 매일 아침 살아났다. 매일 밤 시를 썼으나 매일 아침 그 시는 폐기되었다. 그는 단 한 편의 시를 위해 온 생을 바칠 수 있는 유일한 사람이었다. 그런 사람이 시인이 아니라면 누가 시인이란 말인가.

나는 소설에 그다지 관심이 없음에도 불구하고 소설가 지망생을 만족시키기 위해 그가 속한 소설 창작 모임에 출석했다. 내가 보기에 그들은 모두 한심한 족속들이었다. 소설을 쓰기 위해 모인 사람들이 아니라 소설에 등장하는 주인공처럼 살기 위해 발버둥 치는 사람들 같기만 했다. 나는 소설가 지망생에게 최선을 다했다. 그의 말에 귀를 기울였고 그가 사랑하는 것들을 나 역시 사랑하려 노력했다. 그가 증오하는 것들을 사라지게 하는 마술을 습득할 수 있다면 세상 끝까지 갈 수도 있었다. 그래도 그는 나를 사랑하지는 않았다.

그해 가을 교수가 개설한 강좌는 시 창작 실습이었다. 의무적으로 모든 수강생이 창작 시를 제출해야 했다. 그는 예전보다 한층 더 조바심을 냈다. 나는 소설가 지망생과 함께 소설 창작 실습을 수강했고 그건 곧 창작 소설을 제출해야 한다는 걸 뜻했다. 그는 쓸 수 없는 시를 썼고 나 역시 쓸 수 없는 소설을 썼다. 노을이 물들면 언어가 타오르기는커녕 몸이 타올랐다. 술과 담배에 대한 욕구 그리고 막연한 충동이 목구멍까지 차올랐다. 호출기를 지닌 사람조차 드물었던 그때, 우리의 메신저는 후문 근처의 서점에 나붙은 대자보였다. 매일 오후 서점 직원은 새하얀 2절지를 나붙였고 자정 즈음이면 손톱만 한 틈도 남지 않았다. 그래도 악착같이 틈을 찾아 '국문 93 3차는 하얀집' 따위를 적었다. 김상일이 날마다 술을 마실 수 있었던 것도 그 메신저 덕분이었다.

어느 날 나는 소설가 지망생과 지하 맥주집의 벽감처럼 움푹 들어간 자리에 취해 잠들었다. 맥주집 사장은 우리를 깨워 내보낸 뒤 셔터를 닫았다. 반소매 아래 드러난 팔뚝에 소름이 돋았다. 쌀쌀해지고 있었다. 소설가 지망생은 내가 잡아준 택시에서 굴러나왔다. 이마를 아스팔트에 찧었는데도 정신을 못 차렸다. 우리는 여관에 들어갔고 몽롱한 상태로 샤워를 하고 한 침대에 누웠다. 소설가 지망생이 잠들어버리면 어떡하나라는 불안감이 밀려왔다. 다행히 소설가 지망생이 내 품을 파고들었다. 나는 그게 신호라 여겼고 누구도 가르쳐준 적 없건만 오래전부터 연습해온 것처럼 별다른 어려움을 겪지 않고 소설가 지망생의 몸속으로 들어갈 수 있었다. 어김없이 아침이 왔고 우리는 여관을 나와 찻집을 찾느라 더러운 거리를 걸었다. 그 시간에 문을 연 찻집을 찾는 건 바보 같은 일이었지만 바보 같은 찻집이 한 군데 있었다. 우리는 주문한 에스프레소 커피가 다 식을 때까지 아무 말도 하지 못했다. 내가 간신히 미지근한 커피를 한 모금 마셨을 때 소설가 지망생이 말했다.

"미안해, 어젯밤 일은 실수였어."

소설가 지망생은 내 입가에 묻은 거품을 닦아준 뒤 찻집을 나갔다. 나는 그의 이마를 문질러주지 못했음이 못내 아쉬웠다. 사흘 동안은 별다른 느낌이 없었다. 나흘째 되는 날 내 인생 처음으로 혼자 술을 마셨고 잔뜩 취해 돌아온 내가 박형규에게 고백을 하는 바람에 지옥촌 사람들이 모두 그 사실을 알게 되었다. 그들은 배신자 혹은 무능력자를 보는 눈빛으로 이렇게 말했다.

"너의 몰락이 모든 마초들의 몰락을 뜻하는 게 아니기를!"

다음 날에도 잔뜩 취한 나는 박형규의 허벅지를 베고 울었다. 김상일은 방문을 열고 들여다보며 "피에타가 따로 없군!" 하며 끌탕을 했다. 최동우가 뭐라고 했는지는 알 수 없었다. 박형규는 벽에 기댄 채 꾸벅꾸벅 졸았는데 허벅지가 저려서인지 규칙적으로 신음을 했다. 그의 허벅지가 경련을 일으켰다. 나는 그에게 미안했지만 뜻밖에도 그의 허벅지에 머리를 뉘면 평온했기에 모른 척했다. 나는 머리를 돌려 그를 올려다보았다. 그가 졸고 있는 바람에 서로의 얼굴을 마주보는 꼴이 되었다. 그의 입술이 탐스러웠다. 나는 동성애자가 아니었다. 하지만 그 순간만은 그와 입을 맞출 수도 있겠다는 생각이 들었다. 물론 나는 취해 있었고 어쨌든 정상은 아니었다. 그 순간 나는 타락하기로 마음먹었다.

교수를 엿보는 횟수가 늘어났다. 멀리서 교수가 지나가기라도 하면 절로 걸음이 멈춰졌다. 나는 김상일과 최동우에게 물었다.

"저 교수 예뻐진 거 같지 않아요?"

그들은 혀를 내밀었다. 나는 박형규에게 전염되고 있었다. 나를 대하는 태도가 달라진 것도 아닌데 교수가 친근하게 여겨지기까지 했다. 나는 조금씩 인정하는 중이었다. 교수가 박형규의 사랑을 받을 만한 존재라는 걸. 교수의 본래면목을 아는 사람이 적어도 두 명쯤은 되는 셈이었다. 김상일과 최동우는 마지못한 듯 이렇게 뇌까렸다.

"행복해 보이기는 하네."

연합 전선을 형성한 김상일과 최동우는 왜 진작 그러지 못했을까를 자책하며 우정을 키워갔다. 그들은 함께 어울려 도서관에 가고 술을 마셨다. 서로의 방을 방문했으며 스스럼없이 서로의 방에서 잠을 잤다. 그들은 계를 묫어 착실히 돈을 모았다. 일정 액수가 되면 하룻밤 유흥비로 날려버리기 위해서였다. 계를 묫은 지 석 달 만인 여름 끝 무렵에 그들은 기회를 잡았다.

토요일 아침부터 흥청거렸고 콧노래를 부르며 건들거렸던 그들은 그날 밤 종로로 진출했다. 그들은 박형규에게 의미심장한 비웃음을 보인 뒤 자기들끼리 깔깔대며 지옥촌을 나섰다. 새벽녘, 탈주병처럼 기진맥진한 그들이 돌아왔다. 날이 밝자 지난밤의 사건이 지옥촌에 퍼졌다. 김상일과 최동우는 벼르던 대로 나이트클럽에 가서 부킹을 했다. 아낌없이 팁을 주고 그들의 표현에 따르자면 배꼽티를 입은 포스트모던한 노랑머리 여자 두 명을 데리고 나와 포장마차에 갔고 잔뜩 취한 채 여관에 들어갔다. 그들을 절망하게 한 건 그 여자들이 너무 취해 있었다는 거다. 김상일은 시체와 하는 기분이었다고, 최동우는 파트너가 오줌을 지린 바람에 그 옆에 토악질을 했다고 말했다. 그들은 지난날의 실수를 만회하고 싶어 맹렬하게 돈을 모았고 한 달만에 다시 출정했다. 다음 날 새벽, 그들은 탈영병처럼 하얗게 질린 얼굴로 돌아왔다. 그들은 이번에는 중년들의 나이트클럽에 가서 부킹을 했다. 원했던 상대는 아니었지만 그들은 두 명의 중년 부인을 데리고 나와 포장마차를 거쳐 여관에 갔다. 이번에는 취하지 않으려 노력했기 때문에 두 사람 모두 멀쩡한 편이었다. 문제는 상대방들도 멀쩡하다는 점이었다. 중년 부인은 발정 난 총각을 다루는 방법을 알고 있었다. 김상일은 파트너가 사정할 것 같으면 말하라고 달콤하게 속삭이던 때까지는 즐거웠다고 했다. 그 사람을 사랑해도 괜찮겠다는 생각까지 들었다고 했다. 그가 나올 것 같아요라고 말하자 파트너는 재빨리 그에게서 떨어져 우악스럽게 그의 음경의 밑동을 붙잡았다. 떨어져 나가는 줄만 알았다니깐. 최동우도 이렇게 말했다. 그들은 사정은 하지 못한 채 새벽까지 자신들의 파트너에게 시달려야 했다.

그들은 나를 자신들의 계원으로 섭외했다. 가을이 깊어갈 무렵 우리는 저렴한 미녀들이 우글댄다는 영등포역 앞 사창가를 찾았다. 북촌을 떠올리게 하는 동네였다. 낡은 집들의 낮은 처마 사이로 엎드린 골목길을 걸어 솟을대문을 본떴으나 빈지문과 다를 게 없는 문을 지나 지옥촌과 별로 다를 게 없는 방에 들어갔다. 오빠! 환하게 웃는 내 나이 또래의 창녀는 곱사등이였다. 그 순간 나는 이대로 돌아갈 것인가, 아니면 원래의 목적을 달성할 것인가 고민했다. 얼마나 많은 사내들이 자신을 받아들일 창녀가 곱사등이라는 걸 알고 발걸음을 돌렸던가! 발걸음을 돌려도 그대로 머물러도 모욕일 수밖에 없다는 생각이 들었다. 다행히 내 정신보다 육체가 현명했다. 발기를 하지 않은 나는 허탈한 체하며 누워 있을 수 있었다. 곱사등이는 내게 박카스를 건넸다. 오빠, 이거라도 많이 마시고 가. 다섯 병째의 박카스였다. 곱사등이가 보여준 호의에 눈물이 날 뻔했다. 손을 흔들어 안녕 인사를 하고 돌아 나올 때 곱사등이가 등 뒤에서 나를 껴안았다. 따스했다. 조금 후회가 되었다. 어쨌거나 한번 품어나 볼 걸. 나는 개선장군처럼 의기양양한 김상일과 최동우의 뒤를 졸졸 따라 지옥촌으로 돌아왔다. 그들은 언제 다시 방문할 것인가를 의논했고 나는 박형규에게 곱사등이를 사랑해도 되느냐고 물었다. 그는 웃었다.

"『논리 철학 논고』를 집필하던 시절의 비트겐슈타인처럼, "결국 세계는 한 권의 아름다운 책에 이르기 위하여 만들어졌다"라고 말할 때의 말라르메처럼, 누구나 한 번쯤은 오만해도 좋을 시기가 있어. 그 시기를 흔히 우리는 청춘이라 하고 그때 찾아온 것들을 사랑이라 부르지. 곱사등이가 오든 언청이가 오든 대체 무슨 상관이야!"

나도 오만해지고 싶었다. 우선 그들의 계에서 탈퇴했다. 하지만 다음으로 무얼 해야 할지는 알 수 없었다.

박형규는 교수에게 청혼을 했다. 20여 년 연상의 여인에게 청혼을 한다는 게 어떤 기분인지 나는 모른다. 하지만 그가 청혼하지 않을 수 없었다는 것만은 알고 있었다. 김상일과 최동우처럼 살아갈 수도 있지만 끝이 빤히 보이는 길을 숙명처럼 걸어가야 하는 사람도 있는 노릇이니까.

교수는 그를 피했다. 나는 그가 교수의 뒤를 쫓아가는 모습과 그를 차갑게 외면하는 교수의 섬뜩하리만치 냉정한 얼굴을 몇 번 보았다. 하지만 기이하게도 그는 싱글벙글 웃으며 지냈다. 그는 거절마저도 어떤 과정으로 받아들이는 듯했다. 흡족한 표정으로 이제 막 초벌구이를 마친 작품을 바라보며 재벌구이를 준비하는 도공을 연상시켰다. 교수는 네번째 시집을 준비 중이었다. 첫 시집의 주제를 반복해서 변주하여 이미 낡은 시인으로 치부되는 교수에게는 퍽 중요한 일이었을 것이다. 다음 해 봄 교수의 네번째 시집이 출간되던 날 밤 그는 사라졌다.

"그분에게 이 사실을 알려줬으면 해. 그분이 나를 피하는 이유는 내가 싫어서이기도 하지만 스스로를 미워하기 때문이기도 해. 그분은 분명 내가 당신을 경멸하고 있을 거라고 생각할 거야. 하지만 나는 그분을 미워하지 않아. 아니, 어쩌면 나도 모르게 속으로는 경멸하고 있을지도 몰라. 하지만 내가 제어할 수 있고 인식할 수 있는 범위 내에서 보자면 애초에 내겐 그분을 증오할 능력이 없어. 우울하다는 건 기쁨을 느낄 능력이 없다는 뜻이기도 해. 사랑한다는 말도 똑같아. 바꿔 말하자면 증오할 능력이 없는 상태가 바로 사랑에 빠진 상태야. 그러니 꼬마야, 네가 나를 대신해서 전해줘. 나는 그분 앞에 서면 혀가 거꾸로 곤두서. 가장 현명한 사내도 사랑하는 사람 앞에서는 가장 멍청해지기 십상이니까."

나는 그날 밤 서점 앞 2절지에서 발견했던 요령부득의 메시지를 기억한다. '나는 소멸하여 불멸할 것이다.' 그가 내게 보낸 최초이자 최후의 편지였다. 며칠 뒤 나는 그의 부모를 찾아 인천으로 갔고 그의 방에서 3천 권의 책을 보았다. 교수의 네번째 시집은 출간되자마자 뜨거운 반응을 불러일으켰다. 완숙하고 견고한 정신이 길어 올린 빛나는 언어들 운운하는 평가를 받았다. 오랜 침묵을 지키던 교수가 봇물 터지듯 지난해 봄부터 가을까지 쓴 시에서 나는 박형규의 목소리를 발견할 수 있었다.

교수에게 박형규는 영감의 원천이었다. 그러므로 이제 그는 자멸할 수밖에 없다. 그가 바랐던 형태이든 아니든 '완성'에 이르렀으니까. 그가 사라졌음을 맨 처음 눈치챈 사람은 왕뚜껑이었다. 왕뚜껑은 죽은 거야, 죽은 게 틀림없어, 라고 외치며 울었다. 김상일과 최동우는 석 달이 지나서야 그가 사라졌음을 인정했다.

그는 돌아오지 않았다. 나는 어느 날 우리 방에서 알싸하게 피어오르던 피 내음을 기억한다. 방문 앞에 선 나는 그 안에서 박형규가 모종의 음모를 꾸미고 있음을 직감했다. 방문은 사개가 맞지 않아 틈이 벌어졌다. 나는 어둑신한 그 방에 홀로 앉아 혈서를 쓰는 그를 보았다. 방바닥에는 낡은 무기 같은 면도칼이 있었다. 그는 새하얀 손수건을 들어올렸다. 사랑 애(愛) 자였다. 현기증이 났다. 나는 발소리를 죽여 복도 끝으로 가 옥상에 올랐다. 조금 뒤 저 아래 대문을 나서는 그의 뒷모습이 보였다. 그는 맹세를 하는 사람처럼 한 손을 가슴에 대고 있었다. 그가 품은 실제적인 사랑은 손수건 한 장의 크기였으리라. 방으로 돌아간 나는 감히 창문을 열고 환기시킬 생각을 하지 못했다. 방에 고인 피비린내가 못내 서글펐다. 나는 면도칼을 쥐었다. 라이터로 날을 그을린 뒤 손가락을 갖다댔다. 나는 왜 한 번도 그런 생각을 못했던 것일까. 사랑은 아무나 하는 게 아니다. 특별한 허가를 받은 사람들에게만 가능한 일이라는 걸 세상 사람들은 결코 인정하지 않겠지만 나는 인정한다. 어쩌면 소설가 지망생은 징그러운 벌레라도 되듯 손수건을 버릴 수도 있다. 그렇다면 다시 주워 내가 보관할 수도 있으리라.

그는 손가락을 너무 깊이 베었다. 그가 총총걸음으로 대문을 나서 골목을 걸어가는 모습을 보고도 나는 몰랐다. 그는 출혈이 멈추지 않았고 쇼크사해도 좋을 만큼 많은 피를 흘린 채 응급실로 실려갔다. 지옥촌 사람들은 그 바보 같은 자식이 자살을 시도했다며 혀를 내둘렀다. 그러니까 대문을 나설 무렵 이미 그의 가슴팍은 붉게 물들었을 것이다. 나는 그가 입을 꾹 다문 채 사람들의 억측을 부정하지 않은 이유를 알 것 같았다. 피에 흠뻑 젖어 무슨 글자를 썼는지 알 수 없게 된 손수건에서 愛만을 추출할 수 있는 기술이 발명되기 전까지는 아무도 그의 절망을 이해하지 못할 것이다. 사랑은 끝없이 번져가는, 그래서 종국에는 무엇으로 시작되었는지 알 수 없는 불멸하는 형식이라는 걸 그는 보여주었다.

나는 밤늦은 시각 불 켜진 교수의 연구실을 올려다보며 그가 나와 똑같은 자리에 선 적이 있음을 그리고 한두 번쯤은 교수도 그렇게 선 그를 보았음을 알 수 있었다. 그 시각에 아마도 교수는 사표를 쓰고 있었을지도 모른다. 그해 여름 교수 모집 공고가 났고 다음 학기에 교수는 출강하지 않았다. 나는 그의 말을 교수에게 전달하지 않아도 된다는 걸 알았다. 교수도 이미 알고 있었으리라. 소설가 지망생은 장래가 촉망되는 다른 소설가 지망생을 사귀었다. 강의실이나 교정에서 소설가 지망생을 보게 되면 어김없이 곱사등이가 떠올랐다. 비로소 나는 인정할 수 있었다. 소설가 지망생과 보낸 하룻밤, 그 여관에서 우리는 입을 맞추지 않았다. 취해서 혹은 열에 들떠서 그런 과정을 생략했던 건지도 모른다는 생각은 위선이었다. 소설가 지망생은 실수를 했을 뿐이다. 하지만 효과적으로 자기를 방어했다. 내게 입술을 내주지 않음으로써. 그러므로 모든 여자들은 창녀처럼 본능적으로 자신을 방어할 줄 아는 존재들이다. 나는 앞으로 이런 여자를 만나게 될 것이다. 육체를 내주지만 정신을 내주지 않음으로써 자신을 방어하는 사람, 그와 정반대인 사람, 육체와 정신 모두를 내주지만 이를테면 발가락을 애무하길 거부함으로써 자신을 방어하는 사람…… 그 모든 실패를 겪은 뒤에 나는 사랑이란 점령하지 않고 내버려둔 영역에서만 서식할 수 있는 특별한 종류의 관념이라는 걸 깨닫게 되겠지. 사랑도 능력이라는 걸, 사랑할 능력이 없는 사람들이 너무 오랫동안 사랑에 대해 지껄여왔다는 걸 깨닫기까지는 좀더 시간이 필요할 것이다. 역사에 기록된 자들은 왜 한결같이 비열한지 알 것 같았다. 그는 역사에 기록될 수 없는 존재이다. 그는 우리가 삶의 마지막 순간에야 그려보는 지도를 이미 지녔다. 지도 위에서 여행을 떠날 수 있는, 우리가 드물게 목격하게 되는 그런 사람인지도 모른다.

무한히 겹쳐진 미로

"이 시가 증명해주는 건 이 시를 쓴 작자가 유사성 장애를 앓는다는 사실뿐이야."

그때 나는 고개를 돌려 격자창에 비친 사람들을 보았다. 창 너머로는 아직도 차가운 공기가 느리게 이동하고 있을 거였다. 이렇게 말한 선배는 복사지의 귀퉁이를 벌레라도 만지듯 엄지와 검지로 살짝 집어 들어 올리더니 라이터를 켰다. 동호 선배였다.

선배는 이미 유명한 사람이었다. 입대 전에는 여러 대학에서 주관하는 문학상에 응모해 당선했고 복학한 뒤로는 비평에서도 두각을 드러냈다. 선배와 동기 후배 들 모두에게 질투와 존경을 받았으며 특히 나와 같은 신입생들은 문학적 가능성이 있다는 동호 선배의 한마디 평가를 간절히 바랐다. 해진 야전 상의를 입은 선배의 길게 자란 머리카락이 목덜미를 덮은 게 보였다. 이내 코끝으로 매캐한 냄새가 조용하게 다가왔다. 시 분과원들의 초조한 시선이 일제히 나를 향했다. 마땅히 자리를 박차고 일어나 강의실을 빠져나가야 했으나 내게는 그런 종류의 분노가 없었다. 귀퉁이를 베어 문 불길이 순식간에 복사지 전체를 삼켰을 때 나는 제사를 지낸 뒤 지방을 불사르던 아버지를 떠올렸다. 반으로 접어 젓가락으로 집은 뒤 성냥을 그어 방금 전의 선배처럼 불을 붙였다. 젓가락을 다루는 일에 서툴 수밖에 없었던 아버지는 단 한 번도 지방을 깔끔하게 태우지 못했다. 그로부터 며칠 뒤 소설 분과 합평회에 처음 작품을 제출했던 날 역시 강의실은 스산했다. 누군가 내 소설을 북북 찢었는데 이번에도 시 분과에서 내 시를 태웠던 동호 선배였다. 선배는 이 소설이 증명해주는 건 이 소설을 쓴 작자가 인접성 장애를 앓는다는 사실뿐이라고 말했을 것이다. 소설 분과원들의 시선이 내게 쏟아졌고 나는 이번에도 자리를 박차고 일어나지 않았다. 나는 가망이 없었던 거다. 이런 내 태도가 동호 선배의 화를 돋울 수도 있다는 사실을 모르지는 않았다. 하지만 여전히 그런 종류의 분노가 생겨나지는 않았다.

분과 모임이 끝나면 뒤풀이를 했다. 술에 취하면 누구나 어김없이 자신이 왜 문학에 매료되었는지를 털어놓았는데 어린 시절 부모의 이혼이나 아버지의 사업 실패로 인한 가정 파탄 혹은 식구들 사이에서 일어난 성추행이나 이웃집 누나 혹은 오빠와의 비밀스러운 성관계 또는 동생 친구와의 불미스러운 연애와 같은 틀에 박힌 이야기 이상은 아니었다. 거기에 날조되지 않은 사연은 없었다. 그러나 날조하지 않고 배길 수 없다는 점은 이해했다. 삶이 그토록 무의미하며 지루하다는 사실을 받아들이기엔 너무 젊었다. 그들은 자조하듯 이러니 문학은 병신들이나 한다는 말을 듣지 운운하며 술잔을 기울였다. 스스로 불행해지기 위해 기꺼이 사연을 날조할 수도 있다는 점에서 그들은 문학에 입문할 자격이 충분했을지도 모른다. 동호 선배는 후배들의 과장과 엄살에 진저리를 냈다. 문학이 운명인 사람이 있다면 그 선배와 같을 거라는 생각이 들기도 했다. 그러나 내게 필요한 건 한 자루의 총이었다. 아직은 내게 방아쇠를 당길 손가락이 있었다. 언젠가 나는 동호 선배에게 그렇게 말했을 것이다. 선배는 내게 악수를 청했는데 나는 그처럼 곱고 아름다운 사내의 손을 처음 보았다. 선배는 히죽 웃었으나 그 웃음의 의미 따위는 전혀 궁금하지 않았다. 선배와 악수를 할 때 손목에 닿던 말랑한 집게손가락에 나도 모르게 진저리를 쳤을 뿐이다.

입학 한 달만에 하숙집을 나와 학생 식당 지하의 쪽방을 거처로 삼았다. 몇몇 사람들의 배려 덕분이었다. 원래 창고였던 그곳을 식당에서 일하는 사람들이 방으로 바꾸었다. 그들은 합판으로 공간을 구획한 뒤 안쪽의 바닥을 벽돌과 시멘트로 돋아 장판을 깔고 벽지를 발라 틈이 날 때 잠깐씩 눈을 붙이는 휴게실로 삼았다. 바깥쪽에는 수도와 휴대용 가스레인지를 비롯해 간단한 취사도구 역시 갖춰둔 터라 요리를 할 수도 있었다. 나는 그들의 암묵적인 동의를 받아 밤늦게 그곳으로 기어 들어갔다가 아침 일찍 되도록 흔적을 남기지 않고 나왔다. 그들의 칫솔 사이에 내 칫솔을 꽂아두면서 이처럼 생과 생이 별난 방식으로 얽히기도 한다는 사실에 어떤 감회에 젖기도 했던 것 같다. 유난히 밤이 길게 느껴지면 쪽방을 나와 샛길을 걸어 올라가 본관 옆 벤치에 앉았다. 발치 아래 고즈넉이 펼쳐진 서울을 바라보면 생이 부질없다는 생각이 들곤 했다. 그곳에서는 문과대도 잘 보였는데 한밤중의 문과대는 와불을 연상시켰다.

한국전쟁이 끝난 뒤 전후 복구가 한창일 무렵 준공된 문과대 건물은 식민지 시대에 유행했던 영국 후기 고딕 양식이 적용된 석조관이었다. 웅장하게 보이도록 흔히 건물 입면에 세우던 거대한 독립주를 과감히 생략해 단순하면서도 세련된 느낌을 주었는데 그 시대의 건축물치고는 간결미가 돋보였다. 중앙 현관은 아치형으로 학교의 특성을 살려 석굴암을 본뜬 흔적이 엿보였고 정면에서 보면 일자형이지만 왼쪽과 오른쪽이 뒤쪽으로 꺾어진 디귿 자 형태의 건물이었으며 그곳에 건물 뒤편으로 통하는 문이 각각 하나씩 있었다. 지하 1층 지상 3층의 건물 중앙에는 5층 높이로 솟은 탑옥이 있었다. 한낮이면 격자형 창문과 같은 크기로 구획된 마감재들이 묘한 조화를 이루었다가 어둠이 내리면 창과 건물 외벽이 서로에게 스며들어 완벽하게 하나가 된 듯 여겨지기도 했다. 지하는 내부 계단으로 통하는 남녀 화장실 두 곳을 빼면 모두 건물 외부에서만 접근할 수 있었다. 앞쪽으로 기단을 쌓고 뒤쪽으로 흙을 채운 뒤 그 위에 초석을 세운 터라 지하 1층은 건물 좌우에서 볼 때는 지상 1층이었다. 건물을 오르내리는 계단은 중앙을 비롯해 양쪽 끝에 하나씩 모두 세 군데에 있었다. 1층은 행정 업무를 담당하는 부서와 세미나실이 차지했다. 2층과 3층에는 강의실을 비롯해 교수 회관에 자리를 얻지 못한 일부 교수들의 연구실이 있었다. 4층과 5층의 작은 방들은 문과대 학생회와 정체를 알 수 없는 동아리가 사용했는데 4층으로 오르는 층계참에는 낡은 소파와 대형 재떨이가 있어 언제든 그곳에서 담배를 피우는 한 무리의 학생들을 볼 수 있었다. 천장이 높은 데다 화강암 바닥이라 단 한 사람의 구두 소리도 크고 높게 울렸는데, 특히 해가 지고 어둠이 건물 내부를 채우면 그 단순한 소리마저 조종처럼 장엄하게 들리곤 했다. 그러나 건물은 단순한 구조였고 비록 오래되고 낡았으나 은밀하거나 비밀스럽지는 않아 고풍스럽다는 표현 외에 다른 수식은 필요치 않았다. 한마디로 그곳에서 길을 잃기란 불가능해 보였다.

어느 날 밤 나는 문과대 2층의 빈 강의실에 홀로 앉아 책을 읽다가 경비에게 쫓겨났다. 성미 급한 경비는 내가 가방을 챙기는 동안 강의실의 불을 꺼버렸다. 나는 여러 번 책상 모서리에 허벅지를 부딪히고서야 강의실에서 나갈 수 있었다. 나는 그 전공 강의실이 퍽 마음에 들었다. 책상에는 적어도 십 수년 동안 매학기 치러야 했던 시험들에 관한 다채로운 예상 답안들이 적혀 있었다. 결코 외울 수 없었던 문학적 진실들이 새겨진 책상들. 거기에는 국문학이 추구해온 이상과 여전히 까다롭고 미묘한 국어학의 문제들이 깨알같이 작은 글자들로 살아 있었다. 시를 외워 써야 하는 과목도 있었던 모양인지 보들레르의 「조응 correspondances」과 신경림의 「파장(罷場)」이 새겨진 책상도 찾을 수 있었다. 안타깝게도 원본과 다른 시어를 발견하기도 했다. 그이는 시험에서 몇 점을 받았을까. 시 분과와 소설 분과의 합평회도 주로 그 강의실에서 열렸다.

경비는 어디론가 사라졌다. 불 꺼진 복도는 괴괴했다. 마땅히 갈 곳이 없었다. 무섭지는 않았다. 나는 그보다 적막하고 을씨년스러웠던 밤들을 기억했다. 아무도 없는 빈집을 지키며 참죽나무 우듬지를 뒤흔드는 바람에 귀 기울이다 밤을 샌 적도 있었다. 버려진 무덤가에서 별도 뜨지 않은 민어둠의 하늘을 올려다본 적도 있었다. 삵이거나 여우였거나 정체 모를 짐승이 나를 사냥이라도 하듯 쫓아다니던 그 어둡고 끝이 없는 길들도 떠올랐다.

섬광처럼 기다란 빛이 복도를 비추다 사라지곤 했는데 경비의 손전등 불빛인 것 같았다. 강의실 벽을 따라 늘어선 철제 사물함들이 차갑게 빛났다. 나는 습관처럼 윗주머니에서 담배를 꺼냈다. 순식간에 피로해졌고 어딘가에 기대어 담배를 피우고 싶었다. 중앙 계단을 올라가 빈 강의실을 찾았으나 모두 잠겼다. 3층의 복도를 따라 오른쪽 끝까지 갔을 때 비로소 문손잡이가 딸깍 소리를 내며 스르르 열렸다. 나는 재빨리 그곳으로 들어가 문을 닫은 뒤 그 옆에 쪼그려 앉았다. 라이터를 켜자 방이 잠깐 내부를 드러냈는데 강의실은 아니었다. 내가 벽이라 생각하고 기댄 건 책장이었다. 맞은편에도 책장이 있었다. 경비가 분전함을 열었다 닫는 소리가 아득하게 들려왔다. 어둡고 좁은 방 안이 담배 연기로 자욱해진 걸 알 수 있었다. 창문 너머로 검은 산이 보였다. 고요하고 아늑했으나 쓸쓸했다. 어느 날 밤 솔밭에서 길을 잃어 허둥대다 빠졌던 예비군들의 개인호가 떠올랐다. 나는 아마도 그 순간에 무언가를 경계하고 노려보아야 할 공간이 사람에게도 필요하다는 사실을 깨달았던 것 같다. 아버지는 그런 게 없어서 당했던 거다. 바닥에 담배를 비벼 끌 때 책장 너머에서 나지막한 기침 소리가 들려왔다. 주먹을 입술 가까이 대고—엄지의 두번째 마디와 둥글게 말린 검지의 세 마디가 맞닿아 달팽이를 연상시키는 그 조그만 똬리에—조심스럽게 쿨럭이던 소리. 내가 벌떡 일어서자 손사래를 치듯 허공을 저으며 익숙한 음성이 들려왔다. 괜찮네. 한 대 더 피워도 좋아…… 내가 방해가 되지 않는다면 말일세. 이윽고 그 목소리의 주인은 창가로 다가가 걸쇠를 풀고 창문을 열었다. 방금 쟁기질이 끝나 검붉은 속살이 드러난 논밭 위를 지나온 바람에 묻었을 법한 냄새가 났다. 고소한 흙냄새였다. 어둠 속이었지만 나는 그가 누구인지 알았다.

나는 그를 강의실뿐만 아니라 교정에서도 종종 보았다. 하얗게 센 머리카락이 흘러내려 그의 굵은 주름이 잡힌 눈살이며 희끗한 눈썹까지 뒤덮곤 했다. 동호 선배는 그를 슬로우 모션이라 불렀다. 그는 시간을 늦추어 사는 사람인 것만 같았다. 동작들은 섬세하고 고요하다 못해 폭폭할 만큼 한없이 느렸다. 나는 그가 자신의 강의 노트에 고개를 처박은 채 오른손을 허공에 올려놓고 손가락을 우아하게 까딱이는 걸 관찰한 적이 있는데 그는 자신이 어떤 행동을 하는지 깨닫지 못하는 것 같았다. 그는 학생들에게 전혀 주의를 기울이지 않았다. 두 시간 내내—이따금 몽롱한 시선으로 창밖을 일별하기 위해 고개를 돌리던 경우를 제외하곤—고개를 숙인 채 누군가에게 속삭이듯 또박또박 『문학개론』을 읽었다. 그의 입에서 나온 말들이 모국어라는 사실이 실감되었다. 어떤 언어도 그처럼 느리게 발음될 수는 없을 것 같아서였다.

그는 자주 길을 잃었다. 그가 멀쩡하게 걷다 우뚝 멈춰 선 채 지나치는 학생들에게 이 길이 사범대 혹은 교직원 식당으로 가는 길이 맞느냐고 묻는 걸 여러 번 보았다. 심지어 그는 석조관 앞 계단에 선 채 여기가 문과대냐고 묻기도 했다. 학생들은 그를 조롱하거나 흉내 냈으며 무시하기도 했다. 그는 수십 년은 되어 보이는 강의 노트를 가졌고 매번 같은 문제로 시험을 치렀으며 현실에 둔감했다. 그는 자기만의 세상에 사는 은둔자였고 고독하면서 오만한 배교자의 인상을 풍겼다. 그는 학과 선배이기도 했다. 그의 이력에 남다른 점이 있다면 학생 시절 두 번의 추천을 거쳐 등단을 완료한 소설가라는 사실이었다. 그 뒤 우주가 수렴되는 단 한 편의 소설을 쓰겠다는 일념으로 창작에 몰두해 단 한 편도 쓰지 않았거나 혹은 못했다는 것이다. 동호 선배는 그를 잊힌 소설가라 했으나 나는 그가 소설에서 길을 잃은 사람인 것만 같았다. 그에게 연민을 품지는 않았다. 단지 내게 그는 실패한 소설가의 표본처럼 여겨졌을 뿐이다. 그가 슬로우 모션이 된 이유 혹은 우주가 수렴된다는 단 한 편의 소설에 몰두하게 된 이유를 설명해주는 듯한 일화가 있기는 했다. 그는 학생 시절 몇몇 벗들과 어울려 소설 창작 모임을 가졌다. 어느 날 그의 벗 가운데 한 명이 석조관 중앙의 돌출부 꼭대기 층에 창문을 열고 올라섰다. 그는 석조관 현관에서 벗을 올려다보았다. 주변의 다른 학생들도 올려다보았다. 으레 그렇듯 곧이어 불온한 유인물들이 자유낙하할 것이라 생각하면서. 생각과 달리 그의 앞에는 산산이 부서진 벗이 놓여 있었다. 그는 벗이 단지 길을 잘못 들어섰을 뿐이라고 여겼다. 모임을 갖기로 한 강의실인 줄 알았던 거야. 문을 열고 강의실에 한 발을 내디뎠을 뿐이야. 그게 허공이었던 거지. 그는 여태도 벗이 창문이 아닌 강의실 문을 열었던 것이며 뛰어내린 게 아니라 강의실에 들어셨을 뿐이라고 믿는 것 같았다. 나는 그의 벗의 사연이 놀랍지 않았다. 그 즈음의 나는 타인의 사연에 관심을 기울일 만큼 너그럽지 못했다.

내가 어두컴컴한 그의 연구실에서 나가기 위해 문을 열었을 때 그가 말했다. 혹시나 해서 말해두지만 여긴 2층이라네. 조심해서 가게나. 그의 방을 나와 복도를 지나 계단을 내려갈 때까지도 그가 내게 주의를 준 이유가 무엇인지 알지 못했다. 지하 화장실 앞에서 발걸음을 돌려 한 층을 되짚어 올라 경비실을 지나 현관을 빠져나온 뒤에야 나는 어떤 짐승이 등 뒤에서 나를 노려보는 걸 깨달았다. 삵이었거나 여우였거나 어린 나를 사냥하기에는 부족함이 없을 만큼 포악한 짐승이 세월을 건너 돌아와 나를 노려보는 듯했다. 나는 조심스럽게 뒤를 돌아보았다. 문과대는 여전히 와불이었다.

그해 봄 등록금 인상을 반대하는 집회가 거의 날마다 도서관과 본관 앞에서 열렸다. 학생 총회가 열리던 날 점심 무렵 도서관 앞에서 삭발식이 있었다. 나는 석조관 앞에 선 채 자신의 머리를 매만지는 그를 보았다. 그는 잠시 주변을 둘러보다 문과대 현관으로 사라졌다. 나는 여러 번 그의 연구실을 찾으려 애썼다. 대낮에는 아무런 문제가 없었다. 나는 그의 연구실 앞에서 명패를 쓰다듬어보기도 했다. 손가락 끝에 그의 이름이 만져졌다. 하지만 밤이 오면 그의 연구실은 사라졌다. 적어도 내가 느끼기에는 그러했다. 어둠이 점령한 문과대는 미로가 되었고 나는 믿을 수 없게도 그곳에서 길을 잃곤 했다. 그럴 때의 복도와 계단은 관능적이었다. 올라가고 내려가고 길게 뻗었다가 급격히 꺾어지는 통로들. 나는 문과내 내부의 유혹하는 통로들 앞에서 어쩔 줄 몰라 했다.

"좋은 소설은 언제나 얼마쯤은 관능적이다. 아무것도 유혹하지 못하는 소설은 누구에게도 공감을 불러일으키지 않아." 동호 선배가 내게 한 말이었다. 시가 불태워지고 소설이 찢긴 뒤로 나는 한 줄의 글도 쓰지 않았다. 선배는 내가 머물던 쪽방을 찾아왔다. 쪽방 주변에는 쥐와 고양이 들이 많았다. 샛길을 내려오는 발소리를 들었지만 인기척일 거라고는 생각하지 못했다. 문이 열리고 곧이어 발 구르는 소리가 났다. 경계심이 생겼으나 사실 내가 두려워했던 건 학교 당국에 발각되어 이 더럽고 비좁은 거처에서마저 쫓겨나는 것뿐이었다. 동호 선배는 자신의 방에 들어오기라도 하듯 거침없이 문을 열고 들어와 주저앉더니 손에 쥐었던 비닐봉지에서 소주병을 꺼냈다. 우리는 칼을 삼키듯 소주를 삼키며 서로의 우울한 얼굴을 바라보았다. 선배는 내 시와 소설에 일관되게 등장하는 모티프의 정체가 궁금하다고 했다. 나는 그 질문에는 대답하지 않고 최근에 읽은 작품 가운데 무엇이 인상적이었느냐는 질문에만 답했다. 선배는 내 말을 듣더니 작은 방에서 이리저리 굴렀다. 거대한 쇠똥구리 같았다. 부엌과 방을 구획하는 판지가 금방이라도 무너질 것 같아 조마

조마했다. 나는 이 꼴을 다른 사람들도 함께 보았다면 얼마나 좋았을까 생각했다. 학생들은 물론 강사와 심지어 교수들마저 경계할 만큼 천부적인 재능을 지닌 동호 선배. 나는 선배가 어느 강의에서 교수와 설전을 벌였는데 겉으로 보기에는 선배가 고개를 숙인 탓에 싱겁게 끝난 싸움이었지만 실제로 당황한 쪽은 교수였다는 최근의 일화도 떠올렸다. "이봐, 형." 그 시절 선배들은 후배들에게도 꼬박꼬박 학형이라는 호칭을 붙였다. "놀라운 일이 아닐 수 없군. 『호밀밭의 파수꾼』? 난 형이 부르주아 뉴요커들의 양심 따위에 관심이 있을 줄은 몰랐는걸." 나는 선배의 태도가 모순적이라고 느꼈다. 하지만 나 또한 어느 정도는 모순적이었다. 부르주아 뉴요커들의 양심도 인간의 양심을 대변할 수 있다는 항변을 했으나 확신을 갖지는 못했다. 나를 보는 선배의 눈빛에 글자가 떠올랐다. 이 한심한 녀석. "오 제발. 형의 얼굴을 뒤덮은 그림자는 맨해튼의 마천루가 아니야. 형은 바로 여기 미 제국주의자들이 싸지른 정자에서 번식한 서울이라는 도시를 어슬렁대는 들개일 뿐이야. 형이 물어뜯고 짖어대고 증오하고 투쟁해야 할 대상은 바로 여기에 있어. 착각하지 마. 고통은 발명되는 것이지 체험할 수 있는 게 아니야. 만약 형이 진짜 고통을 느꼈다면 형은 문학을 할 수 없을 거야. 고통받는 인간은 문학을 할 수 없으니까. 문학은 발명된 고통과 진정으로 고통스러운 현실 사이에 이루어지는 암거래와 같은 거야. 그 아슬아슬하고도 불온한 화해가 문학의 본질이야." 나는 그때 선배를 좀 두들겨 패주고 싶었다. 그러나 실제로 행동으로 옮길 만큼 강렬한 분노는 아니었다. 내게는 여전히 그런 식의 분노가 어울리지 않았다. 내가 문학에 매혹되었다면 그 이유는 아마도 그곳이 여전히 숨기 좋은 장소이기 때문이었다. 나는 동호 선배를 문 앞까지만 배웅했다. 선배는 개의치 않았다. 빈 병을 맞은편 창고에 넣었다. 병끼리 부딪는 소리가 음산했다. 선배는 빈 병이 왜 이렇게 많은지를 물었고 나는 식당 아주머니들이 교정 곳곳에서 수거한 병을 이곳에 쌓아뒀다가 한꺼번에 고물상에 넘겨 푼돈을 챙기는 거라고 일러주었다. 선배는 소주병부터 맥주병까지 다양한 병들을 눈으로 톺다가 수입 맥주병 하나를 들고 가버렸다. 동호 선배는 내게 가능성이 있다는 말은 해주지 않았다.

그날은 소설 합평회가 있던 날이었다. 학생회는 본관 앞에 천막을 치고 농성을 했으며 삭발한 학생들을 비롯해 수십 명의 결사대가 총장실을 점거해 모든 창문을 활짝 열어놓고 그 안에서 먹고 잤다. 노랫소리와 구호 소리가 합평을 하는 내내 그치지 않았다. 나는 아무런 할 말이 없었다. 질투가 날 만큼 잘 쓴 소설이었다. 화장기 없는 민얼굴로 담배를 입에 문 채 교정을 활보하던 동기였다. 동호 선배는 조금 당황한 듯했는데 평소처럼 독설을 내뱉지도 않았으며 신중하게 말을 고른다는 걸 알 수 있을 만큼 태도가 조심스러웠다. 선배의 뒷목을 덮은 머리칼에 생기가 없었다. 합평이 끝나자 분과원들은 우르르 몰려 나갔다.

나도 동기의 어깨를 두드려주고 싶었으나 앉은자리에서 꼼짝도 하지 못했다. 텅 빈 강의실에 홀로 남아 방금 전까지 사소한 흠이라도 찾아내기 위해 열렬하게 반복해 읽었던 소설을 곱씹었다. 나는 내가 그 소설에서 받은 충격의 정체 혹은 근거를 찾을 수 없었다. 그때 어떤 이미지가 떠올랐다. 5층 창턱을 붙잡은 채 대롱대롱 매달린 나였다. 이윽고 누군가 거칠게 내 머리칼을 그러쥐고 끌어 올려주었다. 거기에 화장기 없는 대담한 동기가 있었다. 나는 반사적으로 동기의 손과 손목을 보았다. 동기의 오른손 검지에는 잔금이 문양처럼 얽힌 가락지가 끼워져 있었다. 오랜 시간이 흘렀다. 나는 허깨비처럼 자리에서 일어났다. 형광등도 환한 강의실이었건만 여러 번 책상 모서리에 허벅지를 부딪히고서야 복도로 나설 수 있었다. 학생들이 농성하는 총장실이 비스듬히 보였다. 더러운 창문 탓에 그림자들이 어른거리는 듯했다. 나는 창문을 열고 고개를 내밀었다. 누군가 저쪽에서 턱을 손으로 고인 채 나처럼 밖을 내다보고 있었다. 하얗게 센 머리칼이 밤의 미풍에 흔들렸다. 나는 창가에서 한 걸음 물러났다. 텅 빈 복도에 조도 낮은 형광등 불빛이 바다 표면 가까운 곳의 은갈치 떼처럼 번득이며 흘러다녔다. 나는 한 층을 올라 3층 복도를 달렸다. 그곳에도 창을 통해 밖을 내다보는 이는 없었다. 나는 미지의 세계에 처음 상륙한 소년처럼 문과대를 거닐었다. 되돌아갈 수 없다면 길을 잃는다 해도 아무 상관이 없었다. 누군가 내게 과거로 회귀할 수 있는 기회를 준다 해도 나는 돌아갈 수 없을지도 모른다. 내가 살아온 길 자체가 미로이므로. 비로소 나는 길을 잃고 싶어졌다. 그러자 눈앞에 그의 연구실이 나타났다. 나는 연구실 맞은편 창가에 기대어 담배를 피웠다.

그의 연구실은 따뜻했다. 바깥이 유난히 쌀쌀한 것도 아니었는데 그런 기분이 들었다. 이전과 방의 배치가 조금은 달라진 듯했다. 어쩌면 지난번에는 어둠 속에서 보았기에 내가 착각했을지도 모른다. 방은 가운데 놓인 책장들 때문에 두 개의 공간으로 구분되었다. 나는 책장 사이를 지나 그의 책상 앞에 앉았다. 내가 말하는 동안 책상 위에 놓인 붉은 베고니아 꽃잎 몇 장이 소리 없이 떨어졌다. 그의 연구실에 고인 따스한 기운 속으로 낙화하는 시간. 나는 횡설수설했을 것이다. 그는 이따금 고개를 끄덕이기도 했으며 한숨을 내쉬기도 했다. 이윽고 그는 모든 판단을 중지한 상태라고 해도 좋을 현명한 백치를 연상케 하는 얼굴로 나를 보았다.

"자네가 어떤 말을 했는지 모르겠나. 자네가 저항, 변신, 고통 같은 낱말을 발음할 때 이 방에 어떤 변화가 생겼는지 느꼈을 거라 믿네. 애석하게도 그런 낱말은 사라지지 않은 채 이 방에 머문다네. 자네가 돌아간 뒤—저 문을 열고 자네가 사라진 뒤에 말일세—나는 열린 창으로 바람이 들어와 커튼이 부푸는 걸 보게 되겠지. 그리고 나는 그 낱말들이 커튼을 잡아당긴 거라고 생각하게 될 거네. 느낀다는 말이 더 어울리겠지. 베고니

아는 생기를 잃었고 책장에 꽂힌 어느 시인의 수상록은 옛것이 되어버렸네. 책은 늘 젊어지려고 하지. 나 같은 늙은이가 아니라 자네처럼 젊은 사람들의 시선을 통해 그 안으로 스며 들어가 부활하려고 애쓰지. 그러므로 모든 낱말은 하나의 불사조라네. 언제든 시선을 타고 들어가 산산조각이 났다가 새로운 어휘로 재탄생하길 바란다는 점에서 말일세. 자네가 부려두고 떠날 이 언어들이 늙은 내 눈동자 속에서 어떤 방식으로 무자비하게 꿈틀댈지 자네는 알겠지."

너는 결코 알 수 없으리라는 뜻이었다. 그리고 그는 이렇게 덧붙였다. 자네는 무슨 이유로 글을 쓰나? 나는 재채기를 하듯 낱말을 토했으나 그것은 아무런 의미도 없는 자음이나 모음에 불과했다. 나는 목구멍을 틀어막는 손가락을 느꼈다. 그 손가락의 정체가 무엇인지 말해야 할 필요가 있을까. 나는 수화를 하듯 오른손을 들어 집게손가락을 세웠다. 그가 내 신호를 해독했는지 못했는지 알 수 없었다. 그는 꿈꾸는 듯한 눈길이었고 자신이 방금 내게 얼마나 가혹한 말을 했는지 깨닫지 못한 것 같았으며…… 그런데도 그가 싫지 않았다. 그의 앞에서라면 함부로 아무 말이나 내뱉고도 쉽게 취소할 수 있을 것만 같았다. 그의 눈빛에는 모든 날카로운 것들을 무디게 할 수 있고 끔찍한 일마저 무효화할 수 있는 힘이 깃든 듯했다.

"자네는 미로의 한가운데에 있지. 그건 나도 마찬가지야. 우리는 미로의 입구를 통해 들어왔다가 길을 잃은 존재가 아니라 태어나는 순간 미로의 한가운데 던져진 존재라네. 어떻게 나갈 것인가? 들어온 곳이 없는데 나갈 수는 있을까. 이게 내가 궁금해 하는 점이라네."

그가 삶을 미로에 은유했을 때 나는 속으로 고개를 저었다. 그런 비유가 진부하기 때문이 아니라 그의 입을 통해 듣게 된 미로라는 낱말이 내게 우울한 정서를 환기시키는 대신 우스꽝스러운 놀이를 상기시켰기 때문이다. 적어도 그날 밤 내 느낌은 정확히 들어맞은 것처럼 보였다. 나는 그가 자리에서 일어나 창가로 다가가는 걸 보았다. 지켜보지 않아도 알 수 있었다. 그는 창문을 연 뒤 상체를 기울여 턱을 괸 뒤 무심한 눈길로 검은 산을 바라볼 것이다. 어쩌면 그 역시 누군가 저 옆 창문에서 고개를 내밀고 있다는 걸 알게 될 것이며 그게 나라는 사실도 알게 될 것이다. 그러나 이 사실은 나만 알겠지. 우리가 과거에도 그렇게 만났다는 사실을 내가 안다는 걸. 나는 조용히 그의 연구실을 빠져나왔다.

한창 달아올랐던 점거 농성은 기말고사 무렵 한풀 꺾였다. 조만간 학교가 한산해질 것이고 점거 농성도 별 의미가 없게 될 거였다. 방학을 며칠 앞둔 어느 날 나는 밤새 맞은편 창고에 도둑이 들어 빈 병을 싹쓸이해 갔음에도 그런 사실을 까맣게 몰랐다. 식당 아주머니들은 끌탕을 하며 빈 병 도둑을 저주했는데 꼭 내게 그러는 것만 같았다. 그날 오후 교문 앞에서 폭투가 벌어졌다. 도서관 앞에 모였던 3천여 명의 학생들은 등록금 동결과 학생회의 학사 참여를 요구하며 몰려 나갔다. 나는 사회과학대 옥상에서 전경과 시위대의 공방전을 지켜보았다. 경찰이 교정으로 최루탄을 쏘더라도 최루 연기가 미칠 수 없는 장소는 그곳뿐이었다. 그날 수백 개의 화염병이 전경들을 향해 날아갔는데 아마도 유례없는 일이었을 것이다. 외려 진로 소주병은 드물었다. 오비와 크라운은 말할 것도 없고 시판된 지 얼마 안 된 하이트가 국산답게 묵직하게 날아갔으며 버드와이저, 기네스, 칼스버그, 코로나 등이 외국산답게 날렵하게 날아갔다. 그 다음 날 나는 난감한 얼굴로 퇴거를 명령하는 학생과 직원 앞에서 가방을 챙겨 샛길을 올랐고 어디로 사라질 것인가 고민하면서 학생 식당 지하 쪽방과는 안녕을 고했다. 대신 나는 철거 예정이었으나 오랫동안 폐허처럼 방치된 수영장 건물에서 여름방학 내내 머물렀다. 학교 당국의 묵인 아래 작업 공간이 부족했던 미술학과 회화 전공 학생들이 사용하던 곳이었다. 그곳에서는 길을 잃을 염려가 없었다. 무더웠던 그 여름 나는 건설 현장의 잡부로 일했다. 비 오는 날은 공치는 날이었으므로 유화 물감으로 더럽혀진 앞치마를 입은 학생들 몇몇과 종일 술을 마시면서 수영장에 오줌을 누었다. 평온한 여름이었으나 내가 참을 수 없었던 것은 그곳에서도 문과대가 잘 보인다는 거였다. 문과대는 영영 일어나지 않을 와불이었으며 여전히 그 자리에서 미로의 중심처럼 낡아갔다. 미술학과 학생들은 국문학과와는 전혀 달랐다. 귀신을 볼 수 있다는 사람도 여럿이었다. 나는 회화가 무척 고된 작업이라는 사실을 인정하지 않을 수 없었다. 아버지도 그랬다. 끙끙 앓다가 더러 귀신을 보곤 했다. 나는 캔버스와 이젤과 붓과 물감 들로 이루어진 세계 속에서 낯선 소리와 냄새를 받아들이며 그 여름을 속절없이 흘려보냈다. 8월의 무더웠던 어느 날 동호 선배가 찾아왔다. 선배는 학생 식당 쪽방을 찾아왔던 날과 다름없이 자신의 작업장이라도 되듯 벌컥 들어와서는 검은 비닐봉지에서 소주병을 꺼냈다. 우리는 서로의 우울한 얼굴을 바라보았고 미술학과 학생들은 그런 우리를 우울하다는 듯 바라보았다. 나는 선배가 상기시키려 하는 기억이 무엇인지 짐작했다. 문학개론의 기말고사는 쉬운 편이었다. 제시된 몇 가지 문학용어의 의미를 기술하고 자신이 쓴 시와 소설을 한 편씩 제출하는 거였다. 답안지를 회수하던 그는 여느 때와 마찬가지로 학생들에게 아무런 주의를 기울이지 않았다. 누군가 즉흥시를 낭송하기 전까지는. 내게 질투를 불러일으킨 소설을 썼던 그 동기였다. 엷은 화장기가 느껴졌다. 동기는 시를 제출하지 못했으므로 이 자리에서 즉흥시를 낭송해도 괜찮겠느냐 물었고 그는 고개를 끄덕였다. 동기의 즉흥시는 유행가 가사였다. 강의실 여기저기서 웃음을 참는 소리가 났다. 그는 두 눈을 감은 채 즉흥시로 변주된 유행가 가사를 주의 깊게 감상했다. 낭송을 끝낸 동기는 자리에 앉았고 그는 느릿느릿 눈을 떴다. 그는 시를 제출한 것으로 인정하겠노라 말했다. "무슨 말을 했는지 정확히 기억하니?" 동호 선배가 물었다. 물론 나는 기억했다. "유감스럽게도" 그는 이렇게 말했다.

"학생의 시는 이성의 모든 감시가 제거된 상태에서 행해지는 사고의 기록이라는 앙드레 브르통의 선언과는 거리가 멀었네. 미적, 윤리적 판단에서 벗어나라 한다면 방금 학생이 낭송한 것처럼 주저하지 않고 온갖 욕설—특히 성과 결부된—만을 늘어놓게 되겠지. 스스로를 최면에 빠뜨릴 수 없다면 오토마티즘은 포기해야 하네."

그는 동기의 답안지를 찾아내 오토마티즘 항목을 찾아 손가락을 짚어가며 찬찬히 읽은 뒤 고개를 들어 학생들을 보았다. 그가 학생들을 그처럼 똑바로 바라보기는 처음이었다. "정의는 훌륭하군. 그러나 만약 이걸 의식한다면 학생은 노련한 정신분석의 앞에서 어깨를 움츠린 채 부들부들 떠는 가련한 정신병 환자에 불과한 셈이야." 동기는 자리를 박차고 강의실을 뛰어나가 버렸다. 나는 동기의 그런 분노가 부럽기도 했다. 동호 선배는 고개를 주억거렸다. "고맙다. 아무도 내게 그때 슬로우 모션 교수님이 무슨 말씀을 했는지 정확히 알려주지 못했거든." 나는 덧붙이지 않았다. 그가 물끄러미 내 얼굴을 바라보다 정확하게 나를 가리키며 이렇게 말했다는 걸. "자네는 알겠지."

동호 선배는 집요했다. 술에 취해서였을까. 아니면 나란히 서서 수영장에 오줌을 누는 동안 알 수 없는 친밀감을 느껴서였을까. 우리는 교문 앞에서 날아다니던 버드와이저와 칼스버그를 기억해내곤 깔깔깔 웃어댔다. 기어이 수영장에 빠진 우리를 미술학과 학생들이 건져주었다. 나는 아버지의 집게손가락이라고 말했다. 선배는 그럴 거라 짐작했노라고 답했다.

"형은 분명 평생 그 집게손가락을 쫓아다니게 될 거야. 어디에서든 집게손가락을 보게 되겠지. 지하철에서도 거리에서도 식당에서도…… 꿈속에서도 세월이 흘러서도 아버지의 집게손가락을 만나게 될 거야. 그러니까 이봐 형, 집게손가락을 글로 쓰지 마. 누구에게도 보여주지 마. 집게손가락을 죽여. 그 자리에서 문학이 탄생하게 될 거야." 물에 흠뻑 젖은 선배는 이제 막 잠에서 깨어난 와불 같았다. 퍽 고혹적이었다.

방학이 끝날 무렵 나는 수영장 건물을 떠났다. 떠나기 전날 밤 미술학과 학생들은 내게 어떤 소설을 쓰고 싶냐고 예의 바르게 물었다. 나는 시멘트 바닥에 녹슨 못으로 권총을 그렸다. 이게 선에 머물지 않고 진짜 권총이 되는 회화의 경지와 똑같은 형태의 소설이라고 말해주었다.

새 학기에도 점거 농성은 계속되었다. 가을이 깊어갈 무렵 농성 학생 숫자가 눈에 띄게 줄었다. 그러나 수업을 거부했던 많은 학생들이 유급의 위기에 처했다. 학생들을 구제하려는 일부 교수들의 성명서 낭독이 있던 날 하늘은 높푸르렀다. 나는 가끔 동호 선배를 닮은 사람을 교정에서 만나면 길 잃은 사람처럼 그 자리에 우뚝 서곤 했다. 휴학한 동호 선배가 학교에 모습을 드러낸 적은 없었다. 정신이 들면 내가 선 곳이 어디인지 까마득했다. 대낮에 그의 연구실을 찾아간 적이 있었다. 문을 열자 그가 정면에 있었다. 구획된 방으로 통하던 공간을 새로운 책장으로 막아놓은 채였다.

"나는 사람들이 흔히 과거를 추억하는 방식으로 내 유년 시절을 추억할 수가 없다네. 나는 마치 과거와 현재가 겹쳐진 미로 속에 있는 것만 같거든. 나는 미로를 여행했던 게 아니라 끝도 없이 많은 미로를 원래의 미로에 겹쳐놓으면서 살아온 게 아닌가 싶네. 똑같은 미로는 하나도 없으므로 종내는 미로가 겹쳐지다가 아무런 공간도 남겨놓지 않고 무의미하게 덧칠된 낙서처럼 새까맣게 변하겠지. 내 시야가 점점 어두워지는 것도 시력이 떨어져 사물을 쉽게 분간할 수 없게 된 것도 그런 현상의 일부라고 생각하네. 자네는 이해하겠지."

창문은 닫혔으나 그의 연구실에는 미풍이 불었다. 나는 귀밑을 스치는 잔바람에 진저리를 쳤다. 성명서는 끝까지 낭독되지 못했다. 교수들끼리 멱살을 잡고 언성을 높였다. 학생들은 감히 그들 사이로 뛰어들 수 없었다. 나는 그가 무수히 엉킨 다리들 사이로 쓰러진 걸 보았다. 그는 거대한 이오니아식 열주들 틈새로 보이는 분할된 와불 같았다. 영영 일어나지 못할 것만 같았다. 그러나 그는 누구의 부축도 받지 않은 채 홀로 일어났는데 그가 한 팔로 바닥을 짚을 때 온몸이 부드럽게 휘어지면서 만들어진 곡선이 무척 관능적으로 여겨졌다— 후줄근한 그는 방금 여자의 성기에서 빠져나온 피로한 음경처럼 축 늘어진데다 축축하기까지 했다. 그는 의무를 다한 사람처럼 만족스럽게 고통스러워하며 느릿느릿 문과대 현관으로 사라졌다. 어두워지고 있었다. 나는 미로에서 헤매게 될까 봐 그의 연구실로 달려갔다. 문과대 복도는 황혼에 젖었고 어디선가 올빼미들이 날개를 펴는 소리가 들려왔다. 그의 연구실은 완벽하게 둘로 나뉘었으며 그는 구획된 저쪽 공간에 있었다. 그와 나는 책장과 천장 사이의 공간으로 목소리를 주고받았다. 나는 그의 방이 팔괘의 형상을 따라 배치가 바뀌었다는 걸 깨달았다. 처음 내가 담배를 피우기 위해 우연히 들어갔을 때는 땅의 괘를 뜻하는 곤의 형태로 책장과 책상이 배열되었던 것이며 그다음에는 불을 뜻하는 형태였다가 결국 바람의 괘를 지나 모두가 가로막힌 하늘의 괘로 변했던 것이다. 그는 자신의 연구실에서 길을 잃을까 봐 두려웠던 건지도 모른다. 존재하지 않는 길. 원고지 위에서 한없이 뻗어 나가 소설이라는 가장 복잡한 미로에 쑥 빠져 들어간 서글픈 늙은이. 나는 희미해지던 천장이 끝내 사라져버린 그의 연구실에서 오래도록 하늘을 올려다보았다.

"길을 잃지 않고 살아가는 사람들이 애틋하다네. 길을 잃어야 하네. 삶이 미로라면 그건 길을 잃기 위해 만들어진 거지 출구를 찾아 나가라는 의미가 아니네. 나갈 곳은 없다네. 잊었는가? 장자의 꿈을. 장자는 덧붙이지 않았지만 자네는 짐작하겠지. 꿈속으로 돌아가 나비가 되면 반드시 이곳에서의 삶을 그리워하게 될 거라는 사실을. 현실과 꿈 모두 미로라는 사실을 자네라면 알겠지—내가 자네의 미래가 아니라 자네가 나의 미래일 수도 있다는 걸……"

나는 오른손을 들고 집게손가락을 세웠다. 손가락 하나. 그 손가락은 무얼 은유하는가. 아니 무얼 은유할 수 있는가. 손가락이 뭉텅 잘려나간 사람들. 팔이 잘려나간 사람들. 다리가 없는 사람들. 신체의 일부가 절단되었을 뿐인데 생이 동강 난 사람들. 자네는, 자네라면. 나는 그가 나와 대화할 때의 화법이 유별났다는 걸 깨달았다. 그가 왜 내게 연대의 손길을 내밀었는지 알 수 없었다. 내게서 무엇을 보았기에 '자네는' '자네라면'이라는 화법 속에 '우리는'이라는 말을 감춰뒀는지도.

동호 선배의 분신은 단신으로 처리되었다. 선배는 산재보험 적용이 거부된 아버지를 대신해 공단을 찾아갔다고 한다. 나는 과학생회실 게시판을 통해 그 사실을 알았다. 문과대 뒤뜰에 앉아 홀로 오래도록 울었다. 때늦은 눈물이었을 것이다. 동호 선배가 내 시를 불태우던 순간에 내 소설을 찢던 순간에 이미 흘려야 했던 과거의 눈물이었다. 선배가 입원한 화상 전문 병원에 가려면 한강을 건너야 했다. 나는 택시 안에서 자네는, 자네라면, 하고 읊조렸다. 차창 밖의 강은 소리 없이 몸을 뒤채었다. 병원 입구에서 낯익은 사람들을 만났다. 그들은 내게 초로의 사내를 가리키며 동호 선배의 아버지라고 일러주었다. 선배의 아버지는 오랜 세월 노동으로 단련된 사람에게서 흔히 발견할 수 있는 옻칠한 낡은 가구와 같은 단단함을 지녔다. 그리고 나는 선배의 아버지에게 오른손이 없다는 걸 알았다. 거칠어 보이긴 했지만 길고 아름다운 왼손으로 미루어 짐작하건대 선배는 아버지의 손을 물려받았던 게 분명했다. 나는 선배의 아버지에게 악수를 청했다. 선배는 내게 집게손가락을 죽이라고 했다. 과연 선배는 뭉텅 잘려나간 저 오른손을 죽였을까—선배는 성공하지 못했다. 아무도 미로에서 탈출하지 못한다. 더러는 그곳에서 스스로 미로가 되기도 하고 더러는 그곳에서 우주가 수렴되는 단 한 편의 소설이 되기도 한다. 허공에서 선배 아버지의 손을 맞잡았다. 둥근 손목 아래 잠시 존재가 지워진 오른손. 어쩐지 나는 기꺼이 미로에서 길을 잃을 수 있을 것만 같았다.

증 오 의 기 원

나는 종종 자정이 지난 시각에 한강대교를 걸어서 건넜다. 막차를 놓치면 어쩔 수 없었다. 택시는 엄두조차 낼 수 없는 형편이었으므로 튼튼한 두 다리를 의지할 수밖에. 그 시각에 걸어서 다리를 건너는 사람은 드물었다. 홀로 걷다 보면 생의 한가운데를 걷는 기분이었다. 머리 위로는 대형 돔을 연상시키는 삭막한 하늘이 있었고 아래로는 검고 끈적한 강물이 흘렀다. 그게 바로 내 삶이었다.

어느 날인가는 허술한 등짝에 '투신'이라는 두 글자가 쓰인 것 같은 중년 사내가 비틀비틀 앞장서 걸었다. 유독 바람은 다리 위에서 기승을 부렸다. 사내의 와이셔츠가 돛처럼 부풀었다가 잦았다. 사내는 바람이 몰아칠 때마다 휘청댔는데 용케도 넘어지거나 차도로 떨어지지는 않았다. 나는 조마조마했다. 정말 투신이라도 하면 어떡하나. 사내가 우뚝 멈췄을 때는 기어이 일이 벌어지는구나 싶었다. 사내가 구두를 벗었다. 투신하기 전에는 신발을 벗어야 한다는 수칙이라도 있는 걸까. 나는 출발선에 선 단거리 육상 선수처럼 잔뜩 긴장했다. 사내의 심기를 불편하게 할지도 몰라 나는 작은 목소리로 말했다. 남은 식구들을 생각하세요. 바람이 내 목소리를 삼켰을 텐데 사내가 내 쪽을 보며 씨익 웃었던 것도 같다.

사내는 난간에 기대어 아래를 내려다보더니 카악 하고 소리 지르고는 구두를 한 짝씩 쥐고 다시 비틀비틀 걸었다. 아마도 다리가 무척 길어서 거기까지 걸어가는 동안 생각이 바뀌었을 거라고 짐작했다. 실제로 건너보면 지루할 만큼 멀었다. 하마터면 비극적인 사건의 목격자가 될 뻔했노라고 내가 말하자 쁘띠는 코웃음을 쳤다. "그 아저씨는 단지 너를 놀려주려고 했을 뿐이야." 지금은 나도 그렇게 생각한다. 쁘띠도 역시 그랬다면 얼마나 좋을까.

그즈음 나는 열병을 앓는 사람처럼 쉬이 달아오르곤 했다. 아버지의 장례를 치른 뒤였다. 장지에서 돌아올 때 고모는 내게 아버지의 유언을 전했다. "시인이 되어달라더구나." 고모의 노쇠한 눈동자에 눈부처가 떠올랐다. 내가 거기에 그처럼 요약된 기분이었다. 서울에 돌아오자마자 나는 휴학계를 제출한 뒤 이삿짐을 쌌다. 라면 상자 서너 개에 책을 제외한 나머지 짐이 다

들어갔다. 한 무더기씩 나일론 끈으로 묶은 책들을 구석에 밀어 놓고 그 옆에 홀로 누웠자니 오래달리기라도 마친 듯 심장이 두근거렸다. 잠들지 못한 채 내 몸이 어떤 열기에 잠식되는 걸 선명하게 느꼈다. 활랑대는 가슴에 깍지 낀 손을 올려놓았다. 피가 증발해버릴지도 모른다는 두려움이 찾아왔다. 가문 날의 수로처럼 혈관이 텅텅 비어버릴 듯한 두려움. 나는 까닭 없이 분노를 항진한 상태로 그처럼 지냈다. 장례를 치르는 동안 소용되었던 비용들을 감당하기 위해 그동안 살던 방의 보증금을 빼 어머니에게 부쳤다. 마땅히 갈 곳 없는 내게 문학회 활동을 하며 알게 된 녀석이 저렴한 방을 소개해줬다. 좋다 싫다 할 계제가 아니었으므로 나는 두말없이 고개를 끄덕였다. 나는 이사 간다는 사실을 주변 사람들에게 알리지 않았다. 그 방에서 나와 동거할 사람이 약속했던 오전 열 시까지 올 거라고는 믿지 않았다. 정오 무렵 한눈에 보아도 서울내기라는 걸 알 수 있을 만큼 하얀 목덜미에 금 목걸이를 늘어뜨린, 키가 커서 굳이 굽 높은 구두를 신을 필요가 없어 보이는 한 녀석이 우편배달부처럼 내 이름을 크게 부르며 들어왔다. 그가 바로 쁘띠였다.

"저 밖에 있는 리어카가 네 이삿짐이지?"

나는 고개를 끄덕였다.

"이건 기적이야. 서울 하늘 아래 저런 리어카가 있다는 것도 저걸로 이사를 하는 녀석이 있다는 것도. ……이래 봬도 일당백이야."

그는 감격한 얼굴이었는데 내 얼굴을 보고는 뜨악했는지 이내 어깨를 으쓱했다. 그는 구멍가게에서 열 켤레들이 목장갑을 사 왔다. 우리는 둘뿐인데 굳이 그럴 필요가 있냐고 묻자 그는 다시 어깨를 으쓱했다. 나는 그가 좁은 어깨를 들썩이면서 손바닥까지 펴 보여 완벽하게 서양인과 같은 제스처를 쓰는 게 못마땅했기에 입을 다물었다. 내가 머물게 될 새로운 방까지는 거리가 상당했다. 골목에 방치되었던 낡은 손수레를 손봐둘 때부터 나는 이런 상황을 예감했던 것인지도 모른다. 나는 앞에서 끌고 그는 뒤에서 걸었다. 골목을 빠져나갈 때까지 그는 손수레를 밀어보는 시늉조차 하지 않았다. 대신 휘파람을 불며 세탁소, 이발소, 복덕방, 양품점, 철물점 등등을 지날 때마다 손을 흔들었다. 나는 그 상점의 주인들과 아무런 인연이 없었다.

큰길을 따라가는 건 열없는 일이었기에 좁은 길로만 손수레를 끌었다. 그 탓에 비탈을 자주 올라가야 했고 마찬가지로 자주 내려가야 했다. 짐이 많지는 않았지만 이마에 땀이 맺혔고 팔뚝에 근육통이 느껴졌다. 그는 별 도움을 주지는 않았지만 슈퍼를 지나칠 때마다 음료수와 아이스크림이 필요하느냐고 묻고는 대답도 듣지 않은 채 한 아름씩 사 왔다. 젊은 녀석들이 손수레를 끌고 가는 게 신기했던지 사람들의 시선이 우리 쪽으로 한 덩어리씩 날아들곤 했다. 나는 고개를 푹 꺾고 말없이 끌었다. 내 머릿속에는 오직 한 가지 생각뿐이었다. 한강을 어떻게 건너야 하는가. 한강을 건너는 골목길은 없으니 말이다.

큰길에 접어들자 눈앞이 깜깜했다. 인도를 걷는 사람들이 눈살을 찌푸려 어쩔 수 없이 횡단보도를 건넌 뒤 찻길로 들어갔다. 그는 더욱 신이 났다. 그는 손수레에 올라타도 되느냐고 물었다. 나는 잠시 길가에 멈춰 선 채 담배를 한 대 피웠고 그의 정체가 무얼까 곰곰이 생각했다.

그날 나는 쁘띠를 손수레에 태운 채 한강대교를 건넜다. 생각처럼 힘들지는 않았다. 횡으로 불어오는 바람이 땀을 식혀주었다. 그가 카우보이처럼 날뛰지 않았다면 더 수월했겠지만. 짓궂은 택시 기사들이 경적을 울리며 지나갔다. 노들섬을 지날 때 뒤에서 오던 버스가 사파리를 운행하는 관람차처럼 속도를 줄여 손수레와 나란히 움직였다. 일제히 창문이 열렸다. 쁘띠는 버스 창문으로 고개를 내민 사람들에게 원숭이처럼 일일이 손을 흔들어주는 걸로 만족하지 못하고 내게도 예의 바르게 굴라며 윽박질렀다. 나는 고개를 돌려 힘겹게 웃어주었다. 한강대교에서 멀지 않은 곳에 있던 철교 위로 평소보다 느릿느릿 전철이 지나갔다. 나는 전철 쪽을 향해서도 웃어주었다. 나는 어떤 기시감에 사로잡히기도 했다. 언제였을까. 무넘기의 두 마지기 반 논에 밤늦도록 물을 대다 돌아오던 어느 초여름 밤이었을지도. 서낭당 깨밭에서 돌아오던 어느 한여름 저녁이었을지도. 한쪽 다리를 살금살금 절던 아버지가 끌던 손수레에 어머니와 내가 올라탄 채 이내 자욱한 먼 하늘을 바라보며 혹은 어두워가는 하늘에 총총히 떠오르던 별들을 올려다보며 하루가 저무는 것에 불과한데도 한생이 저무는 게 무엇인지 알 것 같은 기분이 들었던 그때가.

"넌 희한한 녀석이야. 서울에서 리어카에 이삿짐을 싣고 거기다 사람까지 태워 한강대교를 건넌 촌놈은 네가 유일할 거야."

오, 쁘띠. '사람까지 태워'라는 수식어만 없었더라면.

그 방은 내가 예전에 살던 방보다 작았다. 집이 지어진 이래 한 번도 그 자리를 벗어나본 적이 없을 것 같은 장롱과 책상이 두 쪽 벽을 다 차지했다. 반지하 층이 있고 그 위에 한 층이 더 올라간 2층 양옥집이었는데 내가 들어갈 방은 옥상으로 올라가는 계단 아래 있었다. 계단을 오르면 손바닥만 한 창문으로 내가 머무는 방이 훤히 들여다보였다.

반지하 층에는 두 가구가 세 들어 살았다. 왼쪽은 신혼부부가 차지했는데 남자는 이십대 후반의 택시 기사였고 여자는 삼십대로도 혹은 사십대로도 보였다. 어쨌든 보통내기가 아니라는 것쯤은 알 수 있었다. 그들 부부가 다투면 언제나 승리는 여자 쪽이었다. 여자는 팔뚝과 장딴지가 근육질이어서 운동 선수가 아니었을까 싶었는데 어떤 종목이었을지는 판단하기가 쉽지 않았다. 택시 기사는 아내에게 흠씬 얻어맞으면 발소리를 죽여 계단을 올라 옥상에서 혼자 울곤 했는데 그가 발소리를 내지 않기 위해 애를 쓸수록 방 안에 있던 나는 신경이 더욱 날카롭게 곤두서곤 했다. 오른쪽 반지하 방에선 중년 부부가 중학생 딸과 초등학생 아들을 데리고 살았다. 가장은 보험 판매원이었는데 늘 말끔한 정장 차림으로 출근해서는 그로기 상태로 퇴근했다. 나는 그들 식구가 가장의 출근길을 배웅하는 걸 주의 깊게 관찰했는데 아무리 보아도 이해가 되지 않았다. 가장이 품에 안은 아내의 팔과 머리를 부드럽게 쓰다듬는 동안 자식들은 두 손을 공손히 모은 채 그런 부모를 경외하는 눈길로 지켜보았다. 이윽고 아내와 충분히 애정을 나눴다고 생각한 가장이 딸과 아들을 차례로 껴안고 아내에게 했던 것과 비슷한 강도의 애정이 담긴 손길로 어루만진다. 그사이 아내도 남편의 품에서 빠져나온 자식을 하나씩 껴안고 서로의 볼을 비비거나 머리칼을 쓰다듬는다. 마지막으로 누나와 동생이 그런 방식으로 애정을 나눈다. 그러니까 보험 판매원 식구들은 모두 여섯 가지 형태의 포옹을 아침마다 재현하는 거였다. 어느 날 나는 보험 판매원의 딸이 가져다준 김치를 얻어먹은 보답으로 조심스럽게 그들 식구들에게 새로운 형태의 포옹도 조합이 가능할 거라고 일러주었다. 아버지와 어머니와 딸, 아버지와 어머니와 아들, 어머니와 딸과 아들, 딸과 아들과 아버지, 그리고 마지막으로 네 식구가 한꺼번에. 딸은 모욕을 받은 듯 붉으락푸르락한 얼굴로 뒤돌아섰지만 다음 날부터 그들의 아침 의식은 좀더 길어졌다. 어느 날 옥상에서 울던 택시 기사가 콧소리로 내게 일러준 이야기는 이렇다. 보험 판매원 식구들이 처음부터 그런 건 아니었다. 가장이 길거리에서 혼절하여 응급실에 실려간 적이 있는데 수술이 급히 필요한 말기 암으로 판정받았다. 큰 병원으로 옮겼는데 다행히 오진으로 밝혀졌다. 가장은 식구들과 작별 인사조차 나누지 못한 채 세상을 떠날 수도 있다는 걸 깨달았다.

"난 사실 보험 형님네 식구들이 부러워. 나도 종종 아내와 아무런 작별의 의식 없이 세상을 하직할 수도 있다는 생각이 들거든. 우리 같은 운짱들은 언제고 트럭에 깔려 터져버린 날계란처럼 흐물흐물해져 발견될 수 있으니깐. 너도 알지? 얼마 전에 강변북로에서 한강으로 뛰어든 택시 기사 말야." 그는 동료 택시 기사를 추도하느라 한참 동안 말을 잇지 못하다가 성난 목소리로 이렇게 말했다. "네들은 시를 쓴다니까 이런 걸 뭐라고 하는지 말 좀 해봐. 난 보험 형님네 식구들을 훔쳐볼 때마다 그러니까 그 뭐냐 생의 비밀? 뭐 그런 걸 엿보는 기분이거든."

우스꽝스럽게 비장한 보험 판매원 식구들도 아침 의식만 제외하면 보통 사람들과 다르지 않았다. 이들을 모두 거느린 집주인은 머리칼이 하얗게 센 노부부였다. 은퇴한 교육 공무원이라는 사실을 알기 전에도 그들 앞에 서면 회초리를 든 수학 선생님 앞에 선 기분이 들었다. 시킨 것도 아닌데 나는 주인집 거실에 무릎을 꿇고 앉아 노부인이 내놓은 사과가 소리 없이 갈변하는 걸 지켜보았다. 그들도 별말이 없었다. 단지 거실 한쪽 벽을 두드렸을 뿐이다. 그 너머가 바로 내가 기거하는 방이므로 조용히 해야 한다는 뜻인 것 같았다. 나는 낙엽처럼 서걱대는 사과 한 조각을 씹으며 뒷걸음질로 그곳에서 나왔다.

이사하던 날 나는 손수레에 싣고 온 짐을 혼자 날랐다. 방은 내 짐들이 못마땅했는지 쌀쌀맞게 굴었다. 얼마 되지 않는 짐인데도 어떻게 정리해야 할지 몰라 우두커니 서 있기도 했다. 책상 서랍 세 칸 가운데 위쪽 두 칸은 텅텅 비었지만 맨 아래 칸 서랍에만 차곡차곡 쌓인 콘돔 상자가 있었다. 쁘띠가 문 앞에서 방을 들여다보았다.

"난 여길 사물함이라 생각할게. 맨 아래 칸 서랍만 건들지 말아줘. 가끔 들를 테니까 너 혼자 사는 거라고 여겨도 돼."

나는 얼떨결에 고맙다고 말했다. 첫날 밤 홀로 낯선 방에 누운 채 나는 시인이 된다는 건 무얼 뜻하는지를 생각해보았다. 이처럼 작고 궁색한 방에서조차 우주를 꿈꿀 수 있어야 한다는 것인지도 몰랐다. 나는 갑자기 시인들이 증오스러웠다. 그리고 새벽이 가까워올 무렵에는 시인들 역시 스스로를 증오했던 것인지도 모른다는 데 생각이 미쳤다. 퍽 씁쓸했다. 가계 없는 증오들. 매번 시인들의 가슴에서 새롭게 태어나는 영원히 젊은 증오들. 그날 밤 내 나이 스물이었다. 나는 비로소 내 안에서 어떤 증오를 꺼냈던 것이고 나의 증오는 태어나자마자 스무 살이었던 셈이다.

새로운 방에 거주한 지 하루 만에 나는 그가 쁘띠라고 불린다는 사실을 알게 되었다. 낯선 사람들이 오전에 한 명, 오후에는 다섯 명이나 방에 들렀다 갔다. 그가 속한 문학회 사람들이었는데 그들은 한결같이 놀란 눈으로 나를 보더니 고개를 설레설레 저으며 가버렸다. 마치 내게 건투를 빈다는 듯. 그 가운데 회장이라는 두 학번 위의 선배는 오전에 찾아와 경멸이 가득 담긴 말투로 포스트모더니즘과 천민자본주의를 비판하면서 묵새기더니 내게 쁘띠는 언제 오는 거냐고 초조한 목소리로 물었다. 나는 회장의 유난히 뾰족한 턱을 좀 무례하다 싶을 정도로 빤히 바라보았다. 누구를 말하는 거냐고 되물을 필요는 없었다. 쁘띠가 그의 별명이라는 것쯤은 눈치로 알 수 있었다. 점심 즈음에 그가 왔다. 뾰족턱은 그를 보자마자 짬뽕이냐 짜장면이냐 묻더니 주인집 노부인에게 전화를 빌려 주문을 하고 돌아왔다. 뾰족턱이 가방에서 소주를 꺼냈다. 나는 난생처음 짜장면을 안주로 소주를 마셨는데 묘하게도 궁합이 맞는 듯했다. 뾰족턱은 기형도를 정신적 지주로 삼은 듯했다. 얼마나 기형도에 집착했는지 그는 천지창조의 원리마저 「입 속의 검은 잎」으로 증명할 기세였다. 중국집 배달원의 이동 경로와 단무지, 양파, 춘장의 유통기한도 증명할 수 있었을 거다. 쁘띠는 기형도의 아카데미즘을 비판했는데 뾰족턱은 춘장이 묻은 입가를 복숭앗빛 혀로 쓰윽 핥더니 "프티부르주아다운 비판이로군" 하고는 입을 꾹 다물었다. 나는 나중에 뾰족턱이 1학년 학생들을 모아놓고 "입속의 검은 잎이 무엇이냐?" 묻고는 세상에 둘도 없는 멍텅구리들을 상대한다는 듯 한숨을 푹푹 내쉬다가 "바로 혀를 가리키는 게 아니냐!" 하며 의기양양해하는 걸 본 적이 있다. 나는 지금도 뾰족턱이 '혀' 하나로 세계를 증명하고 다닐지도 모른다는 생각을 한다.

그로부터 며칠 뒤 쁘띠의 문학회에서 누군가의 생일을 축하하는 술자리가 있었다. 내가 처음 가본 그곳은 여느 문학회 방과 마찬가지로 퀴퀴했다. 칠이 벗겨진 자리마다 벌겋게 녹슨 낡은 철제 캐비닛에는 성한 문짝이 없어 사개가 꼭 맞도록 닫히지 않았다. 그 틈으로 옷가지나 문건 들이 축 늘어져 나왔다. 아무렇게나 책들이 꽂힌 나무로 틀을 짠 책장은 원래 유리문이 달렸던 듯 먼지 낀 레일이 위아래에 있었다. 4단 서랍 위에는 전리품처럼 전경의 방패와 헬멧이 고이 올려졌고 회의용 탁자 위에는 재떨이로 쓰는 종이컵들이 군데군데 놓였는데 그중에는 모로 엎어져 진득한 검은 물을 흘리는 것도 있었다. 창가 구석에 처박히듯 놓인 파란 플라스틱 휴지통은 구역질이라도 하듯 주둥이를 벌린 채 헐떡였고 팔걸이 없는 1인용 천 소파가 벽을 따라 일렬로 쭉 늘어선 걸 보니 침대 대용인 듯했다. 가끔은 그런 소파 속에서 쥐가 살았다. 나는 낯설지 않은 방 풍경에 금세 스며들었다. 남다른 점이 있다면 창문 밖이 옥상이라는 거였다. 술판은 대체로 그곳에서 벌어지는 듯했다.

나는 쁘띠 옆에 자리 잡고 앉아 난생처음 본 사람의 생일을 축하해줬다. 뾰족턱이 입을 열면 찬물을 끼얹은 듯 조용해졌는데 그런 분위기 또한 내게는 익숙했다. 술판이 무르익었을 무렵 사위는 이미 어두웠다. 어느새 옥상 양쪽 끝에 선 두 개의 등에 불이 켜졌다. 맥 빠진 검푸른 하늘에 드물게 별이 떴다. 쁘띠가 내 옆구리를 쿡쿡 찔렀다. 나는 그에게 부탁받은 서류 봉투를 건넸다. 그가 오전에 방에 들러 확대를 부탁한 사진들이었다. 나는 그에게 받은 증명사진들을 사진관에 맡겼다가 찾아온 거였다. 그는 증명사진 속의 사람들을 데리고 창을 넘어 문학회방으로 들어갔다. 조금 뒤 가면을 쓴 사람들이 나타났다. 확대된 사진을 얼굴 윤곽에 맞춰 가위로 오려 마분지에 붙여 만든 조잡한 가면이었지만 선명한 컬러사진이라 진짜 얼굴들 같았다. 쁘띠가 노련한 바람잡이처럼 손뼉을 치면서 술 취한 사람들의 이목을 집중시켰다. "이 사람들 가운데 자신의 얼굴 가면을 쓴 사람이 있습니다. 그게 누군지 맞혀보세요!" 가면과 실제 얼굴이 일치하는 사람을 찾는 게임은 그렇게 시작되었다. 옥상은 사이코드라마가 실연되는 무대처럼 음산하기까지 했다. 흥겨워하는 사람들이 없어서 그런 인상을 받았던 것 같다. 뾰족턱이 내 귀에 대고 말했다. "너희 문학회 문집에 실린 네 시 잘 읽었다." 할 수만 있다면 나는 옥상에서 뛰어내리고 싶었다. 사람들은 가면과 가면 뒤의 얼굴이 일치하는 사람들을 마구잡이로 짚었다. 모두가 정답이면서 오답이었다. 쁘띠의 표정에는 기묘한 구석이 있었는데 중세의 권력자가 귀양지의 수령이 베풀어준 음탕하고 질펀한 술자리를 지켜볼 때 그렇지 않을까 싶었다. 나는 그가 혐오스러웠다. 쁘띠가 나를 가리켰다.

나는 나란히 선 다섯 명의 배우들을 천천히 톺아보았다. 나는 다섯 명 모두 자신의 가면을 썼다고 말했다. 나는 다른 이들을 돌아보며 에드거 앨런 포의 「도둑맞은 편지」를 상기하자고 덧붙였다. 그들은 이방인을 대하는 토박이들이 흔히 그러듯 은밀한 호기심과 경계심이 뒤섞인 그러나 내게는 본질적으로 적대적으로 여겨지는 눈길로 나를 보았다. "가면이 무언가를 은폐한다는 관습적인 사고 자체를 노렸을 수도 있다고 생각했어요. 가면 뒤에 감춰진 게 아무것도 없는데 가면이 있기 때문에 다른 무언가가 그 뒤에 존재할 거라는 막연한 믿음을 이용하는 거죠. 하지만 그거야말로 진부한 뒤집기라고 할 수 있어요. 가면 뒤에 가면의 주인이 있다는 건 가면이야말로 실제 얼굴이라는 관념만큼 오래되었으니까요." 누군가는 내 말에 고개를 주억거렸고 누군가는 비웃음을 흘렸다. 쁘띠는 어깨를 으쓱했을 뿐이다.

그날 밤 쁘띠는 그의 표현에 따르자면 출신 계급과 획득 계급 사이의 아득한 간극을 메우기 위해 과시적으로 지었으나 숭고함에 이르지 못한 천박함이 수석에서 조경수에서 아니 벽돌 하나하나마다에서 묻어 나온다는 프티부르주아풍의 정원이 딸린 아버지의 집에 들어가는 대신 사물함에서 나와 함께 잤다. 그에게는 사물함에 불과한 방에서 나는 정말 '사물'이 된 듯한 기분이 잠깐 들기도 했다. 잠을 청하려 눈을 감았지만 다섯 명이 차례로 가면을 벗던 장면이 생생히 떠올랐다. 가면 뒤에 가면과 다름없는 얼굴이 있었다. 과음하지 않아 정신이 말짱한 탓도 있었지만 쁘띠가 아무런 해명도 하지 않았다는 게 더 마음에 걸렸다. 그들은 내 말처럼 자신의 가면을 썼다. 사람들은 야유를 퍼부었다. 실물보다 가면이 낫다는 둥 지루하고 재미없는 한 편의 삼류극을 관람한 기분이라는 둥. 그리고 그들 역시 그런 일이 언제 있었냐는 듯 그들이 동참했으나 방금 끝나버린 역할극을 모르쇠하기로 약속이라도 한 듯 가면이라는 낱말조차 입에 올리지 않았다. 나는 그들이 어쩔 수 없는 모욕을 받아들인 자존심 강한 사람들처럼 행동한다는 걸 알았다. 쁘띠는 그들에게 치욕적이지만 용납하지 않으면 안 되는 침입자쯤으로 여겨지는 것 같았다. 그들이 품은 증오는 어떤 종류인지 알 수 없었다. 가면이 무언가를 은폐한다는 생각이 진부한 것처럼 가면이야말로 본질을 드러낸다는 생각 역시 그렇다. 아버지는 내가 어떤 가면을 쓰길 바랐을까. 시인이라니. 한번 쓰면 벗을 수 없는 가면이 바로 그런 것일지도 모르는데. 서글픈 알레고리들. "촌놈! 무슨 생각을 그렇게 하냐?" 무슨 생각을 하는지 다 안다는 말투였다. "네가 모르는 게 하나 있다. 내가 아까 연출했던 희극의 요점은 그게 아니야. 나는 그들에게 각자 마음에 드는 가면을 선택하라 했지. 그들은 잠시 머뭇거리더니 결국 자신의 가면을 썼어. 난 눈여겨봤어. 그들이 서로를 평가하듯 힐끔거리는 걸. 그들은 한순간이라도 타인이 된다는 게 내키지 않았던 거야. 가면을 상징이 아닌 표상으로 받아들였기 때문이야. 존재가 전이된 듯한 기분을 느끼기 싫었던 거지." 나는 쁘띠에게도 증오라는 게 있을지 궁금했다. "누구나 자기 자신으로 남고 싶기 마련이니까."

삐띠는 내게 했던 말을 스스로 곱씹는 듯했다. 누군가 방문을 조심스레 열었다. 삐띠는 기다리던 사람이 왔다는 듯 스스럼없이 자리에서 일어나더니 그이의 손목을 붙잡아 방으로 이끌었다. 술내와 단내가 섞인 이질적인 숨결이 비단 수건처럼 부드럽게 내 얼굴로 끼쳐왔다. 삐띠가 준비한 생일 선물은 이런 것이었는지도 모른다. 나는 옥상에 올라 고요히 잠든 주택가와 밤하늘을 보았다. 택시 기사와 처음으로 수인사를 나눈 것도 그때였다. 택시 기사는 교대를 마친 뒤 동료들과 술을 한잔 걸치고 왔다며 너스레를 떨었다. 쿵쿵쿵 계단을 올라오는 발소리 끝에 택시 기사의 튼튼한 아내의 머리통이 불쑥 솟아올랐다. 이윽고 옥상에는 나 혼자만 남았다. 고요하고 거룩한 밤이었다. 신은 이런 곳에서 태어난다는 생각이 들었다. 밤이 없었다면 인간은 신을 고안하지 않았겠지. 음험하지 않은 신은 존재하지 않는다. 그들은 밤의 자식들이다. 고요하고 거룩하고 게다가 은혜롭기까지 한 밤이었다.

나는 명동의 5층 빌딩 신축 현장에서 꽤 오랫동안 잡부로 일할 수 있었다. 지난봄 전문대학을 졸업했다는 작업반장은 나이에 비해 과묵했다. 앞으로 수십 년 동안 해야 할 일을 하는 사람이 아니라 수십 년 동안 해온 일을 하는 사람 같았다. 점심시간이면 식당을 찾아 헤매느라 아까운 시간을 허비했다. 붐비는 시각이라 식당에서는 서로 등과 어깨를 부딪치며 밥을 먹어야 했다. 땀에 전 더러운 작업복과 하얀 와이셔츠 들이 겹쳐진 그곳은 어쩐지 이 세상에 존재하지 않는 장소인 듯했다. 다른 잡부들이 짧은 오수를 즐기러 외투를 둘둘 말아 쥐고 구석 자리를 찾아가면 나는 바둑판처럼 구획된 명동 거리를 처음인 듯 걸었다. 전봇대에 다닥다닥 붙은 구직 광고에는 시인들도 있었다. 나는 그들이 동명이인처럼 느껴지지 않았다. 야간작업이 있으면 거절하지 않았고 철야 작업도 마다하지 않았다. 야간작업은 자정에 끝나고 철야 작업은 새벽 여섯 시에 끝났다. 차라리 자정을 지나 새벽에 서울을 걷는 일이 홀가분했다. 새벽 지하철과 버스는 알 수 없는 곳으로 내 운명까지 실어 나르는 듯해 불편했다.

휑뎅그렁한 방에 돌아가면 시를 썼다. 쓰는 시늉만 했다. 언어는 내부에서만 맴돌았으며 간신히 입안까지 끌어 올려도 혀와 이빨에 닿는 순간 형체도 없이 부서지고 말았다. 비좁고 허름한 방에서 우주를 꿈꿔봐야 무슨 소용이란 말인가. 증오는 좁은 방의 사방 벽과 천장과 바닥에서 제멋대로 날뛰다가 끝내 주인의 품속으로 되돌아갈 수밖에 없다.

어느 날 나는 철야 작업을 마치고 돌아오던 길에 보험 판매원을 스쳐 지나갔다. 나는 고개를 숙였고 보험 판매원도 가볍게 목례를 했다. 나는 좀더 비장하게 인사를 나누지 못했음이 아쉬웠다. 골목들이 만나는 갈림길에서는 중학생 딸을 스쳐 지나갔다. 교복 치마 아래 드러난 가느다란 종아리가 까칠했다. 아버지를 앞지르기 싫었거나 혹은 나란히 걷기 싫었거나. 딸은 한동안 그곳에 선 채 멀어지는 보험 판매원의 등에서 시선을 거두지 않았다. 나는 점점 멀어지는 가장과 붙박인 듯 갈림길에 선 딸과 아직은 반지하 방에 남았을 부인과 아들을 잇는 가상의 끈을 머릿속에 그려보았다. 세상에서 가장 탄성이 좋은 끈일 터다. 딸이 고개를 돌려 내 쪽을 보았는데 노부부의 집 담장 안에서는 한 번도 본 적 없는 사나운 눈빛이었다. 나는 순수한 증오라 일컬을 수 있는, 잔디밭에 홀로 선 민들레처럼 대궁이가 툭 꺾여 우윳빛 수액을 흘리며 죽어갈지언정 어떤 감정에도 굴복하지 않는 증오 그 자체인 사람을 만나고 싶었다. 하지만 그 순간 나는 내가 누군가에게 증오를 불러일으키는 존재일 수도 있다는 걸 처음 깨달은 듯했다. 나는 서둘러 방으로 향했다. 두 세대가 깃든 반지하 방으로 내려가는 계단을 보았는데 그곳은 아득한 심연으로 통하는 첫 발판인 듯했다. 방에서 낯선 여자가 부스스한 얼굴로 손가방을 들고 나왔다. 여자가 나를 노려보았을 때에야 나는 붉은 에나멜 하이힐을 밟고 섰다는 걸 깨달았다. 쁘띠는 실눈을 뜨고 내 실루엣을 더듬더니 벽을 향해 돌아누웠다. 그리고 웅얼웅얼 말했다. 주말에 자신도 공사판에 데려가달라는 거였다. 나는 방금까지도 붉은 에나멜 하이힐을 신는 여자가 누웠던 자리에 내 몸을 뉘였다. 등을 댄 바닥에서 적개심을 느꼈다. 슬며시 웃음이 나왔다. 여자가 부려놓고 간 감정의 파편들이 내 몸 아래서 모래밭을 이룬 게 느껴졌다. 나는 타인의 고요한 증오를 체험하며 잠들었다. 그렇지만 나는 알았다. 내가 잠들어도 증오는 잠들지 않고 내 안에서 불침번을 선다는 사실을. 서로 다른 형태의 증오들이 이처럼 불편하게 한 자리에서 만나기도 한다는 걸.

그 뒤로도 낮이건 밤이건 그가 여자를 데려오면 나는 군말 없이 자리를 피해줬다. 그래 봐야 내가 갈 곳은 옥상뿐이었다. 그곳에서 택시 기사를 만나면 쁘띠가 조루여서 방으로 빨리 돌아갈 수 있으면 좋겠다는 농담 따위를 나누었다. 계단을 오를 때면 절로 눈길이 창 쪽으로 향했다. 방을 훔쳐보지 않기 위해서는 인내가 필요했다. 그런 행동을 비열하다고 여겨서가 아니라 어쩐지 알몸의 그를 보게 되면 걷잡을 수 없이 쓸쓸해질 것 같아서였다. 그는 섹스를 휴식이라 표현했다. 그의 표현을 존중한다면 이 세상에서 가장 격렬하고 강력한 휴식일 것이다. 나는 그의 휴식을 방해하고 싶지 않았다. 그 시절의 나는 자신의 팔을 베고 잠든 고양이를 깨울 수가 없어 팔이 저리도록 내버려두었던 장 그르니에를 존중했다. 나는 쁘띠의 팔뚝에 어지럽게 머리칼 자국이 남은 걸 여러 번 보았으므로 그가 자신의 상대를 퍽 다정하고도 성심껏 대하는 사람일 거라 짐작했다.

쁘띠가 월세를 치르겠다는 걸 나는 굳이 거절하지 않았다. 그는 내가 고마워하지 않을 거라 짐작했다며 명동의 건축 현장에서 얻은 근육통에 시달리느라 그렇지 않아도 주름살이 깊게 팬 이마를 힘들게 찡그렸다. 나는 숨이 죽은 채소 같은 그의 손바닥에서 월세가 든 봉투를 집어 들었다. "제길, 너의 유일한 재산은 증오지." 쁘띠가 내 뒤통수에 대고 이렇게 말했다. 나는 나도 모르게 어깨를 으쓱해버렸다.

노부부가 주인처럼 낡은 소파에 앉아 다큐 프로그램을 시청할 게 분명하다고 생각했으나 거실은 괴괴하기 짝이 없었다. 노부부와 처음으로 대면했던 때와는 사뭇 다른 분위기였다. 거실의 심장이 사라져버린 듯한 기분이었다. 택시 기사의 아내가 염탐꾼처럼 현관으로 고개만 들이민 채 노부부는 병원에 갔노라고 알려주었다. 우리는 서로 경계할 이유가 없었다. 택시 기사의 아내도 그런 사실을 잠시 뒤에 깨달았는지 문을 잠그고 나가지 않은 건 세입자들을 집 지키는 개 취급하는 거나 마찬가지라고 투덜대긴 했는데 적의가 느껴지지는 않았다. 내게는 익숙한 화법이었다. 아버지는 생전에 내게 단 한 번도 애정을 표시해본 적이 없었다. 무심코 그런 적은 있었다. 젓가락으로 반찬을 집어 내 밥그릇에 옮겨준다든지 마루 밑 댓돌 위에 놓인 내 운동화의 접힌 뒤축을 바로잡아준다든지. 그럴 때면 나도 놀라고 당신도 놀랐다.

나는 졸지에 세입자 대표가 되었다. 내가 문병 간다는 걸 어떻게 알았는지 반지하 방 세입자들이 만 원씩을 보태주었다. 병원 앞에서 과일 바구니를 하나 샀다. 규모가 큰 병원은 아니었다. 노인병 환자를 전문으로 다루는 곳인 듯했다. 현관 앞 조그마한 주차장 둘레로 쉼터가 있었는데 대부분 보호자도 없이 환자복을 입은 노인들이 조용히 앉아 햇빛바라기를 했다. 나는 그들의 시선이 향한 쪽을 바라보았는데 거기엔 희푸른 하늘이 있었다. 생을 다한 증오들 같았다. 집주인 노부부는 4인용 병실에 있었다. 간병인 의자에 앉았던 노부인이 일어났다. 노부인의 쭈글쭈글한 손이 내 손을 붙잡았다. 그렇게 섰자니 내가 노부인의 막내아들 혹은 손자가 된 듯한 기분이었다. 병실의 다른 보호자들도 그렇게 여기는 듯했다. 어쩔 수 없이 나는 노부인의 눈에 떠오른 눈부처를 보게 되었다. 타인의 눈 속에 내가 살았다. 수술을 마치고 회복실에서 나온 지 얼마 되지 않았다는 노인은 입을 벌린 채 잠들었고 나는 차마 입이 떨어지지 않아 돌아가겠다는 말을 하지 못했다. 병실에 고인 특유의 냄새마저 익숙해진 나는 잠든 노인과 그 옆을 지키는 노부인이 한평생 찾아다닌 건 무엇이었을지 생각해볼 여유를 갖게 되었다. 돌아가봐야 딱히 할 일도 없었다.

내 기억 속에 없는 할아버지와 할머니. 유년 시절의 나를 무등 태워준 할아버지와 그 옆에 불안한 듯 선 할머니. 그이들을 나는 가족 사진첩에서 찾아낸 사진으로 보았을 뿐이다. 할아버지와 할머니가 살았다면 지금 이들처럼 누군가는 병에 걸려 수술을 받고 침대에 누워 고통스런 잠에 빠졌을 테고 또 다른 누군가는 그런 늙은 배우자의 얼굴을 지그시 들여다보았겠지. 언제쯤이 되어야 서로의 얼굴에서 증오의 흔적마저 찾을 수 없을 정도로 눈이 침침해질 수 있을 것인지. 병실 밖으로 어둠이 찾아왔다. 나는 병실이 평온했다. 이 병실 안에서 누군가 생사의 기로에 섰다 해도 놀랍지 않았다. 언젠가 내게도 그런 순간이 반드시 찾아올 것이므로. 노부인은 창밖을 보다가 이내 내 손을 슬며시 잡았다가 놓았다. 짧은 순간이었지만 노부인이 정말 내 할머니처럼 느껴졌다. 노부인은 돌아가라는 듯 손을 내저었는데 나도 모르게 고개를 젓고 말았다. 수술을 마친 뒤의 환자는 그날 밤이 고비였다. 경과를 예의주시하며 보호자가 매시간 상태를 체크해야 했다.

자정 즈음까지는 별일이 없었다. 병원은 고요했다. 휠체어 바퀴 구르는 소리 간호원의 은밀한 발소리 누군가의 코 고는 소리…… 그런 나직한 잡음들이 낮 동안의 어떤 활기찬 소리보다 더 강렬하게 생명을 은유하는 듯했다. 갑자기 환자인 노인이 경련을 일으켰다. 호흡이 가빠졌고 온몸을 옥죄는 사슬에서 풀려나오기 위해 애쓰는 사람처럼 발작적으로 몸을 뒤틀었다. 당직 근무자들이 병실로 달려왔다. 나는 노부인의 두 어깨를 뒤에서 잡았다. 다급한 발소리들이 병동 복도를 울렸다. 다른 환자의 보호자 가운데 한 사람이 덜 깬 눈을 비비며 우리 쪽을 건너다보았다. 나는 노부인의 나직하게 떨리는 음성을 들었다. "영감…… 영감……"

그게 전부였다. 세월이 오래 흐른 뒤에도 그때 노부인의 음성은 내 귓가를 떠나지 않았다. 영감…… 영감…… 누군가를 호명하는 단순한 소리에도 한평생이 통째로 으깨어져 뒤섞일 수 있다는 걸 그때 처음 알았으므로.

나는 노인이 당직 근무자들의 조치를 받는 동안 복도 끝 외부 계단으로 나가 층계참 바로 위에 앉아 밤하늘을 보았다. 부드럽고 균질한 세계. 밤은 물컹물컹한 증오들로 이루어진 세계였다. 어둠 너머에 또 어둠이 있었다. 증오들의 무한한 겹침도 증오와 같다. 좀더 견고하고 거대한 증오들일 뿐. 아버지의 장례를 치르는 동안에도 흐르지 않았던 눈물이 거짓말처럼 두 눈에서 흘러나와 계단 위에 뚝뚝 떨어졌다. 나는 노부부가 첫 대면에서 거실 벽을 두드렸던 건 조용히 살아달라는 의미가 아니라 어쩌면 위급한 일이 생기면 주저하지 말고 그렇게 벽을 두드려서 알려달라는 의미였을지도 모르겠다는 생각이 들었다. 그런 화법이라면 이미 익숙하지 않던가. 익숙하다고 믿었기에 오해 역시 쉬웠을지도 모른다.

쁘띠가 내게 물었다. "남자랑 해봤어?" 나는 얼굴이 홧홧 달아오르는 걸 느꼈다. 나랑 하자고 달려들면 어떡하지? 이런 생각들이 머릿속에서 부글부글 끓었다. 그가 무릎걸음으로 내게 다가왔다. 나는 앉은 채로 뒤로 물러섰는데 좁은 방에서 도망갈 곳이란 없었다. "정말 겁먹었네?" 그는 깔깔깔 웃었다. 웃는 얼굴이 퍽 매력적이었다. 내가 여자였다면 이 사내를 사랑했을

지도 모른다. 기형적인 자본주의가 낳은 새로운 족속들. 증오가 무엇인지 알지 못하는 건강한 생식능력을 지닌 사내들. 번식의 욕망. 파괴와 건설의 욕망. 그리고 무엇보다 그것들을 슬퍼하면서 수행할 수 있는 기묘한 힘을 지닌 사람들. "난 어제 해봤어."

그는 문학 행사가 열리는 곳이라면 어디든 가리지 않고 다녔다. 대형 서점의 사인회와 문학 강연, 이런저런 문학 단체들의 문학의 밤 행사들은 넘칠 만큼 많았다. 대학들의 대동제 기간에 열리는 시화전이나 초청 강연회만 해도 수없이 많았다. 그는 지난밤 어느 대학에서 주최한 시인 초청 문학 강연회에 참석했다. 강연이 끝난 뒤 이어진 술자리에서 그는 시인을 싱글벙글 노려보았다. "그 시인이라는 작자가 1학년 여학생을 골목으로 데리고 가더라. 술자리에서 지분대는 걸 눈여겨봤거든. 처음에는 그냥 두어 대 두들겨 패주고 돌아올 작정이었는데……" 그래서 시인을 덮쳤다? 나는 얼른 이해가 되지 않았다. 폭력과 섹스의 상관관계를 증명하는 사례라고 돌려 생각할 수밖에.

"정말 아버지를 닮았어." 쁘띠는 혼잣말처럼 말했다. 자신의 아버지에 빗대어 말한 것이겠지만 나는—그가 알지 못하는—내 아버지와 닮았다는 뜻으로 새겨들었다. 나는 그가 자신의 아버지에 대해 말하는 걸 종종 들었다. 정확하고 빈틈없으며 실수를 용납하지 않는 불굴의 정신을 지닌 사내. 나는 쁘띠에게 그런 종류의 인간으로 비쳤던 거다. 이해할 수는 있었다. 그는 완벽해지기 위해 스스로에게 흠집을 내는 사람이었고 나는 완벽해지기 위해 태생부터 흠집투성이인 육체와 정신을 어떻게든 감추려는 사람이었으니. “넌 아버지처럼 시계를 삼킨 사람인 것 같아.” 쁘띠는 말꼬리를 흐렸다. “너도 그러겠지. 증오가 전 재산인 것처럼 굴다가도 기회만 주어지면 기꺼이 변절하겠지.”

그날이었다. 노부부는 여전히 병원에 있었다. 나는 창문으로 들어온 달빛이 내 몸 위에서 부서지는 걸 지켜보다 거실과 맞닿은 쪽 벽을 노크하듯 두드려보았다. “거기 누구 안 계세요? 아무도 안 계세요?” 나는 누구 계세요?라고 묻지 못하고 부정형으로 묻는 것도 내 정신의 반영일지 모른다는 생각을 했다. 나는 책상 밑으로 몸을 굴려 들어갔다. 내가 언젠가 들어갈 관 속처럼 포근했다. 그곳에서 까무룩 잠이 들었던 나는 잠결에도 발소리와 문 여는 소리와 옷 벗는 소리와 달뜬 숨소리와 살과 살이 부딪는 소리를 들었다. 정신이 들었을 때는 꼼짝도 하지 않고 숨소리조차 죽인 채 쁘띠와 그의 새로운 연인이 나누는 정사를 어둠 속에서 지켜보는 것 말고는 할 수 있는 일이 없었다. 환청이었겠지만 나는 거실 쪽 벽에서 노크하듯 조심스레 두드리는 소리를 들었다. 누군가 나를 찾았다. 누군가 나의 도움을 필요로 했다. 하지만 나는 움직일 수 없었다. 훗날 나는 그 소리가 환청이 아니었음을 알게 되었다. 그건 쁘띠가 손에 쥔 볼펜으로 벽을 툭툭 쳐서 내던 소리였다. 그는 이렇게 말했다. “나 혼자 이 방에 누워 시를 쓰던 어느 날이었어. 무심결에 볼펜으로 벽을 두드렸는데 조금 뒤 방문이 벌컥 열리는 거야. 우리의 마나님께서 여신처럼 당당하게 방문 앞에 서 있었지. 마나님은 나를 찬찬히 보다가 안도의 한숨인 듯 길게 숨을 내쉬고는 조심스레 문을 닫았지. 나는 한동안 무슨 일이 벌어진 건지 알 수가 없었어. 그런데 왠지 지금까지 내가 한 번도 겪어보지 못한 어떤 감정을 새롭게 체험한 기분이었어. 너라면 그런 감정에 무슨 이름을 붙여주겠니?" 내가 궁금한 건 그가 왜 정사를 나누면서 구조 신호를 보냈는가였다.

그들의 정사는 꽤 오래갔다. 나는 슬슬 권태를 느꼈다. 권태라는 낱말이 입속에서 자금자금 씹혔다. 언젠가 이 권태마저 그리운 날이 오겠지. 쁘띠는 자신만만한 사내였다. 부족한 것 없이 자란 그는 푸념처럼 프티부르주아 가정의 내적인 결핍을 늘어놓곤 했지만 그런 결핍이 자신에게 근원적인 영향을 끼칠 수 없는 사소한 종류라는 사실도 잘 알았다. 그는 시위대를 필사적으로 따라다녔으나 중요한 비밀 회의에서는 늘 배척되었고 합평회 자리에서 누구보다 열띤 목소리로 의견을 제시했으나 그의 말과 생각이 중요하게 다루어진 적은 없었다.

그는 바쁘게 돌아다녔다. 그때까지 쓴 시를 모아 출판하겠다며 원고를 들고 출판사를 찾아다녔다. 어떤 출판사도 그의 시집을 내주지는 않았다. 뾰족턱은 아예 출판사를 하나 차리라고 비아냥댔다. 얼마 뒤 그는 직접 제본한 책을 들고 나타났다. 나로서는 할 말이 없었다. 부드럽긴 하지만 부숭부숭한 토끼털을 입힌 가죽 표지와 미색 속지 그리고 금빛 보람줄. 압권은 "무제"

라는 시집 제목과 그 아래 박힌 "(   ) 님께 드립니다"라는 글자였다. "초판 이백 부만 찍어봤어." 그는 흔흔한 얼굴로 괄호 안에 내 이름을 써 넣은 예의 바른 시집을 건넸다.

그는 일주일 내내 방에는 잠깐씩만 들렀다. 자신의 시집을 배포하기 위해 분주하게 돌아다니는 듯했다. 그의 시집을 읽으며 갈기갈기 찢어버리고 싶은 충동을 몇 번이나 참아야 했는지 모른다. 매 편마다 그 시를 쓴 날짜라고 추정되는 연월일이 적혔는데 헤아려보니 그가 초등학교 5학년 무렵에 쓴 시도 실린 셈이었다. 대학생이 된 뒤 쓴 시가 3분의 1쯤이었는데 그가 "발기한다"와 같은 표현보다 좀더 근원적이라 여겨지는 "고환의 내부에 혼돈이 소용돌이쳤다"와 같은 표현들을 선호한다는 사실을 알 수 있었다. 그에게 발기란 기껏해야 정자들이 외부로 나갈 수 있도록 문을 열어주는 것에 지나지 않는 거였다. 택시 기사는 난생처음 받은 책 선물이라며 부적이라도 되듯 그의 시집을 품에 지니고 다녔으며 보험 판매원은 고객들에게 사은품으로 배부할 수 있도록 좀더 제본하여 줄 수는 없는지를 물어봐달라고 내게 부탁했다.

그는 초판이 매진되었다며 싱글벙글했다. 재판을 찍기 전에 여행을 다녀오겠다고 했다. 그가 어디로 떠났는지는 모른다. 어쩌면 그는 어느 곳으로도 떠나지 않았던 건지도 모른다. 그가 없는 동안 나는 뾰족턱의 부탁으로 그들 문학회의 합평 모임에 참석했다. 내가 눈여겨보았던 건 그들의 시가 아니라 언젠가 내 방에 찾아온 적이 있던 사람이었다. 그들도 쁘띠가 여행을 떠났다는 사실을 알았다. 나는 바닥에 떨어진 『무제』를 보았다. 토끼털 표지에 선명하게 찍힌 발자국이 보였다. 발자국 위에 또 다른 발자국이 찍혔다. 아무도 쁘띠의 시집을 줍지 않았다. 나는 또한 뚜껑 대신 아슬아슬하게 코펠 위에 얹힌 『무제』를 보았다. 토끼털은 라면 국물로 얼룩졌다. 그을린 자국이 있는 무제도 보았다. 그가 자신이 속한 문학회 사람들에게 배부한 시집들의 운명이 다채롭게 펼쳐졌다. 나는 증오가 치솟는 걸 느꼈다. 나 역시 그들의 무례한 행동에 가담했던 것만 같았다. 아니 언제나 공모와 가담은 그런 식으로 이루어진다.

나는 쁘띠의 말을 기억한다. "자살은 살고자 하는 가장 날카로운 의지야." 그날 내 방에서 손목을 그었던 사람은 지워지지 않을 피 냄새와 핏자국들을 여기저기 남겨두고 떠났다. 아니 택시 기사의 튼튼한 아내가 업고 갔다. 쁘띠는 아무런 동요 없이 일을 수습했다. 이따금 나는 그가 외려 손목을 그었던 사람을 경멸하는 게 아닌가 싶었다. 그가 증오를 학습했을지도 모른다는 생각도 들었다. 문득 그가 나를 노려보더니 오래 묵혔던 질문이라도 되듯 또박또박 말했다. "너는 나를 증오하지 않니?" 내가 아무런 대꾸도 하지 않자 그가 어깨를 으쓱했다. "넌 참 비열하구나. 너와 같은 계급의 여자가 나 같은 놈에게 농락당해 자살을 시도했는데도 아무런 동질감을 느끼지 못하다니. 너의 유일한 재산은 증오하지 못하는 그 능력이야."

나는 타인의 피 냄새가 뭉근하게 고인 방 안에 홀로 앉아 전위적인 예술처럼 여겨지기도 하는 벽에 남은 핏자국을 보았다. 모든 걸 증오할 수 있다는 건 아무것도 증오하지 못하는 것과 다르지 않다는 의미였는지도 모른다. 아버지는 왜 내게 시인이 되어달라고 했을까. 쁘띠를 죽일 용기는 없었다. 나는 옥상에서 골목을 걸어오는 쁘띠를 보았다. 나는 주머니 속에 손을 넣고 칼을 만지작거렸다. 옥상에서 내려가기 전에 올려다본 밤하늘은 우주가 분만한 또 다른 세계 같았다. 밤은 포식한 자의 배처럼 둥글었다. 거기에 나 같은 존재 하나쯤 더 먹잇감으로 던져준다 해도 무슨 상관이랴.

그날 밤 쁘띠와 나는 역할극을 했다. 그는 비겁한 내게 격려라도 하듯 눈을 감았고 나는 결코 그럴 수 없는 스스로를 조롱하기 위해 그 비겁한 시간을 견뎠다. 쁘띠는 내 손에 있던 칼을 부드럽게 빼앗았다. 그는 내 얼굴 가까이 자신의 얼굴을 갖다 댔다. "내 눈에 비친 네가 보이니?" 나는 고개를 저었다. 그가 나를 본다면 나는 그의 눈동자에 새겨진 것이리라. "나는 네가 보여. 이 바보 같은 자식. 너를 스스로에게 가두고 싶다면 차라리 잠들어라. 새벽이 와도 아침이 와도 눈뜨지 마라. 영원히 그렇게."

그는 칼을 쥔 채 방을 나섰다. 사물함에 그다지 소중하지 않은 사물 하나를 남겨두고 영영 그 사물함을 잊은 사람처럼. 눈동자 속에 옛사람이 산다. 나는 가끔 내 눈을 들여다본다. 혹시 그가 보이지 않을까 싶어서. 증오를 모르면서 내게 증오를 가르쳐준 쁘띠가.

톰은 톰과 잤다

내가 기억하기에 그는 가장 진지한 난봉꾼이었다. 유서 깊은 가문 출신인 그는 문중의 지원을 받으며 서울에 소재한 어느 대학의 경영학과를 다녔다. 졸업한 뒤 미국으로 유학을 가 석사학위를 취득했고 귀국해서는 외국계 회사에 취직했다. 그는 영문 이름이 박힌 자신의 사원증을 내게 보여줬는데, 맙소사 그의 이름은 탐이었다. 탐이라니. 그의 이름은 윤담이었는데 여권을 만들 때 은근슬쩍 담을 탐으로 바꿨다고 한다. 그래서 나는 그를 톰이라 불렀다.

톰은 매너 좋고 싹싹한 사람이었다. 눈썹이 짙고 이마가 매끄러웠다. 콧날이 오뚝했고 입술이 얇고 생기가 돌았으며 눈매가 서글서글하고 귓바퀴가 얌전했다. 그가 웃을 때면 왼쪽 입가에 수줍게 보조개가 파였다. 몸피가 부드럽고 목소리가 나긋나긋

해서 나는 그가 게이일지도 모른다는 생각— 물론 그의 방에서 과도처럼 날아와 내 가슴을 쑤셔버리는 여자들의 신음을 생각하면 터무니없는 판단이겠지만— 을 했다. 내가 한동안 머물렀던 그 집을 동네 사람들은 라일락집이라고 불렀다.

그 집 주인은 품계를 하사해도 좋을 만큼 오래 묵은 노인이었다. 나는 그 노인을 무척 두려워했다. 딱히 그럴 만한 이유가 없는데도 그랬다. 어머니 또래의 많은 여인들은 노인처럼 늙고 싶다는 부러움 섞인 말을 곧잘 했다. 노인은 관절염을 앓는지 걸을 때 절뚝댔는데 그걸 퍽 부끄러워하는 눈치였다. 누군가 그런 노인을 관찰이라도 하듯 빤히 바라보면 노인은 발을 재게 놀려 그 시선에서 벗어나려 하거나 걸음을 멈춘 채 자신을 주시하는 시선이 사라지길 기다리곤 했다. 내가 두려워한 건 정확히 말하자면 노인의 신비로운 눈빛이었다. 노인은 단아하고 고왔다. 주름살을 감출 수는 없겠지만 아마 그때까지도 남달리 흰 피부 때문에 그런 느낌을 받았던 게 아니었나 싶다. 한복을 차려입으면 전쟁미망인처럼 우수에 찬 억센 여자가 아닐까 싶었고 쥐색 투피스에 감색 스타킹을 받쳐 신고 악어가죽 핸드백을 옆구리에 낀 채 굽 낮은 구두로 불규칙하게 또각또각 소리를 내며 지나가면 한창 시절 요정을 운영하던 퇴물 마담이 아닐까 싶었다.

노인이 먼 곳을 바라볼 때의 눈빛은 사뭇 기이했다. 나는 노인의 눈동자가 다면체의 보석 같다는 느낌을 받았다. 그 눈동자는 바라보는 각도에 따라 푸르게 혹은 붉게 빛나기도 했으며 내면을 들여다보는 듯한 섬뜩한 기분이 들 정도로 투명하기도 했다. 그러나 그 눈이 연상시키는 어떤 불길한 느낌에 비교하자면 묘한 형태와 색채가 불러일으키는 감정은 차라리 평온함에 가깝다고 해야 할 것이다. 그러니까 노인의 눈은 한마디로 미래를 보는 눈 같았다. 노인의 시선이 나를 한 번 훑고 지나가면 나를 옭아맨 운명의 포승줄이 더 옥죄어 든 기분이었으니 말이다. 노인은 왠지 나를 기죽게 했다. 그 앞에서 나는 운명이 정해진—두말할 것 없이 별 볼 일 없는 운명으로— 초라한 사내에 불과했다. 이런 자격지심이 어떤 연유로 생겨났는지는 잘 모르겠다. 내 무의식 속에 잠재된 어떤 공포가 노인의 시선에 반응했던 것인지도.

내가 기억할 수 있는 최초의 순간부터 노인은 하숙을 쳤다. 실제 노인에 관한 소문은 그보다 좀더 은밀했는데 어느 보수정당 거물급 정치인의 첩이라고도 오랜 세월을 외국에서 보낸 외교관의 후처라고도 했다. 무엇이 사실이든 노인은 화단을 가꾸는 솜씨나 분재를 기르는 솜씨가 상당했으며 보수적인 논조로 유명한 신문을 구독했다. 아무런 거리낌 없이 외래어를 사용하는 것으로 보아 외국어에도 제법 능숙한 듯했다. 애옥살림도 아닐뿐더러 고독을 불편해하지 않을 것만 같은 노인이 톰을 하숙인으로 두었다는 건 어쩐지 악취미로 여겨졌다.

물론 그 집에 세든 사람이 그만은 아니었다. 스물두엇쯤의 무척 아름다운 선아라는 여자도 한 명 있었다. 선아는 매일 아침 여섯 시에 단정한 차림으로 방을 나와 골목을 빠져나가 버스정류장 바로 옆에서 통근 버스를 기다렸다. 나는 홀로 그 자리에서 통근 버스를 기다리는 선아를 여러 번 보았다. 부심지 산업단지의 한 전자 회사에 다니는 듯했다. 선아를 보면 책에서 힐끔 보았던 산업 역군들이 떠올랐다. 마스크를 쓰고 광학현미경으로 복잡한 회로가 그려진 실리콘 칩 따위를 노려보는—그러나 흔히 공순이라고 일컫는—사람들 말이다. 선아가 숙련공인지 아니면 그저 단순한 작업을 반복하는 사람에 불과한지는 알 수 없었다. 그게 어떤 일이었든 무척 괴로운 일이라는 것만은 알았다. 나날이 늙었으니 말이다. 이십대 초반의 여자가 나날이 늙는다는 건 왠지 모르게 쓸쓸한 기분이 들게 했다.

그럼에도 불구하고 다른 여자들의 질투심을 불러일으키는 매력이 사라지지는 않았다. 일요일 아침이면 톰의 방에서 지난주와는 다른 여자가 부스스한 몰골로 나왔다. 밤새 내게 칼을 던진 괴성의 주인공들이다. 일요일 아침이면 선아는 쪽마루에 나앉아 음울한 노인의 집을 둘러싼 담 너머 하늘을 멍하니 올려다보았다. 그들은 한결같이 뜨악한 얼굴로 선아를 보았고 어깨를 으쓱하거나 혼잣말을 했다. 톰의 방문이 열리고 그의 기다랗고 하얀 팔이 쑥 나와 그들의 치맛자락을 잡아 끌어당기는 것도 매번 똑같이 재현되는 장면이었다. 그럴 때의 선아의 옆얼굴은 퍽 오만했다. 여자들은 톰이 붙잡아서 참는다는 듯 선아 쪽을 할기

족족 흘겨본 뒤 마지못해 그런 척 슬그머니 뒷걸음질로 톰의 방에 들어갔다. 그리고 한참을 더 지난밤의 것과는 달리 좀더 날카롭고 교양 없는 목소리로 웃으며 떠들다가 점심 무렵 톰과 함께 나갔다가는 그 다음 주에도 또 그 다음 주에도 영영 다시 나타나지 않고 다른 여자에게 자신의 자리를 물려주었다.

톰의 일요일 오후 일과는 이불 빨래였다. 나는 마당을 가로지른 빨랫줄에 그의 이불이 걸린 몰골만 보아도 오금이 저렸다. 그 이불은 죄의 상징 같았다. 이불 한 채가 걸리면 빨랫줄은 눅신 얻어맞은 사람처럼 기진맥진해서 늘어졌는데 한편으로 나는 그 이불을 보면 그날의 기분에 따라 빨랫줄이 하늘을 겨누고 시위를 당긴 것처럼 팽팽한 긴장감을 느끼기도 했다. 어쨌거나 톰은 매주 그 일을 반복했다. 이따금 톰은 자신의 죄를 세탁하는 현장에 나를 끌어들이기도 했다. 나는 그가 들려주는 이야기—지난밤의 여자를 어떤 방식으로 유혹했는지 등등—에 이끌려 속절없이 커다란 함지 속에 구겨 넣은 그의 이불을 얌전하게 발로 밟아주어야 했다.

지금 생각해보면 번듯한 직장을 다니느라 주중이면 눈코 뜰 새 없이 바쁜 데다 주말이면 그처럼 매번 다른 여자를 유혹해 자신의 하숙방으로 끌어들이던 톰이 언제 어떤 방식으로 선아를 유혹했는지 불가사의할 정도다.

나는 그때 서울에 홀로 남겨졌다. 아버지가 돌아가시자 어머니는 조바심을 냈다. 그때까지 우리는 라일락집에서 서쪽으로 네번째 집에 세 들어 살았다. 부산스럽다 싶더니 어느 날 어머니는 나와 형을 앉혀놓고 당신이 결정 내린 우리의 미래를 통고했다. 형은 고개를 주억거리더니 자신의 회사 근처에 하숙방을 얻어 가버렸다. 인천의 외숙부 가게에서 일하기로 한 어머니는 일터 근처에 전셋집까지 계약해두었다. 이사하던 날 나는 낯익은 세간이 실린 트럭 주위를 이방인처럼 배회했다. 어머니는 트럭 조수석에 앉아 창문 밖으로 팔을 내놓더니 그런 일에 미립이 난 사람처럼 노련하게 탕탕 두드렸다. 그렇게 가버렸다. 음울한 노인네의 라일락집에 나만 홀로 남겨둔 채.

나는 대학생이었고 인천에서 통학하기는 힘들었다. 정든 동네인지라 쉬이 떠나고 싶지도 않았지만 졸업할 때까지 라일락집에 머물 거라고는 생각하지 않았다. 그래서 톰의 환대도 썩 반갑지 않았다. 그는 빈 옆방이 섬뜩하다고 했다. 괴물이 산다는 환상에 시달렸고 종종 꿈에서 그 괴물이 벽을 쓰윽 관통해 자신의 방에 들어와 목을 조른다고도 했다. 그는 나를 위아래로 훑어보더니 안심한 듯 이렇게 말했다.

"너 같은 괴물이라면 별로 무섭지도 않겠어. 고맙다, 친구야!"

그렇게 나는 그의 친구가 되었다. 선아는 별로 내게 관심이 없었다. 처음에는 속상했지만 며칠 지내고 보니 톰 역시 선아에겐 없는 거나 마찬가지인 듯해서 기분이 풀렸다.

노인의 음식 솜씨도 기막혔다. 나는 하루 두 끼를 꼬박꼬박

챙겨 먹었다. 톰과 나는 노인의 밥을 먹었지만 선아는 자취를 했다. 우리가 깃든 방은 노인의 집에 딸린 행랑채를 개조한 것이었다. 방 셋이 나란히 자리를 잡았는데 방문 앞에는 각각 쪽마루와 연탄 화덕이 붙었다. 오른쪽 끝 선아의 방에만 작은 부엌이 달렸다. 선아는 연탄불에 요리를 하기도 했지만 주로 부엌에서 풍로를 이용했다. 나는 미지근한 연탄가스 냄새가 밴 방에 홀로 누워 온갖 상상을 했다. 연탄가스에 중독되어 신음하는 선아에게 인공호흡을 하거나 톰의 방으로 착각하고 내 방에 들어온 여자를 껴안는 상상을 셀 수도 없을 만큼 반복했다.

노인과 선아는 말수가 적었다. 노인이 무슨 말인가를 하면 나는 그게 마치 점괘처럼 느껴져서 길흉을 판단하느라 머리에 쥐가 날 정도로 신경을 써야 했다. 노인이 창밖을 보며 "감잎이 푸르구나"라고 선문답처럼 말하는 날이면 더욱 괴로웠다. 선아는 말수가 적긴 했지만 무시한다는 기분이 들지는 않았다. 톰은 우리 가운데 가장 수다스러웠지만 그의 말을 듣노라면 기가 질리는 순간이 많았기 때문에 나는 대체로 그와 대화할 때면 추임새를 넣거나 맞장구를 치는 것으로 만족했다. 톰은 김선달이나 정수동 같은 중세의 사기꾼들을 존경했는데 그들의 우스운 행적에 얽힌 이야기를 농담이랍시고 들려줄 때면 왜 여자들이 그토록 쉽게 톰에게 빠져드는지 이해할 수 없는 심정이 되었다.

일요일 오후면 선아의 방 쪽마루 아래 가지런히 흰 캔버스화가 놓였다. 보통 네 켤레 많을 때는 여섯 켤레일 때도 있었다.

길이 들지 않아 방금 진열대에서 집어든 것처럼 새하얀 운동화들은 삶의 은유 같았다. 그런 운동화는 영혼이 맑고 깨끗한 사람들만이 신는 거라는 생각조차 들었다. 그들은 하나같이 영양이 부족하고 일조량이 모자랐다. 선아뿐만 아니라 모두 단발머리였고 옅은 화장을 했지만 민얼굴이라 해도 상관없을 정도였다. 가슴과 엉덩이가 납작하고 손가락 마디가 굵어서 내겐 그들이 소년처럼 여겨졌다. 그들은 내게 말을 걸기도 하고 라면을 끓였다며 함께 먹자고 권하기도 했다. 물론 나는 열일고여덟의 중성적인 이방인들 틈에 끼어들어 서투르게 젓가락질을 할 만큼 넉살이 좋은 편은 아니었다. 그들은 영화를 보러 우르르 몰려 나가기도 했고 신청곡과 사연을 적은 엽서를 모아 우체통에 넣고 오기도 했다. 선아를 친언니처럼 따르는 눈치였고 빗자루, 먼지떨이, 걸레를 쥐고 까르르 웃으며 한바탕 난리를 피운 뒤에야 떠났다. 나는 그들의 뒤통수를 눈으로 좇으며 아, 저 아이들이 바로 공순이구나, 라는 쓸모없는 문장만 떠올렸다. 노인은 톰의 여자들에게 상관하지 않듯 그들에게도 무심했다.

어느 날 나는 뱀을 밟듯 진저리치며 톰의 이불을 밟으면서 그들의 달콤한 목소리에 귀를 기울였다. 톰이 손가락으로 내 이마를 지그시 눌렀다. 내가 눈살을 찌푸리자 그가 웃었다.

"하렘이라도 본 것처럼 넋이 나갔구나."

오, 톰! 모든 사람들이 당신처럼 스물네 시간 발정기인 건 아니라구요. 나는 이렇게 외치고 싶은 심정이었다.

"넌 이상하지 않니? 저 아이들 말야…… 저 나이 때면 암말처럼 이리저리 엉덩이를 흔들어야 하는데 저 아이들은…… 단 한 번도 남자 이야기를 하지 않는구나."

내 살림은 단출했다. 노인이 내어준 작은 책상—그 앞에 앉으면 8등 문관이 된 기분이었다—과 의자가 가구의 전부였다. 초등학교에서 쓰던 것과 비슷한 나무로 짠 의자 역시 노인처럼 오래 묵은 녀석이었다. 나는 그 의자에 거꾸로 앉아 등받이에 팔을 괴고 창밖을 보곤 했다. 익숙한 사물들—책과 옷 그리고 자질구레한 생활용품들—덕분에 낯설고 먼 곳으로 이주했다는 생각은 들지 않았다. 사실 창밖으로 보이는 풍경들은 나 역시 매일처럼 보던 것들이었다. 그 골목을 지나다녔으니까.

그때 나는 젊었고 꿈이 없었다. 누구처럼 되고 싶지도, 모험을 떠나고 싶지도 않았다. 돌아가신 아버지 생각을 하거나 하숙비와 등록금을 감당하기 위해 일하는 어머니를 떠올렸다. 신물이 나던 형조차 이따금 그리웠다. 나는 시간을 소모하기 위해 태어난 존재인 것 같았다. 시곗바늘이 움직이는 걸 보아도 시간의 흐름을 느낄 수는 없었다. 세계가 내 곁에 조용히 머물렀다. 나는 까닭 없이 외로웠고 그 외로움이 견딜 만하다는 사실이 서글펐다. 나만 빼고 모두가 격정적인 듯했다. 톰이 준 선물들도 그랬다.

톰은 여자들이 흘리고 간 물건들을 내게 주었다. 머리핀이 가장 많았는데 똑같은 건 하나도 없었다. 단순하기 짝이 없는 형태의 핀부터 화려한 금빛 나비 모양 핀까지 다양했다. 반지도 있었고 팔찌도 있었다. 납득하기 어려운 물건도 있었다. 이를테면 면도칼 같은 것들. 하지만 그 물건들은 모두 톰의 방에서 하룻밤을 보낸 여자들의 소지품이었다. 나는 톰이 다 먹고 버린 비타민제가 들었던 알루미늄 상자—톰은 그 상자를 판도라의 상자라고 불렀다—에 그것들을 모았다. 내게 절편음란증이 있었던 건 아니다. 그것들은 소소한 흥분을 불러일으키긴 했지만 그보다 좀더 의미심장했다. 나는 거기서 여자들의 이력을 발견했다.

짙은 갈색의 벨벳으로 마감된 머리띠를 보면 다소곳했던 긴 생머리의 여자가 떠올랐다. 내 방문을 조심스레 두드리고 케이크 한 조각을 정갈하게 얹은 접시를 건네주던 그이. 머리띠 탓에 유난히 이마가 훤해 보였던 그이는 이마로 흘러내리는 머리칼을 어떤 방식으로 갈무리해서 돌아갔던 걸까. 머리띠를 놔둔 채 말이다.

상자의 물건들을 살피다 그때까지 몰랐던 것들을 뒤늦게 발견하기도 했다. 짝 잃은 모조 진주 귀고리였다. 귀에 박히는 핀도 진짜 금은 아닌 듯했다. 나는 핀 끝에 말라붙은 혈흔을 보았다. 오스스 소름이 돋았다. 그이의 귓불은 무사할까. 지금 이 순간에도 막힌 구멍에 억지로 귀고리를 걸며 생의 고통을 실감하는 게 아닐까. 그이는 한쪽 귀에만 귀고리를 단 채 갔겠지.

내가 기억하기로 누구도 자신의 유실물을 찾으러 오지는 않았다. 어디에서 잃어버렸는지를 몰랐거나 톰을 다시 만나기 싫어서였으리라. 나는 주인이 쓰던 물건에는 주인의 영혼이 몇 푼쯤은 깃드는 법이라고 믿었던 고대인들처럼 경건해졌다. 그리고 한 가지를 깨달았다. 어쩌면 톰이 내게 준 그 물건들은 여자들의 자발적인 흔적일지도 모른다는 사실을. 거기에는 고의로 두고 간 투기물도 섞였으리라는 사실을.

"언젠가 여자가 생기면 줘. 버리기엔 아깝잖아."

톰이 이렇게 말했을 때 나는 그의 목소리에서 순식간에 증발해버리는 어떤 감정을 느꼈다. 그도 무언가를 감당하기 어려웠던 것이리라.

노인은 내가 방에서 무슨 짓을 하는지 다 안다는 듯한 얼굴이었다. 만약 운명의 여신이 있다면 나는 그처럼 강파르고 성마르며 쭈글쭈글한 노파일 게 분명하다고 생각했다— 우리가 운명과 대면하길 꺼려하는 이유도 그것이다! — 그즈음의 나는 노인의 눈빛보다 비녀에 더 관심이 많았다. 자세히 볼 수 없어 확신할 수는 없지만 당초 문양이 양각으로 새겨진 은비녀였다. 노인의 뒤통수에 둥글게 말려 올라간 트레머리는 쪽 찐 머리보다 풍성하고 고아했다. 그 풍성한 머리 뭉치가 비녀 하나로 버틴다는 사실이 아슬아슬하게 여겨졌다. 위태롭지 않으면 아름답지 않다고 말하는 듯했다. 언젠가 노인도 그 비녀를 여기에 두고 가리라.

톰은 그게 다 라일락 때문이라고 말했다. 나는 톰이 겉보기와는 달리 낭만적이며 순진한 구석이 있다는 걸 안다. 그를 위해 내가 고안한 낱말이 '진지한 난봉꾼'인 것도 그런 이유였다. 그는 한동안 참새를 기르기도 했다. 고양이에게 공격받은 불운한 참새였는데 톰은 흥부처럼 그 녀석을 소중히 다뤘다. 참새는 톰의 보살핌을 받아 원기를 회복했고 하늘이 눈부시게 맑던 어느 일요일 오후 그는 목련존자처럼 근엄하게 참새를 방생해주었다.

"저 새가 나한테 박씨를 물어다 줄 거야."

톰이 이렇게 말하지만 않았더라면 더 좋았으리라.

봄의 끝 무렵 라일락 꽃향기가 물씬 풍겼다. 그때 노인의 집은 만개한 한 송이 꽃 같았다. 향기는 골목 입구까지 번져갔다. 향기가 나를 배웅하고 마중했다. 사람을 취하게 하는 독특한 향이었다. 노인은 예의 무심한 듯한 신비로운 눈길로 라일락 꽃을 더듬었고 선아는 여전히 늙는 중이었다. 톰의 여자들은 라일락 향기가 진한 토요일 밤을 맨정신으로는 견디지 못했다. 그들은 창세기에 묘사된 낯설고 두려운 공간에 침입한 듯한 두려움을 느꼈다. 나는 흠잡을 데 없는 봄밤 속에 흐르는 침묵 깊숙이 똬리를 튼 공포를 보았다. 그처럼 순수한 공포는 아마 어머니의 자궁에서 이 세상으로 나올 때에나 느꼈음 직한 것이었을 테다. 나에게는 그처럼 완벽한 봄밤을 누릴 자격이 없다고 생각했다. 이 세상이 아름답다거나 그렇지 않다거나 가치판단을 내리기

이전부터 존재했던 시원에 관한 잊힌 기억을 되살려주는 향기이기도 했다. 나는 그 향기에 우주의 비밀이 담겼다고 상상했던 거다.

톰은 나보다 내밀하게 향기를 앓았다. 그에게 라일락 꽃향기는 하나의 질병이었다. 그의 얼굴이 핼쑥해졌고 눈동자는 고독한 사람들의 그것처럼 불안하게 흔들렸다. 그의 눈동자는 그의 단단하고 판판한 영혼 위에 떨어뜨린 한 방울의 수은 같았다. 선아의 동생들—나는 그들에게 묻어나는 소년 같은 기운과 여태 변성기를 지나는 듯한 고르지 못한 목소리에 매료되었던 것 같다—은 깊고 그윽한 눈으로 자신들을 둘러싼 사물들을 보았다. 나는 그들이 진화하지 않기를 미성숙인 채로 남아 오래도록 흰 캔버스화가 어울리는 사람들이기를 바랐다.

봄의 막바지 혹은 여름의 들머리였던 토요일 밤 톰은 내가 노인의 집에 머문 뒤 처음으로 홀로 귀가했다. 밤이 깊어 잠자리에 들 때 나는 옆방에서 들리는 기이한 소리에 귀를 기울였다. 환청이었는지도 모른다. 지금까지도 나는 장담할 수가 없다. 톰이 울었다. 하지만 다음 날 일요일 아침 톰의 얼굴 어디에서도 지난밤 그처럼 쓸쓸하게 울었다는 증거를 찾을 수는 없었다. 그의 이마는 매끈했고 콧날은 자신만만했으며 두 볼은 잘 익은 사과처럼 탱탱했다. 나는 그제야 비로소 지난 밤 선아가 들어오지 않았음을 알았다. 그런 일은 좀처럼 없었다. 나는 농담처럼—톰이 알 리가 없다고 여겼기에—말했다.

"선아 씨도 남자 친구가 생겼나 봐요."

톰이 고개를 저었다.

"아니, 선아는 자기 회사에 있어."

톰은 여동생의 풋내기 남자 친구에게 걸려 온 전화를 받은 무뚝뚝한 오빠 같은 목소리로 이렇게 말했다.

"이게 다 라일락 꽃향기 때문이야. 저 꽃향기가 퍼지면 늘 그래. 쓸데없이 사람을 부추겨. 어린 아이들을 용감하게 만들기도 하니까."

잘 안다고 여기기 때문에 심사숙고하지 않았던 것 가운데 하나였다. 톰은 내가 끼어들기 전부터 오랫동안 선아와 살던 사람이었다. 그들은 연인도 살가운 사이도 아니었지만 어쨌든 나보다 더 오래 서로를 알았다. 그동안 그들이 말없이 나눈 눈빛과 숨소리는 깊은 밤을 구성하는 어둠이 몇 겹인지 헤아릴 수 없듯이 계량화할 수 없는 그 무엇이었다. 그렇지만 나는 선아에 대한 톰의 관심은 다른 여자들에게 그러듯 자신의 방에 끌어들여 하룻밤을 보내고 싶어 하는 욕망의 표현일 뿐이라고 생각했다. 내가 그처럼 톰의 속내를 살피는 데 섬세하지 못했던 것 역시 어쩌면 라일락 꽃향기 탓이었을지도 모른다.

숨 막히는 라일락 향기가 노인의 집을 무겁게 짓눌렀던 그즈음 어느 날 나는 어두운 방에 홀로 누워 맨 처음 그 방에 들어섰던 날처럼 잠 못 이룬 채 천구가 회전하는 걸 머릿속으로 그리며 하릴없이 시간을 보냈다. 그 시각 나는 라일락집 행랑채에서 철저하게 혼자였다. 선아는 며칠째 보이지 않았고 톰마저 그 날 귀가하지 않았다. 나는 노인이 차려준 저녁을 먹고 쪽마루에 앉아 꽃향기가 담뿍 배인 눅눅한 밤공기를 느리게 호흡하며 사라져버린 두 사람을 생각했다. 가족이 그리운 만큼 선아의 동생들도 그리웠다. 나는 이런 감정을 느끼는 스스로에게 놀랐다. 얼굴이 달아오르는 듯했고 누군가 지켜보는 것 같아 어딘가로 숨고 싶을 지경이었다. 어디 간다고 말이라도 해주면 덧이 난단 말인가. 원망까지 생겼다. 우리는 서로 무관한 사이일 수도 있었다. 그저 같은 집에 산다는 것 말고 우리 사이에 특별한 사연은 없었다. 그럼에도 왠지 쓸쓸한 심사가 되는 건 어쩔 수 없었다. 잠자리에 드러누워서도 잠을 이루지 못했다. 나는 아버지를 잃어서라고 생각했다. 어머니가 인천으로 갔기 때문이라고 생각했다. 형이 독립했기 때문이라고…… 위안이 되지는 못했다.

다음 날 톰이 돌아왔다. 지방에 출장을 갔다 왔노라고 했다. 그 말에 안심이 되었다. 톰은 씨익 웃었다. 그는 반듯한 치열을 자랑거리로 여겨서 그처럼 슬며시 이가 드러나도록 웃는 연습을 자주 했다.

"너, 내 걱정했냐? 나를 보는 눈빛이 꼭 외박한 남편 맞이하는 마누라 같은걸."

그리고 선아도 돌아왔다. 선아는 한층 수척해진 채였다. 선아를 부축해서 들어온 낯익은 여자아이— 동생들 가운데 가장 막내인 듯 잔심부름을 도맡아 하던 사람이란 게 기억났다— 도

선아보다 나아 보이지 않았다. 그들은 체념에 익숙한 사람처럼 굴었다. 나와 눈을 한 번 마주치는 것으로 모든 인사를 끝냈다는 거다.

옆방에서 톰의 코 고는 소리가 들려왔다. 나는 한층 수척해진 선아를 생각했다. 라일락 꽃처럼 투명하고 흰 기운이 돌던 선아의 입술은 검붉게 말라붙었다. 단정하고 강인한 인상을 주던 단발머리가 헝클어져 차갑게 느껴지던 얼굴이 더욱 싸늘해 보였다. 그렇다고 해서 선아의 아름다움이 훼손되지는 않았다. 화려한 꽃은 향기가 없다. 맞는 말이었다. 선아에겐 보통의 여자들에게 느낄 수 있는 여성다움은 없었다. 한마디로 향기가 없었다. 하지만 나는 그런 말을 하는 사람들에게 적개심을 느꼈다. 화려한 꽃에 향기가 없다고 경멸해서는 안 된다. 희디흰 꽃으로 피어나기 위해 모든 열정을 바쳤을지도 모르니까. 목소리를 내주고 다리를 얻은 것인지도 모르니까. 선연한 빛이 되기 위해 무얼 희생했는지 알지 못하고서야 그토록 쉽게 경멸해서는 안 되는 거니까.

선아의 방문이 열리는 소리가 났다. 낡은 경첩은 음산한 소리를 냈다. 선아와 함께 왔던 동생이 돌아가려는 모양이었다. 이윽고 신발 끄는 소리가 내 방 쪽으로 다가왔다. 나는 어둠 속에서 벌떡 일어나 문 앞으로 바투 다가갔다. 오랜 시간이 흘렀다. 내 방문을 조심스레 두드리지도 않았고 인기척을 내지도 않았다. 다시 오랜 시간이 흘렀다. 밤새 라일락 꽃이 졌다. 쌍떡잎

식물 용담목 물푸레나무과의 낙엽관목. 다른 이름으로는 서양수수꽃다리 혹은 양정향나무라고도 불리는. 이름이 무엇이든 간에 어둠 속으로 흰 꽃이 투신하던 5월의 어느 새벽을 나는 잊을 수가 없다.

라일락집이 있던 동네는 개발 붐이 찾아오지 않았다. 조만간 찾아오겠지만 그즈음에는 평온했다. 낡은 집을 허물고 현대식 건물을 신축하는 현장이 전혀 없지는 않았다. 그러나 고개를 들면 보이는, 저 멀리 산동네가 헐리는 대규모 재개발에는 비할 게 못 되었다. 헐리는 산동네는 거대한 쓰레기의 산을 연상시켰다. 정체를 알 수 없는 적군들이 울리는 포성처럼 육중한 파열음이 대기를 찢고 라일락집까지 날아왔다. 이른 아침 출근 준비를 하던 톰은 혼잣말처럼 뇌까렸다.

"저게 문명이라는 거지. 그런데 왠지 인류는 신경질을 내듯 문명을 발달시켜온 것만 같아."

나는 그 말을 흘려듣지 않았다. 톰은 쑥스럽다는 듯 어깨를 으쓱하더니 이렇게 덧붙였다.

"문명화란 불필요한 필요의 끝없는 확장이라고 마크 트웨인이 말했지."

젠장, 톰. 정말 톰이 맞군요! 그는 여전히 토요일 밤이면 여자를 데리고 왔다. 밤새 신경질을 부리기도 했는데 누군가 들어주기를—나는 문명도 누군가에게 보여주기 위한 것이라고 여겼다. 가령 신 같은 초월적인 존재들 말이다—바라는 것만 같았다. 물론 나야 잘 들었다. 일요일이 되어도 선아의 방은 예전처럼 북적이지 않았다. 예닐곱의 여자들이 까르르 웃고 떠들던 방에 기껏해야 두엇이 어울려 생기 없는 목소리로 이야기를 나눌 뿐이었다. 나는 그들에게 자꾸만 기울어지는 주의를 딴 데로 돌리려고 무던히 애썼다. 그들에게 수치심을 느낀 뒤부터였다.

라일락 꽃이 다 지고 난 뒤였다. 선아의 방에 한꺼번에 일고여덟이 모였는데 과묵해지기로 작정이라도 한 듯 웃음소리 한 번 들리지 않았다. 쪽마루 아래 가지런히 놓인 흰 캔버스화들조차 묵념을 올리듯 엄숙했다. 이런 비유가 가능하다면 예전의 그들에게는 방금 축구 경기를 마친 소년들의 몸에서 맡을 수 있는 싱그러운 땀 냄새가 났다. 그들의 목소리에 귀를 기울이면 낱말과 낱말 사이 문장과 문장 사이에서 규칙적이면서도 역동적인 기계음도 들을 수 있었다. 그들의 말에서는 노동이라는 배후가 느껴졌다. 그들의 입에서 풀려난 말들은 쇠로 된 연장처럼 허공을 정련했는데 거기에 새로운 세계를 조각이라도 하는 듯한 느낌이었다. 그들은 신처럼 일했고 신처럼 쉬었다. 어쩌면 신보다 자주 쉬지는 못했으리라. 하지만 그날의 그들은 낡고 닳아 버려진 연장처럼 녹슬었다. 서로의 눈치를 보았고 여태 지녀온 혼자만의 비밀을 털어놓듯 한마디 꺼내기를 힘들어했다. 그들은 예의를 차리기 위해 내게 라면을 권했고 나는 거절하지 않았다. 그들이 모래알처럼 서로의 틈새에서 서걱거릴 때 비로소 내게 용기가 생겼던 셈이다. 나는 무례하다 싶게 그들 틈을 비집고 들어가 앉아 그릇을 받아들었다. 선아의 얼굴을 힐끔 훔쳐보았는데 창백한 낯빛으로 보아 그 상황을 불편해하는 게 분명했다. 면발이 젓가락 사이에서 툭툭 끊어졌다. 누군가 내 앞으로 슬며시 김치보시기를 밀었다. 나는 천천히 고개를 들며 김치보시기에서 방금 떨어져 나간 하얀 손과 손목과 팔로 시선을 옮겼고 그 사람이 얼마 전 내 방문 앞에 인기척을 내지 않고 섰던 막내라는 걸 알았다. 막내의 두 볼에 붉은 기운이 떠오르는 걸 보자마자 나는 고개를 떨구어 젓가락으로 보시기에 든 김치를 헤집었다. 쉰내가 코를 찔렀다. 축 늘어진 배추김치 한 가닥을 집어 올렸고 선아의 방을 채우고 앉은 그 사람들처럼 이건 발효된 게 아니라 녹슨 것이다, 라는 생각을 했다.

내가 이해할 수 없었던 건 막내를 대하는 다른 사람들의 태도였다. 그들은 쌀쌀맞았다. 막내는 부끄러운 짓을 저지른 사람처럼 안절부절못했고 다시는 나와 눈조차 마주치지 않았다. 나는 그들의 어깨에서 피어나는 경쟁심—솔직하게 말하자면 분노와 닮은 감정들이었다—을 보았다. 나는 그들의 얼굴에서 역겨운 존재를 바라볼 때와 비슷한 경멸도 엿보았다. 내가 한없이 수치스러운 존재인 것만 같았다. 화를 내고 싶었다. 당신들은 나를 그런 눈초리로 바라볼 권리가 없어요! 하지만 나는 진정으로 수치심을 느꼈다. 적어도 그 순간만큼은 나를 역겨운 존재라고 말하는 그들의 시선에 공감했다. 내가 왜 그랬는지는 알 수 없다. 나는 마땅히 경멸당하고 저주받고 무시되어야 할 사람이었다. 나는 허겁지겁 내 몫의 라면을 먹은 뒤 서둘러 선아의 방에서 빠져나왔다. 그때 하마터면 쪽마루에서 뒹굴어 턱이 깨질 뻔했다. 문턱에 발이 걸려서였지만 나는 그들 가운데 누군가 슬쩍 발을 걸었을지도 모른다는 의심을 거둘 수 없었다. 그날 이후 나는 그들을 보고도 모른 체했다. 하지만 신경이 쓰이는 건 어쩔 수 없었다. 톰은 눈치가 빨랐다.

"막내 아가씨의 소식이 궁금한 거지?"

그는 안타깝다는 듯 혀를 찼다.

"넌 바보다. 하긴 네가 바보라는 건 진즉에 알았지만. 장학퀴즈에 나가본 적도 없지? 난 고등학생 시절에 나가서 주장원도 해봤다."

내가 대꾸하지 않자 톰은 어깨를 으쓱했다.

"어쨌든 말야, 이건 퀴즈야. 내가 외국계 회사에 다니는 건 알지? 중요한 건 사장도 외국인이라는 거야. 우리 사장은 폴란드계 미국인이야. 네가 역사를 조금만 알아도 우리 사장이 왜 독일이라면 이를 갈고 소련이라면 치를 떠는지 이해할 거야. 그런데 이것도 아니? 우리 사장은 말야 독일을 저주하고 소련을 증오하는 것보다 백배는 더 미국을 혐오하지. 이런 게 바로 퀴즈라는 거야. 인생에 대해 말하자면 그건 지뢰밭 같은 거야. 한 번 실수할 때마다 팔이 날아가고 다리가 날아가고 목이 날아가지. 자, 넌 눈을 뜨고도 지금까지 아무것도 보지 못한 거나 마찬가지야. 안타깝게도 넌 이미 한쪽 팔이 달아나버린 신출내기 이등병 같구나. 네가 잃은 한쪽 팔은 뒤에 오는 작자들에게 경고의 표시로 남겨두자. 지금은 어떻게 살아남을지만 생각하자구. 나머지 팔과 다리를 잃고 싶지 않다면 현실을 똑바로 보렴."

톰의 말도 점괘처럼 들렸다. 노인 탓이다. 라일락집에서는 누구나 운명을 예견할 수 있게 되는 것인지도 모른다. 그는 갑자기 두 팔을 벌리더니 왁살스럽게 나를 껴안았다. 나는 그의 품에 안겨 꼼짝달싹 못했다. 나는 그의 품 안에서 버둥거렸다. 톰은 히물쩍 웃으면서 턱을 내 볼에 문질렀다. 그 행위가 퍽 신중하게 여겨졌다. 내게 무언가를 가르쳐주려는 듯했다. 점괘를 해석해야 했다. 이번 점괘는 길한 걸까 흉한 걸까. 나는 톰의 눈길을 피하지 않았다. 그가 한숨을 푹 내쉬었다.

"이제 알겠니? ……저이들은 서로를 사랑하는 거야. 사내가 계집을 사랑하듯 계집이 사내를 사랑하듯. 저이들은 진심으로 서로를 사랑해. 그렇게 된 이유?"

톰은 삿대질을 하듯 손가락으로 하늘을 가리켰다. 나는 고개를 들어 하늘을 보았다. 푸르렀다. 신경질이 나도록.

그들이 서로를 사랑하든 말든 상관없었다. 라일락집에서는 무엇이든 가능하니까. 내가 그때까지 무탈했던 것도 사실은 노인의 말이 무얼 뜻하는지 몰랐던 덕분인지도 모른다. 점괘는 해석해서는 안 된다. 해독 불가능한 게 삶이라면 해독이 불가능한 채로 내버려두기도 해야 한다. 내가 처음으로 노인의 점괘를 해석했던 날은 그로부터 한 달쯤 뒤였다. 노인은 일요일 아침 밥상머리에서 내게 말했다.

"학생 형이 우편환으로 돈을 부쳤네."

하숙비를 빼고 남은 돈이라며 노인은 내게 적지 않은 돈을 건넸다. 나는 오전 내내 노인의 말이 무얼 뜻하는지를 고민했다. 형은 왜 고전적인 방식으로 돈을 보냈을까. 통장을 이용할 수도 있고 직접 와서 줄 수도 있지 않았을까. 왜 하숙비를 초과해서 보냈을까. 나는 그다지 용돈이 필요하지 않은데. 나는 점심을 먹고 편지를 썼다. 형의 방식처럼 나 역시 고전적으로 감사를 표하기 위해서였다. 형에게 편지를 쓰다 보니 어머니가 마음에 걸렸다. 그래서 초등학생 시절 이후 처음으로 어머니에게도 편지를 썼다. 나는 두 통의 편지를 들고 문방구에 들러 우표를 사서 붙인 뒤 버스 정류장 근처의 우체통에 넣었다. 안부를 묻고 근황을 전달하는 평범한 편지였지만 내 손을 떠나는 순간 그것이야말로 가족들과 소통할 수 있는 유일한 통신이 아니었을까 라는 생각이 들었다. 이게 나의 해석이었다. 그러나 노인의 말이 여전히 귓가에서 맴돌았다. 처음에는 분명하다고 생각했는데 나중에는 뒤죽박죽이 되었다. 분명 형이 내게 우편환으로 돈을 부쳤다는 의미의 말을 한 것 같았는데 확신이 사라졌다. 오늘은 무더울 거라는 말이었던 것도 같았고 정화조를 비울 때가 다 되었다는 말이었던 것도 같았다. 동남방에서 귀인이 올 거라는 말이거나 물을 조심하라는 말이었을지도 모른다. 하나의 문장은 아니 하나의 낱말조차 우주와 관계를 맺는다는 씁쓸한 사실만을 확인한 것인지도 모른다.

나는 그날 대문 앞에서 알찐거리는 두 명의 사내를 보았다. 내가 다가가자 그들이 내게 이 집에 사느냐고 물었다. 나는 고개를 끄덕였다. 김선아를 아느냐고도 물었다. 선아. 그 이름을 낯선 이들의 입에서 듣는 건 퍽 희한한 경험이었다. 나는 그렇다고 했다. 그들은 서로 의미심장한 눈빛을 교환하더니 내게 누구냐고 물었다. 나는 라일락집의 하숙생이라고 말했다. 그들은 내게 대학생이냐 물었고—범죄자냐고 묻는 듯한 말투였다—나는 톰처럼 어깨를 으쓱하며 그게 잘못된 일이냐고 답했다. 전혀 그렇지 않다고 음흉하게 웃던 그들은 내 손목에 수갑을 채웠다. 둥근 은빛 고리가 운명의 족쇄처럼 내 두 손목에 철컥 걸렸을 때 나는 잎이 무성한 라일락을 올려다보았다. 괴로웠다. 그러지 않고서야 내가 그 순간 미친 공룡처럼 소리를 질렀던 걸 달리 설명할 방법이 없다. 나는 최선을 다해 몸부림을 쳤다. 한 사내가 내 머리칼을 움켜쥐었고 다른 사내의 거대한 주먹이 명치를 때려 숨이 컥 막혔지만 그들에게서 벗어나는 데 성공했다. 나는 수백 킬로쯤을 도망가다—실제로는 스무 걸음쯤이었다. 내가 다시 붙잡힌 곳은 예전에 우리 식구가 세 들어 살던 집 앞이었으니까—마주 오던 두 명의 다른 사내에게 붙잡혔다. 나는 그들에게 제압당해 굴욕적으로 바닥에 엎드렸다. 그들의 발이 눈에 들어왔다. 굴종을 이미지로 그리라면 나는 그 발들을 묘사할 것이다.

주변의 풍경이 느리게 흘러갔다. 나는 골목 끝에 주차된 낡은 승용차 뒷좌석에 구겨 넣어졌다. 그들은 내 윗옷을 걷어 올려 뒤집어서 내 머리를 감쌌다. 나는 입안에 고인 피가 섞인 침을 삼켰다. 녹슨 쇠를 핥는 기분이었다. 잠시 뒤 다른 사내들이 돌아왔다. 그들이 투덜대는 소리가 들렸다. 승용차는 한참을 달렸다. 나는 외벽에 아무런 마감재가 없는 을씨년스러운 시멘트 건물의 뒷마당에 내렸다. 외부 계단을 따라 2층으로 올라가 문 앞을 지키는 청년의 거수경례를 지나 어두컴컴한 복도로 들어섰다. 기다란 복도 가운데에 멈춘 사내— 그때는 나도 그들이 보통의 경찰은 아니라는 사실을 깨달았다— 가 오른쪽 방문을 열었고 그 안으로 나를 밀어 넣었다. 나는 구겨진 윗옷의 끝을 잡아 팽팽하게 당겼다. 한번 구겨지면 다시는 원상태로 돌릴 수 없던 게 그때의 티셔츠만은 아니었다. 나는 지금도 그 일을 당하지 않았던 시절로 되돌아갈 수 없으니 말이다.

네모난 작은 방엔 창이 없었다. 출입문 맞은편에 무릎 높이의 차단벽이 있고 그 너머에 욕조와 좌변기가 있었다. 오른쪽 벽에 붙박이 책상 하나와 의자 두 개가 있고 그 위 천장에 갓에 싸인 조도 낮은 백열등 하나가 달렸다. 왼쪽 벽에 군용 모포가 깔린 야전침대가 있었다. 나는 그 방에 배치된 가구들이 사람이 살아가는 데 필요한 최소한의 것이라는 사실에 조금은 경탄했던 것도 같다. 누군가를 심문하고 취조하는 데에도 그런 게 필요했던 거다.

붙박이 책상 앞에 앉아 출판할 수 없는 자서전을 몇 번이고 되풀이해서 썼다—6등 문관으로 승진한 기분이 들게 하는 책상이었다— 나는 그들에게 감사했다. 그들 덕분에 나는 지난 삶을 되돌아볼 수 있었다. 그들이 궁금해한 건 내가 어떻게 선아를 학습시켰는지 내가 어떤 조직에 속했는지 선아 회사의 노조가 파업하는 데 어떤 역할을 했는지 등등이었다. 나는 그들이 무턱대고 그러는 게 아니라는 걸 알았다. 분명 나는 그런 일을 하지 않았지만 누군가는 그런 일을 했다. 그 사람이 톰일 거라는 데 생각이 미치자 목젖이 근질거렸다. 톰은 내 비명을 들었을 게다. 창문으로 내다보기만 하면 무슨 상황인지 알았을 테고 선아를 데리고 도망칠 시간은 벌었을 게다.

나는 비좁고 어둡고 더러운 방에 갇혀서도 외롭지 않았다. 처음으로 인간다운 일을 해냈다는 뿌듯함까지 느꼈다. 그들은 내 뺨을 때리고 뒤통수를 후려치고 모욕적인 말을 서슴지 않았다. 나는 가래를 한 무더기 뒤집어쓴 듯한 기분이었다. 하지만 나는 결코 인정하지 않았으며 또한 그럴 필요도 느끼지 않았다. 그 순간 내가 그들의 경멸을 받아야 할 인간이라는 생각이 들지 않았다. 그들에게 나를 조롱하거나 폭력을 행사할 권리가 있다고 인정하지도 않았다. 그리고 마음이 편했다. 나는 처음으로 인간이 무엇인지 알게 된 듯한 기분이었다.

밤인지 낮인지 구분할 수 없지만 그들이 나를 재웠으므로 나는 밤이라고 생각했다. 내가 야전침대에 눕자 내 손에 수갑을 채웠던 사내가 그 아래서 또 다른 야전침대를 꺼냈다. 환자용 침대와 보호자용 침대 같아 슬쩍 웃음이 나왔다. 수갑 차고 잠자기는 처음이었다. 역시 노인의 점괘는 해석하기 어려웠다. 그날 하루 내게 일어난 일들을 예언할 수 있는 말이 있다면 이런 게 아니었을까. 오늘은 좀 바쁘겠구나. 생각해보니 노인이 그런 의미의 말을 한 것도 같았다.

이틀이 지난 뒤 그들은 실수를 인정했다. 그들은 나를 의무실로 데려갔다. 그곳에는 방금 예과를 마치고 전공의 과정에 들어선 것만 같은 앳된 얼굴의 의사가 있었다. 의사는 정성스럽게 내 몸의 상처를 소독해주고 붕대를 감아줬다. 나는 그들이 내민 서약서에 지장을 찍었다. 이곳에서 겪은 일을 누구에게도 말하지 않겠다는 일종의 소송 포기 각서였다. 나는 감시인이 없는 틈을 타 의사에게 물었다. 남자들의 폭력에 시달리던 여자가 동성을 사랑하게 되는 게 일반적인 현상이냐고. 의사는 물끄러미 나를 보았다. 예를 들면 공순이들이 남자 관리인에게 매일처럼 성폭행을 당하고 인격적인 무시를 받아 남자가 아닌 여자를 사랑하게 된다면 그게 자연스러운 건지 부자연스러운 건지 의사의 견해가 궁금하다고. 의사는 대답했다. 가능성은 있지만 일반적이라고 단정할 수는 없다고. 나는 고개를 끄덕였다. 의사가 말하지 않아도 알 수 있었다. 폭력의 강도와 그것의 지속도, 그

것이 이루어지는 상황, 그것에 반응하는 개개인의 정도차……와는 무관하게 다른 요인이 존재한다는 걸 말이다.

그들은 나를 데리고 왔던 것과 같은 방식으로 승용차에 태워 낯선 곳에 내려주었다. 노인을 보는 순간 나도 모르게 눈물이 나왔다. 나는 노인의 품에 안긴 채로 주저앉았다. 노인의 정체가 무엇인지는 중요하지 않았다. 어쩐지 노인은 내 마음을 알아줄 것 같았다. 왜냐하면 노인이니까. 신비로운 눈빛을 지녔으니까. 라일락집 주인이니까. 나와 톰에게 밥상을 차려주던 사람이었으니까. 나와 톰과 선아에게 방을 내어준 사람이니까. 그때까지 별로 중요하게 여기지 않았던 노인과 나를 이어주는 가느다란 관계의 끈이 사실은 얼마나 소중했는지. 이런 생각이었던 것 같다.

노인은 고급 승용차의 뒷좌석에 나를 태웠다. 운전을 하는 사람도 노인만큼 늙었다. 노인은 나를 라일락집이 아닌 인천의 어머니에게 데려다줬다. 어머니는 말이 없었다. 이런 일에 미립이 난 사람처럼 손에 들었던 두부를 내 입가에 갖다 댔을 뿐이다. 비린내 풍기는 눅눅한 두부를 한 입 베어 먹으면서 깨달았다. 내 삶에서 더는 라일락집이 없으리라는 걸. 톰과 선아도 없으리라는 걸. 그들과 좀더 가까워지고 싶었다면 진즉에 그래야 했다는 걸. 모든 사랑은 지나간 뒤에야 확인할 수 있다는 걸.

세월이 흐른 뒤 뒤늦게 몇 가지 사실을 알게 되었다. 그날 내가 미친 공룡처럼 울부짖었음에도 불구하고 톰과 선아는 도주에 성공하지 못했다. 그들은 라일락집 담을 넘어 건물주와 건축회사의 갈등으로 공사가 중단된 신축 빌라에 숨어들었다. 그곳에서 이틀을 꼬박 보낸 뒤 슬그머니 라일락집에 들어갔다가 잠복 중인 보안 수사대 대원들에게 붙잡혔다.

톰은 금세 풀려나왔다고 한다. 톰은 선아 회사의 노조와 사실 아무런 관련이 없었다. 그는 선아가 농성하던 회사에 무단으로 침입한 죄—그는 미국 유학 시절 기숙사의 개구멍으로 드나들던 솜씨를 발휘했을 뿐이라고 말했다—가 인정되어 며칠 간의 구류 뒤에 벌금형으로 판결이 끝났다. 선아는 좀더 오래 있었다. 지금은 이름이나 얼굴이 가물거려도 내게 선명한 인상을 주었던 선아와 그 동생들은 농성장에서 한 남자 관리인을 집단 폭행한 죄로 기소되었는데 그 관리인이 자신의 추문이 들통 나는 게 두려웠는지 아무런 조건 없이 합의를 해주고 고소를 취하했다고 한다. 톰은 그 뒤 모든 이를 대신해 관리인을 고소했고 상대방도 맞고소했다. 그 관리인은 지금은 정치인이다. 그게 결론이다.

나는 톰이 언제 선아와 잠자리를 했을지가 궁금했다. 내게 괴팍한 취미가 있어서가 아니라 선아가 동성을 사랑했다는 걸 알기 때문이다. 훗날 만난 톰은 젊은 시절처럼 찡긋 웃으며 이렇게 말했다.

“이것도 퀴즈야.”

나는 미친 공룡의 괴성을 듣고 라일락집 담을 넘어 신축 빌라에 들어갔을 때가 아니냐고 답했다. 그때가 분명했다. 이틀 동안 함께 지냈으니 톰의 능력이라면 충분히 가능할 법했다.

"딩동땡이야. 반은 맞고 반은 틀렸어."

선아가 들어오지 않고 톰이 다른 여자를 데리고 오지 않았던 날. 그날이었다. 선아는 들어오지 않았던 게 아니라 톰의 방에 있었던 거다—물론 그건 실제의 선아가 아니었다. 간절히 바라면 이루어진다지 않던가. 톰은 그만큼 간절했던 모양이다—나는 톰에게 그날 울지 않았냐고 물었다. 그는 당황했다. 얼굴을 붉히더니 그런 적은 없노라고 말했다. 나는 우는 소리를 분명히 들었다고 말했다.

"울었다는 건 너의 잘못된 기억이야. 한 가지는 말해줄 수 있어. 그날 나는 선아를 처음으로 껴안기는 했지. 차갑고도 아름다운 여자였지 선아는. 내가 지금 와서 그때를 자세히 묘사할 필요는 없겠지? 그래 어쨌든 일은 그렇게 시작된 거였어. 나는 분명히 선아를 눕히고 그 위에 올라갔지. 그리고 반쯤 넋이 빠진 상태로 대리석 같은 선아를 탐닉했던 거야. 그런데 잠깐 눈을 감았다 뜬 순간…… 방금까지 선아가 누웠던 자리에 내가 누운 걸 깨달았어. 이런 걸 어떻게 설명할 수 있을까. 순식간에 존재가 뒤바뀐 듯한 기분 말이야. 아니 어쩌면 실제로 그런 일이 벌어졌던 걸지도 몰라. 나는 선아처럼 누워서 내 배 위에서 몽롱한 얼굴로 그 일에 몰두한 나를 올려다보았어. 그때의 내 얼굴은 무척 쓸쓸해 보였어. 사랑을 모르는 사람의 얼굴이라고 나 할까. 내 몸이 내 몸속으로 들어왔는데 무척 낯설고 아팠어. 나는 나에게 상처를 줬고 나에게 상처를 받았던 거야. 참을 수가 없었어. 내가 그립고 불쌍해서. 나는 손을 뻗어 나를 꼭 껴안았지. 내 등을 두 팔로 휘감았지. 그리고 내 자신에게 스며들어가고 싶었어. 내가 나를 보며 웃더군. 내 이마에서 흘러내린 땀방울이 내 얼굴에 떨어졌어. 더러는 내 눈 속에도 들어갔지. 내 눈에서 나온 눈물이 내 눈에 들어갔는데도 아팠어. 눈물은 눈 속에 갇혀 있는 동안에도 아프지 않은 법인데 말야."

나는 톰이 웃었다고 말한 뒤에 눈물을 언급했다는 사실을 지적하지 않았다. 톰은 무척 쑥스러워하며 이런 이야기를 들려주었고 나 또한 퍽 난감해하며 들었다는 사실만은 밝혀두고 싶다. 톰은 여자들과 많은 밤을 보냈으니 적어도 한 번쯤은 그런 경험을 했을지도 모른다. 나는 그를 믿는다. 톰의 이야기를 들으면서 나는 종내 행방이 묘연해져버린 판도라의 상자를 떠올렸다. 그 안에 남겨진 여자들의 소지품들. 그것들의 행방이 궁금하지는 않았다. 내가 궁금한 건 그이들이 지금쯤은 사랑을 찾았을까, 라는 것이었다. 어쩌면 그들도 톰과 보낸 하룻밤에서 자신과 교접하는 경험을 했을지도 모른다. 단 한 명도 톰을 다시 찾아오지 않을 걸 보면 아닐지도 모르겠지만. 나는 상자에 마지막으로 남은 관념이 무척 그립다.

얼굴 없는 세계

가끔은 사람이 사람을 관통하기도 한다. 노인은 저 앞에서 걸어오는 이가 자신임을 알았다. 언젠가 이런 날이 올 줄은 알았다. 살다 보면 자신과 닮은 이들을 더러 볼 수 있었다. 그럴 때면 그는 몸을 숨겼다. 상대방에게 들키기도 싫었고 다가가서 저와 무척 닮았군요, 라고 말할 수도 없는 노릇 아니던가. 그런데 이번에는 달랐다. 닮은 사람이 아니라 바로 자신이었다. 그의 옷차림, 얼굴, 걸음걸이와 조금도 다르지 않은, 그림자처럼 형태만 있는 게 아니라 살과 피로 된 자신이 맞은편에서 다가왔다. 똑바로 보고 싶었다. 숨을 쉬는 존재인 스스로를 만난다는 건 묘한 흥분을 불러일으켰다. 생의 막바지에 이르러서야 느낄 수 있는 그런 흥분이었다. 그러나 노인은 자신이 코앞에 다가오자 눈을 감았다. 눈을 감은 채 자신이 자신을 통과해 등 뒤로 멀어지는 걸 느꼈다. 왠지 서글펐다. 안부라도 물어볼 걸. 손이라도 흔들어줄 걸. 그는 뒤돌아 멀어지는 자신을 보았다. 엉덩이께에 얼룩이 있었다. 어디서 넘어진 걸까? 자신과 똑같이 불안정한 걸음걸이였다. 노인은 젊은 시절 아들과 함께 놀이터에서 미끄럼을 타다 떨어져 오른쪽 무릎 인대를 상했다. 아들은 그 일을 기억하지 못했다. 미끄럼틀 아래서 무릎을 붙잡고 끙끙대던 그의 옆에서 숨이 넘어가도록 울던 아이였는데, 이제 그 일에 대해 말하면 어깨를 으쓱했다. 그 뒤로 노인은 눈에 띄지 않게 다리를 살금살금 절었다.

그는 자신을 관통한 노인이 대문 앞에서 허리를 굽히고 무릎에 손을 대는 걸 보았다. 그가 버릇처럼 하는 행동이었다. 집 앞에 다다르면 그렇게 잠시 멈춰 숨을 골랐다. 집을 비운 동안 우편물이라도 왔는지 확인하기 위해서였다. 그는 대문을 열고 들어가는 자신을 보았다. 단정하게 빗어 비녀를 찌른 머리통이 담 너머에서 움직이는 게 보였다. 이윽고 시야에서 사라졌다. 반지하 방 계단으로 내려선 것이다. 방이 여간 싸늘한 게 아닐 텐데. 지난밤 동태찌개를 가스레인지에 올렸다가 깜빡 잊어 냄비째 태워먹은 탓이었다. 냄비 가득이었던 찌개가 졸아들어 새까맣게 탄 채 눌어붙었다. 생선 태운 냄새가 반지하방 곳곳에 스며들어 코를 찔렀다. 매운 연기가 가득했고 역겨운 냄새 때문에 머리가 어질어질했다. 긁어내봐야 소용이 없을 듯해 냄비째 봉지에 싸서 버렸다. 깜빡 졸았다 싶었는데 한 시간은 좋이 잠들었던 모양이다. 보일러를 끄고 창문을 죄다 열었다. 찬 기운이 냄새를 몰아가주길 기대했다. 그가 나올 때도 집 안에는 온기라고는 전혀 없었다. 전기장판이라도 켜고 있으면 좀 따뜻해지겠지. 그는 자신에 대한 걱정을 이쯤에서 접었다. 언젠가 꼭 다시 만날 수 있을 것이다.

바닥은 생각처럼 미끄럽지 않았다. 연탄을 때는 집들에서 나온 연탄재 덕분이기도 했고 모래를 뿌려둔 덕분이기도 했다. 구청에서 만든 모래 보관함이 텅 비었다. 이 동네 사람들은 퍽 부지런하기도 했다. 고마운 사람들이다. 골목 끝에서 이면도로로 접어들 때 인도의 턱을 올라서다가 미끄러졌다. 엉덩방아를 찧은 노인은 명치를 얻어맞은 것처럼 숨을 쉴 수가 없었다. 그러나 곧 숨이 터져주었다. 엉치뼈에서 시작된 통증이 재빠르게 꼭뒤까지 치고 올라왔다. 아, 여기서 넘어진 게로군. 그의 머릿속으로 이런 생각이 떠올랐다가 사라졌다.

봉고차 뒷문을 열어놓고 상자를 나르던 슈퍼 주인이 그에게 달려왔다. "어르신 괜찮으세요?" 노인은 손을 내저었다. 슈퍼 주인이 더러운 장갑을 벗고 노인의 팔을 조심스럽게 잡았다. "자, 일어나보세요. 얼얼하기만 하면 뼈는 괜찮으신 겁니다." 슈퍼 주인은 노인의 엉덩이를 털어주고 손을 주물러줬다. 따뜻한 손이었다.

그는 혼란스러웠다. 불과 어제만 해도 그의 눈앞에 있는 사람은 지금과는 전혀 다른 사람이었다. 그런데 이제 한없이 선량하고 서글픈 눈빛으로 그를 바라보고 있는 게 아닌가. 노인은 잠시 혼란에 휩싸였다가 공포를 느꼈다. 오래전 그가 저지른 잘못들이 떠올랐다. 까닭 없이 그에게 친절을 베푸는 사람을 그는 여태 만나본 적이 없다. 그리고, 당연하게도 그는 지금 자신에게 보여주는 슈퍼 주인의 친밀함이 가장된 것이며, 더 큰 고통을 초래할 수도 있는 받아들여서는 안 되는 위험한 접대처럼 여겨졌던 것이다. 이러한 의혹을 해결하기 위해 그는 자신의 무의식으로 들어갔던 것이며 그곳에서 오래전 자신이 저질렀으나 당시에는 전혀 죄라 여기지 않았던 일들을 이제 비로소 죄라고 인식하며 공포를 느꼈다.

"괜찮아요, 괜찮아. 고마워요." 목소리는 의도한 것과 달리 노인이 듣기에도 조금 퉁명스러웠다. 이게 아닌데 싶었지만 주워 담을 수도 없지 않은가. 슈퍼 주인은 자신이 내던진 상자 쪽으로 가면서도 그에게서 시선을 떼지 않았다. 노인은 자신이 저지른 잘못이 무엇이었는지 떠올렸다. 언젠가 한번은 집주인이 기르던 개를 개장수에게 팔아먹은 적도 있었다. 그 개가 아들을 물었다. 겨우 다섯 살짜리 아이인데 발뒤꿈치를 물었다. 아들만 보면 왕왕 짖어대 아들은 자면서도 개 짖는 소리가 들리면 몸을 부르르 떨었다. 집주인은 아무것도 해주지 않았다. 집세가 밀렸는데 쫓아내지 않은 것만도 선심을 베푸는 거라고 했다. 오히려 집주인은 그걸 위협과 경고로 받아들이길 바라는 듯했다. 노인은 자신에게 그런 용기가 어떻게 생겨났는지 지금도 알 수가 없다. 그는 생선 대가리로 개를 타일렀다. 개 줄을 잡고 인적 없는 대낮의 골목을 걸을 때는 자신의 발소리조차 원망스러웠다. 개를 넘기고 돌아올 때 그는 손바닥에 생긴 금을 보았다. 개 줄 손잡이에 눌린 자국이었다. 죄의 증거처럼 붉고 가느다란 선이 손바닥을 절단이라도 할 것처럼 가로질렀다. 그는 손바닥을 허벅지에 문질렀다. 집에 돌아가 홀로 커튼을 친 어둑신한 방에 앉아 손바닥만 들여다보았다. 어둠 속에서도 선이 뚜렷하게 보였다. 저녁을 지으면서 개를 찾는 집주인의 목소리를 들었다. 그날 밤 그는 화장실에 쭈그리고 앉아 개를 팔아 번 돈을 태웠다. 지폐를 태웠는데 개 털을 태운 것마냥 노린내가 났다. 죄를 짓지 않고는 살 수 없는 걸까, 이런 생각이 그를 괴롭혔다. 오래된 일이건만 그때의 심정이 생생하게 되살아났다. 노인은 혹시나 싶어 자신의 손바닥을 살폈다. 역시나 금은 없었다. 노인은 한숨을 내쉬었다. 아들도 그 일은 기억했다. 하지만 노인이 개를 어떻게 했으리라고는 생각지도 못했다. 아들은 다만 자신을 물었던 개가 사라지자 기뻐했을 뿐이다.

엉덩이가 조금 축축했다. 얼어붙을 정도는 아니었지만 서둘러 일을 마치고 돌아가야 했다. 슈퍼 안주인이 어정쩡한 모양새로 노인에게 다가왔다. 부축해주겠다는 걸 괜찮다고 뿌리쳤다. 전파사를 지났다. 노인은 이틀 전 맡긴 텔레비전이 생각났다. 안테나에 문제가 있는 줄만 알았다. 그나마 볼 수 있는 채널은 몇 개 되지도 않았는데 화면이 흐려 조금만 쳐다봐도 어지러울

지경이었다. 전파사 박 씨를 불렀더니 혀를 내둘렀다. 텔레비전이 문제라는 것이었다. 노인은 십수 년 동안 써온 거라며 고쳐달라고 부탁했다. 박 씨는 요즘 누가 이런 걸 보냐며 괜찮은 중고를 하나 구입하라고 했다. 노인은 고개를 저었다. 박 씨가 텔레비전을 함부로 다루는 듯해 마음이 아팠지만 싫은 소리는 하지 못했다. 박 씨의 비위를 거스르면 노인이 직접 텔레비전을 들고 가야 했다. 노인은 어제도 전파사를 찾았다. 노인의 낡은 텔레비전은 작업대 구석에 방치되어 있었다. 그는 마음이 아팠다. 집 안에서는 이처럼 볼품없어 보이지 않았다. 그러나 집 밖으로 나오는 순간 노인의 세간들은 빛을 잃었다. 남루하기 짝이 없는 궁색한 살림을 들킨 듯해 부끄럽기도 했다. 박 씨는 일이 밀렸다고 했다. 노인은 고개를 끄덕이고 그냥 돌아왔다. 전파사를 지나쳤다가 되짚어 돌아간 노인은 전파사 문 앞에서 머뭇거렸다. 재촉하는 것처럼 여겨질 게 두려웠다. 가게 문에 얼굴을 대고 안을 들여다보았다. 박 씨의 눌린 뒤통수가 보였다. 노인의 시선을 느꼈는지 박 씨가 고개를 돌렸다. 박 씨의 눈이 휘둥그레졌다. 박 씨는 보던 텔레비전을 끄고 가게 문을 열었다. "웬일이세요? 텔레비전 때문이시군요. 걱정마세요. 오늘 틀림없이 고쳐서 오후에 직접 가져다 드릴 게요. 다섯 시쯤이면 괜찮겠지요?" 박 씨의 목소리가 떨렸다. 노인은 고개를 갸웃 기울였다. 이렇게 쉬울 일을 왜 그처럼 가슴 졸였는지 모를 일이었다. "고마워요, 고마워." 이번에는 퉁명스럽지 않았다. 노인은 스스로의 목소리에 만족했다. 전파사 박 씨는 노인이 가게 앞을 떠난 뒤로도 문 앞에 나와 서 있었다. 노인은 늘 다니던 길을 피했다. 어쩐지 저 모퉁이, 저 가느다란 길에 그가 예상치 못한 위험이 도사리고 있을지도 모른다는 예감이 끈질기게 따라붙었다. "오늘따라 왜 이러지? 얼마 걷지도 않았는데 숨이 차네." 노인은 이렇게 중얼거리며 세탁소를 끼고 골목으로 들어갔다. 그 길로도 한의원에 갈 수는 있었다. 세탁소 앞에서 노인은 맞은편 길에서 달려가는 청년을 보았다. 뒷모습이 영락없었다. 저 녀석은 간밤에 말도 없이 외박을 하더니. 노인은 청년을 불렀다. 그러나 목소리는 가늘었고 입김만 거셌다. 잇몸이 시렸다. 노인은 쭈글쭈글한 손으로 얼굴을 쓸어내렸다. 청년은 그가 부르는 소리를 듣지 못한 것 같았다.

청년은 네번째로 넘어졌다. 이번에는 무의식적으로 허공을 움켜잡다가 날카로운 것에 손바닥을 베었다. 붉은 피가 상처에서 배어 나왔다. 손이 꽁꽁 얼어서인지 새삼스럽게 아프지는 않았다. 이미 그는 충분히 고통스러웠다. 그는 이해할 수가 없었다. 왜 아무도 믿어주지 않는 걸까. 이번에 그의 발목을 붙잡은 건 할머니의 목소리였다. 뒤를 돌아보니 세탁소 앞에서 골목으로 접어드는 할머니가 보였다. 환청이 아니었다는 걸 알았다. 노인에게 아버지가 당한 일을 어떻게 말해야 한단 말인가. 거대하고 단단한 두 손이 머리를 꽉 움켜쥐고 있는 기분이었다. 피가 순환을 멈추고 생각이 정지했다. 새벽에 보았던 광경만 반복적으로 떠올랐다. 눈은 푹푹하게도 내렸다. 밤이 되자 조금씩 날리던 눈발이 자정을 넘어서자 허공을 지워버릴 듯 쏟아졌다. 그는 아버지를 만날 수가 없었다. 아버지의 동료들은 이미 집에 갔을 거라고 말했다. 거리는 입을 꾹 다물었다. 가로등 불빛만이 눈 쌓인 길을 희미하게 비췄다. 쌓인 눈 덕분에 그리 어둡지는 않았지만 더욱 서늘한 느낌이었다. 그는 집으로 통하는 골목에서 누군가와 부딪혔다. 그때 처음 넘어졌다. 그를 넘어뜨린 사람은 체격이 좋은 사내였다. 부딪힐 때 그는 역겨운 냄새를 맡았다. 눈 내리는 깊은 밤 이렇게 허겁지겁 달리는 사내는 도둑이거나 강도일 가능성이 컸다. 하지만 사내는 예의가 발랐다. 넘어진 그를 일으켜 세워준 뒤 죄송하다며 깍듯이 고개를 숙였다. 청년은 이런 사내를 잠시나마 의심했던 게 열없었다. 외려 그는 미안한 마음이 들었다. 어차피 이런 밤에는 누구의 잘못이냐를 따지는 게 그다지 의미 없는 일이 아니던가. 이제 그는 상쾌한 기분이기까지 했다. 이런 밤, 누구 하나 지켜보는 이 없어도 인간은 예의 바를 수가 있었다. 그 사실이 묘한 위안이 되어주었다. 그들은 서로의 옷을 턴 뒤 악수까지 나누고 헤어졌다. 청년은 절로 콧노래가 나왔다. 누군가 이런 자신을 지켜봐주었다면 더 좋았을 거라는 생각이 들었다. 이 세상에는 알려지지 않은 이야기가 얼마나 많은가. 골목에 접어들고서야 그는 허벅지가 쓰라린 걸 알았다. 저 멀리 골목 끝 자신의 집 대문이 보였다. 할머니는 주무시겠지. 주머니에 손을 넣었다. 핸드폰을 꺼내 보니 액정에 금이 갔다. 옳지, 그렇게 격렬하게 넘어졌는데 이런 손해쯤이야 당연한 거야. 그는 다행이라고 생각했다. 유쾌해지려면 대가를 치러야 하는 법이다. 적어도 왜 즐거운지를 모르는 것보다야 나았다. 그는 잠시 멈춰 핸드폰을 이리저리 살피다 다른 이상이 없다는 걸 확인한 뒤에야 주머니에 넣었다. 저 앞에서 검은 물체가 꿈틀댔다. 그는 조심스럽게 다가갔다. 주정뱅이인가 보군. 이처럼 차가운 날 술에 취해 눈길을 기다니. 대체 이자는 어떤 고통과 슬픔 때문에 이 시각에 부랑자처럼 쓰러져 있단 말인가. 청년은 동네의 소문난 주정뱅이들을 떠올려보았다. 그중 하나겠지. 그는 유쾌했으므로 이자를 깨워 집까지 데려다줄 용의가 있었다. 그리고 그는 자신의 발아래 엎드린 사람이 아버지라는 걸 알았다. 아버지의 얼굴은 창백했다. 땡땡 얼어붙은 얼굴이 쌓인 눈에 반사된 빛을 받아 번들거렸다. 아, 아버지. 그는 아버지의 얼굴을 두 손으로 감싸고 흔들었다. 검은 입술 사이로 신음이 흘러나왔다. 청년은 아버지가 죽어가고 있다는 걸 알았다. 아버지는 냉동 고기처럼 차가웠다. 눈 위의 검은 자국을 만져보니 그것은 피였다. 온기 잃은 아버지를 껴안은 그는 거대한 신발을 안고 있다는 생각이 들었다. 냄새나고 더럽고 낡은 운동화 같은 아버지. 그는 눈 속에서 칼을 찾아냈다. 날과 손잡이 모두 금속으로 된 칼이었다. 묵직했다. 별로 힘들이지 않고도 누군가를 찌를 수 있을 듯했다. 청년은 주머니에서 핸드폰을 꺼냈다. 액정이 새까맸다. 119를 눌렀다. 손이 떨려서인지 결번을 알리는 목소리가 흘러 나왔다. 다시 눌렀다. 이번에도 마찬가지였다. "아버지, 조금만 참고 기다리세요. 구급차를 불러올게요." 그는 이면 도로로 뛰어갔다. 눈은 싸륵싸륵 내리고 오가는 사람이나 차량은 없었다. 그는 좀더 큰 도로까지 나가보기로 했다. 두 개의 발자국이 나란히 찍힌 게 보였다. 방금 자신이 걸어온 궤적을 알리는 발자국들과 지금 그가 가야 할 길을 알려주는 듯한 발자국들. 그는 이 발자국이 아까 자신과 부딪혔던 사내의 것이라는 걸 깨달았다. 한기가 느껴졌다. 체격 좋고 예의 바른 그 사내가 아버지를 찌른 범인이다! 눈앞에서 범인을 보고도, 원수를 만나고도 몰랐다니. 청년은 가슴이 터질 것 같았다. 그래서 두 손을 가슴에 모으고 달렸다. 이면 도로 끝에서 청년은 나동그라졌다. 두번째였다. 어깨와 골반이 아팠다. 택시를 붙잡았다. 택시 기사는 투덜댔다. 이처럼 눈 오는 날엔 그냥 집에서 쉬는 게 낫다고 했다. 청년은 고개를 끄덕였다. 마음이 급했지만 택시 기사의 말이 옳았다. 택시는 그가 왔던 길을 따라 느릿느릿 아버지에게 가까워졌다. 서행을 했는데도 단번에 정차하지 못했다. 택시는 3미터쯤을 위태롭게 미끄러진 뒤에야 멈췄다. 청년은 아버지에게 달려갔다. 그러나 아버지는 없었다. 아버지가 쓰러져 있던 자리에는 자신의 발자국만 어지럽게 널려 있었다. 그가 허둥대는 사이 택시 기사가 운전석 차창을 내리고 소리쳤다. 욕설 같았다. 그리고 택시는 가버렸다. 그는 택시가 섰던 쪽으로 달려갔다. 택시는 이면 도로를 따라 벌써 저만치 가버렸다. 이내 4차선 도로에 들어서더니 시야에서 사라졌다. 청년은 다리가 후들거렸다. 택시를 잡기 전에 넘어지면서 몸 어딘가가 잘못된 것 같았다. 힘이 빠졌고 무릎을 굽히고 펴는 게 어려웠다. 두 무릎에 부목을 댄 사람처럼 뻣뻣한 자세로 걸을 수밖에 없었다. 그는 가로등과 가로등 사이 불빛의 사각지대에서 아버지를 찾아냈다. "오, 아버지. 당신은 정신이 없는 상태에서도 집을 찾아가시는군요." 골목 안쪽이었다. 그는 믿을 수 없었다. 죽은 것이나 마찬가지인 아버지는 어떻게 여기까지 기어 왔을까. 아버지는 종종 이해할 수 없는 방식으로 그를 놀라게 했다. 어린 시절에는 아버지를 마술사라고 믿기도 했다. 중학교 졸업식 때도 아버지는 아버지답게 그를 놀라게 했다. 졸업식 행사가 다 끝나갈 무렵 트럭 한 대가 운동장으로 들어섰다. 수위가 막았지만 트럭은 멈추지 않았다. 운동장을 빙 돌아 트럭은 사열대 앞에 멈췄다. 학생들이 키득댔다. 트럭 운전석에서 양복을 입은 초로의 사내가 내렸다. 아버지였다. 검게 탄 얼굴에 낡은 파란색 양복을 입고 트럭에서 내린 아버지. 낡은 갈색 가죽 구두와 무릎이 툭 불거진 바지, 유행이 지난 지 오래인 양옆이 트인 윗도리, 가운데 접힌 자국이 선명한 파란색 물방울무늬 넥타이. 파란 트럭에서 파란 아버지가 내리는 광경은 콧구멍에서 콧물이 나오는 것과 비슷했다. "아버지, 그날 도망갔던 거 죄송해요. 아버지를 부끄럽게 여겼던 거 정말 죄송해요. 죄송하다는 말을 하고 싶었어요. 진심이에요. 듣고 계세요?" 아버지는 듣고 있지 않았다. 들을 수가 없을 것이다. 청년은 외투를 벗어 아버지를 덮었다. 작고 초라한 몸뚱이가 외투 한 벌에 감싸였다. "조금만 기다리세요. 다녀올게요." 근처에는 종합병원이 없었다. 그는 자신의 입술을 깨물었다. 왜 진즉에 그런 생각을 못했을까. 야간에도 업무를 하는 산부인과가 떠올랐다. 그는 산부인과에 달려가 졸던 간호사를 깨웠다. 당직실까지 따라가 간호사가 잠든 구급차 운전 기사를 깨우는 걸 지켜보았다. 세상의 모든 운전 기사들이 미워지려고 할 때 구급차 조수석에 오를 수 있었다. "자네 아버지가 거기에 쓰러져 있다니 믿을 수가 없네." 아버지 또래의 운전 기사는 고개를 저었다. 그래도 운전대를 잡았다. 구급차는 경광등을 켜지도 않고 천천히 움직였다. 눈은 푹푹 내렸다. 와이퍼가 찔꺽찔꺽 소리를 내며 힘겹게 움직였다. "창문 좀 올리게. 찬바람이 들이쳐서 몸이 떨리네." 청년은 다소곳이 운전자의 지시를 따랐다. 구급차 운전기사는 그의 아버지가 쓰러진 곳까지 함께 갔다. 그리고 청년에게 물었다. "이 외투는 자네 건가?" 운전기사의 이마에 짙은 주름이 잡혔다. 청년은 고개를 끄덕였다. "자, 외투는 찾았으니 이제 자네 아버지만 찾으면 되겠군." 그는 아버지가 집 가까이 기어갔을 거라고 믿었다. "집에 함께 가주세요. 아마도 거기에 계실 거예요." 운전 기사는 어딘지 모르게 그의 아버지를 닮았다. 그는 아버지 나이쯤이 되면 사람들이 죄다 비슷해지는 건가 보다고 생각했다. 그들은 숫눈길을 걸어 갔다. 골목 양쪽의 집들은 어두컴컴했다. 그에게는 평온하게 잠들어 있다기보다 겁에 질려 숨죽이고 있는 것처럼 여겨졌다. 이 골목만이 유일한 목격자였다. 골목아 네게도 귀가 있다면 눈이 있다면 그리고 입이 있다면 네가 듣고 본 것을 말해야 한다. 청년은 이렇게 외치고 싶은 심정이었다. 현관문이 열린 흔적은 없었다. 손잡이 위에 가지런히 눈이 쌓였다. 그가 문을 열자 손잡이에서 눈이 소리도 없이 떨어졌다. 청년은 구급차 운전기사에게 함께 집 안을 들여다보자고 부탁했다. 늙수그레한 운전 기사는 마음씨가 고왔다. 흔쾌히 그와 함께 열린 창문을 통해 집 안을 들여다보았다. 악취가 났다. 파장 무렵의 수산물 시장에서나 맡을 수 있는 냄새였다. 청년은 싱크대 옆 창문을 통해 안방까지 들여다볼 수 있었다. 불을 훤히 켜두고 안방 문마저 열어둔 채 할머니가 새우처럼 몸을 웅크리고 전기장판 위에 이불을 덮고 잠든 게 보였다. 저 노인은 알맹이가 빠져나간 포도 껍질 같다. 청년은 창문을 닫았다가 악취에 할머니가 숨 막혀 하지 않을까 싶어 다시 열었다. "이보게, 나는 이제 가야 하네. 이렇게 눈 내리는 날이면 어디에서든 생명이 태어나게 마련이거든." 청년은 두려웠다. 운전 기사가 가고 나면 어느 어두운 곳에서 홀로 아버지를 발견하게 될 것만 같았다. 그때가 되면 정말 늦고 말리라. "자네 아버지는 내가 아는 사람이네. 너무 상심하지 말게. 그이가 쓸 만한 사람이었다는 건 나도 잘 아네." 운전 기사는 청년을 가볍게 한 번 껴안고는 새로운 발자국을 남기며 골목을 빠져나갔다. 청년은 한참 동안 집 주위를 배회했다. 아버지, 아버지, 소리 죽여 불러도 보았다. 큰 소리로 부를 수는 없었다. 행여 소리를 놓칠까 봐 그는 숨까지 참아가며 귀를 기울였다. 눈 내리는 소리마저 들을 수 있었건만 아버지는 그를 위해 어떤 소리도 내지 않았다. 아버지는 어디로 가셨을까. 그는 알 수가 없었다. 그는 치안 센터를 찾아갔다. 그러나 치안 센터는 굳게 문이 닫혀 있었다. 그 앞에 앉아 청년은 무릎에 얼굴을 묻고 내리는 눈을 머리와 어깨와 목덜미로 견뎌냈다. 우주가 그에게 쏟아졌다.

노인은 눈사람을 만드는 아이들을 보았다. 쌍둥이 형제였다. 아이들은 벙어리장갑을 낀 손으로 발갛게 물들고 까칠한 두 볼을 문지르며 까르르 웃었다. 부모가 누군지 복도 많지. 노인은 이렇게 중얼거리며 조심스럽게 세탁소 앞 길을 건넜다. 노인은 빵 가게 앞 의자에 잠시 앉았다. 괜찮다고 했지만 사실은 그렇지 않았다. 온몸의 뼈가 시렸다. 빵집 주인 사내가 진열대에 빵을 늘어놓다 가게 밖으로 나왔다. 그리고 노인에게 인사했다. 노인은 당황스러웠다. 빵 가게는 한 번도 들어가본 적이 없었다. 낯은 익었지만 수인사를 나누는 사이는 아니었다. 노인은 불안스레 눈동자를 굴리며 목을 어깨 사이로 집어넣었다. 사내가 미안하다는 표정을 지었다. 대체 나한테 미안해할 게 무엇일까. 노인은 덩치 큰 빵집 주인 사내가 측은했다. 고개를 젖혀 간판을 가리키며 물었다.

"이게 아저씨 함자요?" 사내가 그렇다고 했다. "내 아들도 이름 내걸고 장사를 했지요. 그게 퍽 잘 되었어요. 아, 이 동네에서 하는 게 아니라 모르실 겁니다. 청과물상이죠. 아저씨처럼 빵 만드는 재주는 없으니까요." 사내가 고개를 저었다. "아니오, 아드님을 압니다. 매일 새벽에 나가셨잖아요." "그래요. 농수산물 시장에 가서 야채며 과일을 떼 옵니다." 노인은 기분이 좋아졌다. 사내가 왠지 친근하게 여겨졌다. "저도 새벽까지 빵을 굽습니다." "고되시겠수." "별 수 있나요. 자정 즈음에 장사를 마치면 남은 빵을 자선단체에 갖다 주고 옵니다. 돌아오면 이미 새벽이지요." 노인은 사내와 대화하는 게 즐거웠다. 슬하에 자녀는 몇인지 벌이는 어떤지 건강 관리는 어떻게 하는지, 궁금한 게 많았다. "저 쌍둥이들이 제 아이들입니다." 노인의 눈이 반짝 빛났다. 복받은 부모가 바로 여기 있었구나. 노인은 고개를 주억거렸다. 사내는 노인에게 빵 봉지를 들려주었다. 봉지가 따끈했다. "난 빵을 안 먹어요." "안 드셔도 좋으니까 가져가세요." 노인은 눈을 껌벅이다 한숨을 내쉬고 의자에서 일어났다. 엉덩이가 욱신거렸다. 빵집을 끼고 좁은 골목으로 들어선 그는 발걸음을 재촉했다. 빵집에서 조금이라도 더 빨리 멀어지고 싶었다. 뱃구레가 움푹 꺼진 야윈 고양이 한 마리가 노인을 따라왔다. 노인은 쭈그리고 앉아 빵을 하나 꺼냈다. 고양이는 킁킁 냄새를 맡고 두어 번 혀로 핥았으나 그뿐이었다. 고양이는 그를 떠나지 않고 얼굴과 몸을 노인의 종아리에 비볐다. 노인의 몸에 밴 생선 냄새 때문인지도 몰랐다. 노인도 고양이를 기른 적이 있었다. 남편이 살아 있을 때였다. 그때 아들은 아마도 군대에 있었을 것이다. 공장에 갔다 돌아오면 텅 빈 집 안의 어둠과 고요가 피곤한 그의 몸을 올가미처럼 옥죄었다. 남편은 목수였다. 현장에서 먹고 자기 때문에 집에 머무는 날이 적었다. 그때도 반지하 방이었다. 어느 날 그는 창문으로 방을 들여다보는 시선을 느꼈다. 지금 그의 종아리에서 알찐대는 녀석처럼 비쩍 마른 고양이였다. 그는 방범 창 너머로 먹을 것을 건네주었다. 그는 고양이를 보살폈다. 사람을 잘 따르지 않는 녀석이었지만 그에게만은 경계심을 늦추었다. 새끼를 낳았을 때는 방 안에 들여놓기도 했다. 휴가를 나왔던 아들은 진저리를 쳤다. 부대 부근에는 널린 게 고양이라면서. 그러나 그는 고양이가 좋았다. 날카롭게 우는 소리도 가느다랗게 으르렁대는 소리도 그에게는 위안이 되었다. 고양이 일가족이 쥐약을 먹고 한꺼번에 몰살했던 날 그는 고양이 사체를 봉지에 담아 처음으로 뒷산에 올랐다. 산책로에서 한참을 벗어나 적당한 곳에 묻어주었다. 절름거리는 그는 내려가는 길이 더 버거웠다. 돌아가는 길이 까마득했다. 그날 그는 고양이뿐만 아니라 그 무엇에도 정을 주지 않겠다고 다짐했다.

노인은 신축 아파트 공사 현장을 지나갔다. 높다란 가림막을 왼편에 끼고 걸었다. 성벽 아래를 걷는 기분이었다. 그곳에서는 바람도 스산했다. 눈도 덜 녹았고 인적이 없는 데다 그늘이 져 을씨년스러웠다. 노인은 원래 그 자리에 무엇이 있었는지를 기억할 수 없었다. 길은 한없이 길었다. 한참을 걸었는데도 여전히 터널처럼 어두운 가림막 아랫길이었다. 노인은 이 길을 따라 되돌아갔을 자신을 생각했다. 지금쯤이면 전기장판은 한창 열이 올랐겠지. 이불을 쓰고 눕는다면 견딜 만할 게다. 알아서 잘하고 있겠지.

한의원은 여느 날과 다름없이 조용하고 아늑했다. 그가 들어서자 데스크에 있던 간호사가 벌떡 일어났다. 대기실에 앉았던 중년의 여자가 텔레비전 앞으로 가더니 스위치가 있는 쪽을 더듬었다. 치료실에서 나오던 다른 간호사가 리모컨을 찾아 텔레비전을 껐다. 노인은 눈빛으로 물었다. 앳된 얼굴의 간호사가 세번째 침대에 누워서 기다리라고 일러주었다. 그는 빵 봉지를 간호사들에게 주었다. 그러나 간호사들은 한사코 고개를 저었다. "괜찮아요, 할머니. 집에 가져가서 드세요. 젊은 손주도 있으시잖아요." "그럼 좀 맡아나 주시구려. 이따 갈 때 가져갈 테니." 노인은 침대에 누워 한의사를 기다렸다. 썩 마음에 들지는 않았다. 인상부터가 의술을 익힌 사람 같지는 않았다. 하지만 퍽 친절했다. 그 때문에 누군가 다른 한의원을 소개해줘도 발걸음은 이곳으로 향했다.

한의사는 그의 몸을 주물러주고 상태를 물었다. 그가 이곳에

오던 도중 넘어졌다고 하자 몸을 돌려보라고 했다. 그는 파티션 쪽으로 몸을 돌렸다. 한의사는 그의 엉치뼈 부근을 손가락으로 지그시 눌렀다. 아프냐는 물음에 그는 괜찮다고 답했다. 찬바람만 불면 시린 무릎 때문에 늦가을부터 초봄까지는 이틀에 한 번 꼴로 한의원에 들렀다. 침을 맞고 부항을 뜨고 뜸을 놓으면 좀 나았다. 의원에게 자신을 보였다는 사실만으로도 한결 통증이 덜한 건지도 모르지만. 한의사가 발목과 정강이, 무릎과 손에 침을 놓았다. 노인은 속으로 숫자를 셌다. 스무번째 침이 몸에 박힐 때 그는 통증을 느꼈다. 입술을 꾹 깨물어 신음을 밖으로 흘려 보내지는 않았다. 그가 몸을 움찔 떨었던 탓에 한의사가 잠시 손을 멈췄다. 괜찮으냐고 묻자 노인은 고개를 끄덕였다. 한의사의 목소리가 듣기 좋았다. 평소에도 노인은 한의사 앞에서는 말이 많았다. 노인은 문득 궁금했다. 스물네번째 침이 몸에 꽂힐 때 조용히 물었다. "그런데 선생님은 의원이시니까." 그가 말꼬리를 흐리자 한의사가 물끄러미 바라보았다. "…… 죽은 사람도 살릴 수 있겠죠?" 한의사의 얼굴이 일그러졌다. 그러다 천천히 펴지면서 웃는 얼굴이 되었다. 노인은 실수를 했다는 생각 때문에 얼굴이 달았다. 그런 걸 묻는 게 아니었다. 한의사는 고개를 저었다. "죄송합니다만, 죽은 사람도 살리는 신의까지는 못 됩니다." 그는 송구한 기분이었다. 한의사가 죄송할 게 무언가. 잘못이라면 쓸데없는 질문을 한 그에게 있겠지. 말은 생각과 달랐다. "혹시라도 그런 의원을 아신다면 꼭

말씀해주시구려. 부탁해요." 한의사가 쓸쓸히 고개를 끄덕였다. "편히 쉬세요." 한의사는 가볍게 목례를 한 뒤 휘장 뒤로 사라졌다. 누운 자리가 따뜻했다. 졸음이 밀려왔다. 과거가 탐조등에 비친 사물처럼 단편적으로 떠올랐다. 기억하지 못하는 커다란 죄가 있었던 것만 같은 기분이었다. 용서를 구하기엔 너무 늦었거나 그러기엔 너무 멋쩍은 일이 아주 없지는 않았다. 하지만 돌이킬 수 없는 심각한 과오를 저지른 적이 있는 듯한 이 기분은 뭘까. 그는 까무룩 잠이 들었다.

눈을 뜨니 머리가 개운했다. 그가 잠든 새 발침까지 끝났다. 노인은 간호사에게 맡겼던 빵 봉지를 찾았다. "내가 얼마나 잤지요?" "곤히 주무셨어요. 벌써 다섯 시인 걸요." 노인은 그토록 오랜 시간 잠들었다는 걸 믿을 수 없었다. "잠든 동안 누가 다녀가지 않았나요?" 앳된 얼굴의 간호사가 고개를 저었다. "아니오. 편히 주무셨어요."

노인의 발걸음이 한결 가벼웠다. 돌아갈 때는 큰길을 택했다. 빵집과 세탁소, 전파사와 슈퍼를 지나지 않고 집으로 갈 수 있어서였다. 내렸던 눈이 거의 녹아 차도는 외려 말끔해져 평소보다 더욱 싱그러웠다. 눈 녹은 물이 보도의 파인 곳에 흥건히 고였다. 발밑이 서걱대기 시작했다. 어둠이 스멀스멀 다가왔다. 겨울은 해가 짧다. 순식간에 해가 지고 어둠이 도시를 점령할 것이다. 노인은 주유소와 가전제품 대리점과 지구대를 지났다. 어디선가 구름이 몰려와 한바탕 또 퍼부을 기세였다. 노인은 기분이 상쾌했다. 한의원에서 푹 잔 덕분인 듯했다. 집에서 잠들었을 자신이 가여웠다. 악취가 가시지 않은 싸늘한 그곳에서 잠들 수 있는 사람은 없었다.

창문은 여전히 열린 채였다. 반지하 집은 생각보다 더욱 차가웠다. 세상의 모든 한기가 이곳으로 몰려와 고인 것만 같았다. 방에선 노인이 웅크리고 있었다. 이리 추운데 어찌 잠들었을까. 그는 잠든 자신을 보며 혀를 찼다. 잠든 자신 곁에 앉아 시린 발끝을 손으로 주물렀다. 전파사 박 씨가 다녀갔는지 텔레비전이 장식대 위에 덩그러니 놓여 있었다. 그는 텔레비전을 켜고 잘 나오는지 확인한 뒤 껐다. 허기가 느껴졌다. 그는 힘겹게 일어나 부엌으로 가서 냄비 뚜껑을 열었다. 무언가를 끓여 먹은 흔적이 없었다. 밥도 먹지 않고 잔 게로군. 그는 이렇게 중얼거리며 냉장고를 뒤졌다. 먹을 만한 게 없었다. 그는 보리차를 데워 한 모금씩 마시며 딱딱한 빵을 씹어 먹었다. 잠든 노인이 몸을 뒤척였다. 비녀가 빠지며 머리 타래가 풀어졌다. 그래도 깨어날 줄을 몰랐다. 목이 메었다. 그는 생전 처음 빵을 먹는 사람 같았다. 어떻게 씹고 어떻게 삼켜야 할지 모르는 사람처럼 그냥 입안에 넣고 한없이 우물거렸다. 지상 최후의 양식이라도 되는 것처럼 그는 선량한 사내가 준 빵을 오래도록 씹고 또 씹었다.

노인은 집을 나왔다. 그를 배웅하는 사람은 아무도 없었다. 집을 등 뒤에 두고 골목을 바라보며 선 그는 나직하게 중얼거렸다. "내가 모를 줄 알고……?" 저 앞에서 청년이 걸어왔다. 가엾은 것. 이 세상이 외롭고 폭폭해서 어찌하누. 겨울은 노인이 견디기엔 혹독한 계절이었다. 노인은 눈가에 맺힌 진득한 눈물을 닦아내지도 않은 채 해일처럼 밀려오는 어둠을 노려보았다. 세계가 얼굴을 바꾸는 중이었다.

청년이 대로변 지구대를 찾은 건 새벽 다섯 시 무렵이었다. 사위는 여전히 어두웠지만 눈발은 약해졌다. 치안 센터 앞을 지나던 순찰차가 그를 태워줬다. 청년은 번득이는 경광등 불빛이 그처럼 반가울 수가 없었다. 순찰차 뒷좌석에 앉았을 때는 보호받는 느낌이 들었다. 두 명의 순경은 청년과 함께 부근을 수색해주기까지 했다. 이제 아버지를 죽인 자를 잡을 수 있을 것 같았다. 지구대에 도착한 청년은 마음이 바빴다. 이 지역 모든 경찰이 출동해주기를 바랐다. 순찰을 마친 순경들은 피곤한 기색이었다. 하지만 청년과 눈이 마주치면 싱긋 웃었다. 그들은 따뜻한 커피를 끓여주었다. 청년은 두 손으로 컵을 감싸고 마셨다. 온기가 몸 구석구석 스며들었다. 아버지 당신은 지금 어느 차가운 땅 위에서 싸늘한 주검이 되어가고 계십니까. 청년의 눈에서 눈물 한 방울이 툭 떨어져 커피에 섞여들었다. 순경들은 그를 없는 사람처럼 취급하고 싶어 하는 듯했다. 그는 고개를 돌려 벽에 걸린 대형 거울을 보았다. 청년의 얼굴이 하얗게 질렸다. 거기에는 밤을 새고 피로에 지친 사람들의 형상이 전혀 비치지 않았다. 지금 나는 유령들과 함께 있단 말인가. 그는 거울의 마력을 느꼈다. 청년이 의자에서 일어나 거울에 다가갔을 때 지구대가 어둠에 습격당했다. 순경들이 또 정전이냐며 투덜댔다. 청년을 사로잡은 이 마력은 공포에서 비롯된 것이었다. 세계를 선명하게 재현하는 유리 거울이 고안되기 이전에도 사람들은 거울을 사용했다. 돌 거울, 물거울, 청동거울…… 유리 거울은 그 모든 걸 뛰어넘었다. 왜냐하면 사람들은 유리 거울을 대면한 뒤 비로소 거울이 낮만이 아니라 밤까지 재현한다는 걸 발견했기 때문이다. 완벽한 암흑이 거울에서 되살아났다. 두 배로 증가된 낮은 사람들을 경탄하게 만들지 못하지만, 두 배로 증가된 밤은 사람들을 공포로 이끄는 법이었다.

천장의 형광등이 지구대 안을 사납게 두드렸다. 불이 켜지자 순경들이 일제히 청년을 보았다. 그 사이 무서운 일을 겪은 게 아닌지 확인이라도 하듯이. 청년은 다시 의자에 앉았다가 품에서 칼을 꺼냈다. "이걸 보세요. 이게 증거예요. 제가 아버지 옆에서 이걸 발견했어요." 순경 가운데 한 명이 누군가 길에서 흘린 것일 수도 있다고 말했다. "아니에요. 확실해요. 범인이 이걸로 아버지를 찌르는 걸 제가 목격했거든요." 순경들이 놀란 눈으로 서로를 보았다. "제가 봤어요." 그들은 정말 봤냐고 물었다. 그들의 목소리는 주판 위를 미끄러져 나온 것처럼 떨렸다. 봐선 안 될 것을 본 사람을 다룰 때처럼. 청년이 확신을 갖지 못하고 주저했다. "사실, 직접 본 건 아니에요." 그들은 안도했다. 얼굴에 화색이 돌았다. 청년은 생각에 잠겼다. "그렇지? 그럼, 볼 수가 없었지. 안 그래? ……너희 아버지는 불에 타서 돌아가셨잖아." 순찰차를 운전했던 순경이 말했다. 그 말에 동조하듯 다른 순경들이 고개를 주억거렸다. 청년은 순경의 마지막 말을 못 들은 것 같았다. "어쨌든 칼은 위험한 물건이야. 그건 우리가 가지고 있으마." 청년은 머뭇거렸다. "증거물로 보존하는 건가요?" "그래, 증거물이라고 해두지." 순경은 칼을 캐비닛에 넣고 문을 닫은 뒤 다이얼을 돌려 잠갔다. 그리고 안심하라는 듯 캐비닛을 손바닥으로 쾅쾅 두드렸다. "그런데 왜 아버지가 강도를 당했다고 생각한 거지?" 다른 순경이 물었다. 청년은 주저하지 않고 대답했다. "돈이 있거든요. 칠천만 원." 순경들이 믿을 수 없다는 듯 손가락을 까딱거렸다. "사실이에요. 그중 오천만 원은 할머니가 평생을 모은 돈이죠. 그 돈을 아버지에게 드릴 때 저도 곁에 있었어요." 방금 은행에서 찾은 수표였는데도 마치 할머니의 지난 생을 증명하듯 낡은 지폐처럼 여겨졌던 것도 기억이 났다. "큰돈이네." 순경들은 저마다 생각에 잠겼다. 자신에게 갑자기 그런 돈이 생기면 무엇을 할지 상상하는 듯했다. "장사가 잘 된다고 했어요. 가게는 비좁고 더럽지만 목이 좋아서요. 권리금이 필요하다고 했어요. 일종의 개런티죠. 그 돈을 노렸던 게 분명해요." 순경 가운데 가장 나이가 많은 사람이 의자를 끌어다 청년 앞에 놓고 앉았다. 그리고 인자한 눈으로 그를 바라보았다. 청년은 부끄러웠다. 나이

든 사람과 이렇게 마주앉은 게 불편했고, 그 불편함을 안으로 갈무리하지 못하고 허둥지둥하는 제 모습이 미성숙의 표시로 여겨질 것 같아서였다. "얘야, 물론 그 돈이 큰돈이라는 건 인정하마. 하지만 우리 모두 그처럼 많은 돈을 어디에서 어떻게 써버렸는지도 모른 채 살아가지 않니. 네가 지금까지 먹고 자고 입은 것들을 돈으로 계산해보렴. 그 액수에 너도 놀라게 될 거다. 세상은 원래 강도와 같아서 우리가 손에 무언가를 쥐고 있는 꼴을 못 보지. 오른손에 먹을 걸 쥐어주고 왼손으로 다른 사람의 목을 쥐라고 가르치는 게 바로 우리가 사는 세상이란다. 다시 한 번 잘 생각해보렴. 그처럼 큰돈을 한순간에 잃었다는 말, 너라면 믿을 수 있겠니?"

거리에 희붐한 기운이 퍼졌다. 오가는 차들도 늘었다. 제설차와 청소부 들이 바쁘게 움직이는 게 보였다. "집에 들어가고 싶진 않겠지? 몹쓸 일을 당했으니. 자, 너희 집처럼 편안하지는 않겠지만 숙직실도 제법 아늑하단다. 거기서 눈 좀 붙이고 가렴." 청년은 순경이 안내해준 숙직실에 들어갔다. 순경은 이불까지 펴주고 나갔다. 그는 치안 센터 앞에 앉았던 것과 똑같은 모습으로 이불 위에 앉았다. 등을 벽에 기댈 수 있어 조금 더 편했다. 숙직실은 따뜻했다. 훈훈한 공기가 그를 부드럽게 쓰다듬었다. 청년은 생각했다. 이 도시 어디에 위험이 있단 말인가. 맹수도 배고픔도 추위도 없지 않은가. 그리고 그 순간부터 인간의 적은 인간이었다. 그는 불특정 다수를 향해 치솟는 증오심을 느꼈다. 아무도 청년을 믿어주지 않았다. 그러자 이제 청년은 스스로를 믿을 수가 없게 되었다. 거부할 수 없는 졸음이 밀려왔다. 그는 몇 번 헛소리를 내뱉다 그대로 이불 위에 쓰러져 잠들었다. 점심 무렵에야 어떤 순경이 그를 깨웠다. 점심을 함께 먹자는 걸 거절하고 그는 지구대를 나왔다. 그 앞에서 청년은 넘어졌다. 누군가 뒤에서 그를 치고 달려간 것이다. 자신을 밀어버린 사람의 뒷모습이 눈에 익었다. 지난 새벽의 사내가 떠올랐다. 그 사내일 리는 없었지만 어떤 사람인지 얼굴을 보고 싶었다. 청년은 달렸다. 몇 번 미끄러지긴 했지만 넘어지지는 않았다. 대로에서 이면 도로로 꺾어져 슈퍼 맞은편을 지났다. 그리고 할머니의 목소리를 들었다. 청년은 네번째로 넘어졌다. 일생 동안 넘어져야 할 것들을 지금 한꺼번에 겪고 있는 듯했다. 그는 사내가 사라진 쪽을 향해 다시 달렸다. 그의 시야에는 낯익은 풍경과 사람만이 들어왔다. 풍경은 사랑스러웠고 사람은 다정했다. 아버지는 그 가운데 누구에게도 원한을 살 만한 일을 한 적이 없었다. 하지만 청년은 모든 사람이 아버지의 죽음에 책임이 있는 것만 같았다. 어떻게 이토록 무관심할 수 있단 말인가. 숨이 가빴고 온몸이 쓰라렸다. 청년은 그들 가운데 누가 자신 앞에서 강도를 당한대도 모른 체하리라 마음먹었다. 아니, 자신이 그런 강도가 될 수도 있을 것 같았다. 그는 간절히 바랐다. 딱 한 번만, 그 얼굴을 보여다오. 청년은 자신이 보고 싶어 하는 게 단지 그 사람의 얼굴뿐인지 확신할 수는 없었다. 세계는 가면 그 자체이기 때문에 가면 뒤에 양순하고 선량한 얼굴이 있으리라는 기대를 유지할 수 있었다. 세계는 가면을 결코 벗지 않았고—우리가 얼굴을 벗을 수 없듯이—그럼으로써 공포와 찬탄과 외경의 대상으로 존재할 수 있었다. 가면 그 자체로서의 세계는 얼굴 있는 세계의 뒷면이다. 청년은 얼굴을 봐도 아무 소용이 없으리라는 걸 뒤늦게 깨달았다. 그는 지구대 앞에 섰다. 다시 이곳이군. 이렇게 중얼거릴 때 늙은 순경이 지구대에서 나와 그에게 라이터를 건넸다. "자네 아버지 거라네. 사흘 전에 담뱃불을 붙이려고 잠깐 빌렸는데 돌려주는 걸 그만 깜빡하지 않았겠나." 청년은 아버지의 인감도장을 다루듯 가스라이터를 고이 받아 점퍼 안주머니에 넣었다. 그는 가전제품 대리점과 주유소를 지났다. 한의원에 들어서자 간호사가 세번째 침대를 가리켰다. 그는 잠든 할머니의 얼굴을 내려다보았다. 간호사가 그의 손을 알코올 적신 솜으로 닦아주고 소독약을 발라주었다. "할머니, 이제 당신과 저 둘뿐이군요." 한의원을 나온 그는 어디로 가야할지 잠시 생각했다. 세계에 입장하는 건 공짜였지만 자유 이용권은 대가를 지불해야 했다. 그는 입장권밖에 없었다. 겨울은 날이 짧다. 얼마 돌아다니지도 않았는데 날이 어두워졌다. 그는 품에서 라이터를 꺼내 금세 사그라드는 희망처럼 반복해서 불꽃을 켰다. 불꽃 위 허공에서 타닥 소리를 내며 부싯돌 부스러기가 순식간에 타올랐다가 사라졌다. 명멸하는 불꽃을 쥐고 청년은 낯선 거리를 걷듯 종작없는 걸음걸이로 아버지와 함께 거닐었던 길을 갔다. 그는 자신이 해야 할 일을 떠올렸다. 집으로 돌아가 환기를 위해 열어두었던 창문을 닫고 보일러를 높여 방바닥을 따뜻하게 데워야 한다. 할머니가 돌아오시면 낯선 곳에 온 듯한 기분이 들지 않도록, 차갑고 어두운 또 다른 세계에 발을 들여놓는 기분이 들지 않도록 해야 한다. 그는 골목에서 노인과 마주쳤다. 청년이 찾던 얼굴은 그곳에 있었다. 야위고 앙상한 어깨 위에 간신히 붙은 말린 자두 같은 얼굴. 그는 자신의 몸을 관통하는 할머니를 느꼈다. 그리고 노인은 어둠 속으로 입김처럼 풀려 들어갔다.

화요일의 강

그는 얌전하고 바른 사내였다. 여느 포클레인 기사처럼 여름의 열기와 겨울의 냉기를 좁은 운전석에서 고스란히 견디는 동안 새까맣게 타고 홀쭉해졌지만 중장비 학원에 다니기 전이었던 고등학생 시절까지만 해도 그는 강변에서 가장 피부가 곱고 하얀 소년이었다. 그는 강에 사로잡히지 않은 유일한 소년이기도 했다. 그의 동년배들은 그들의 형, 아버지, 할아버지가 그랬던 것처럼 팔뚝에 알통이 박힐 무렵이면 기이한 열정에 사로잡혔다. 그들은 강이 부르는 소리를 흘려듣지 못했다. 달이 뜨면 강은 축축한 팔을 뻗어 소년들을 둑으로 이끌었다. 그들은 맨발로 성큼성큼 걷다가 둑 아래에서 숨을 한 번 고른 뒤 네발짐승처럼 능숙하고 날렵하게 둑의 비탈면을 기어올라 그 위에서 달빛이 일렁이는 강을 내려다보았다. 겨드랑에 끼고 온 술병을 돌려가며 마시고는 소리 높여 노래를 부르거나 허공을 향해 삿대질을 했다. 이윽고 밤이 깊고 달빛마저 초저녁의 날카로움을 잃어 부드러워지면 몸속에 부레가 생긴 그들은 여인의 품에 뛰어들듯 속옷까지 벗어던진 채 사납게 강물 속으로 자맥질해 들어갔다. 그들은 강 속에 무언가가 있다고 믿었다. 발목을 휘감는 차가운 손을 느꼈으며 사구에 푹푹 빠지는 발끝에 날카롭고 단단한 무언가가 닿는 걸 느꼈다. 그들은 강에서 빠져나와 넓은 모래톱을 가로질러 둑 위에 오른 뒤 물기가 건힐 때까지 머물렀다. 방금 전까지 자신들을 사로잡았던 열정이 대체 무엇이었는지 가늠하다 섬뜩한 공포를 느낀 그들은 형, 아버지, 할아버지가 그랬듯이 공포를 잊기 위해 강을 조롱하며 소년들치고는 제법 상스러운 농담들을 주고받았다. 물기 마른 몸에 여전히 남은 모래를 손으로 후두두 털어낸 뒤 강둑을 떠난 그들은 강을 향해 성큼성큼 걸어왔던 것처럼 보폭을 넓혀 마을과 집으로 돌아갔지만 이전과는 분명히 다른 존재가 되어버렸다는 사실을 깨달았으며 이러한 깨달음이 한평생 반복될 것이라는 알 수 없는 예감에 쓸쓸해지곤 했다.

그는 강에서 돌아오는 벗들의 어두운 실루엣을 손가락으로 헤아리며 저들을 사로잡은 열정이 왜 자신에게는 샘솟지 않는지 헤아려보곤 했다. 그는 아버지 탓이라고 생각했다가 어쩌면 어머니 탓일 수도 있다고 생각— 동생들 때문일 수도 있다는 생각은 한 번도 해보지 않았다— 했다. 이런 식으로 생각을 거듭하면 종내는 누구 탓인지 알 수 없게 되었으며 강변 사람들에게 변치 않고 유전되는 어떤 기질이 자신만을 비켜간 이유 또한 영영 알 수 없으리라는 데 이르렀다. 그는 자신이 누구인지 알 수 없을 것만 같았다. 강 사람들은 자신의 근원을 그곳에서 찾았으니까.

벗들은 그의 집 앞을 지날 때면 부러 목소리를 높였다. 그의 이름을 부르기도 했지만 그가 집 밖으로 나오길 바라지는 않았다. 그들은 방금 전 강을 조롱했듯이 그의 집을 똑같은 방식으로 조롱하려는 것이었다. 하지만 누구도 성공하지는 못했다. 그가 아무런 반응을 보이지 않아서가 아니라 그들이 스스로 정한 어떤 선을 결코 넘어오지 않기 때문이었다. 그는 벗들이 그보다 더 무례해질 수 없는 이유가 아버지 때문임을 잘 알았다. 그가 중장비 학원을 마치고 서해에 주둔한 어느 공병대에서 복무하고 돌아와 맨 처음 문을 두드렸던 골재 업체의 사장실에서도 그는 어김없이 아버지의 그림자를 만났다. 패널 벽에 붙은 낡은 선풍기가 털털거리며 돌아가고 달력의 한 귀퉁이가 미풍에 힘없이 너풀대던 사장실에서 그는 두 손을 모은 채 발밑에 서걱대는 모래를 느끼며 다소곳이 서 있었다. 그즈음 사십대 중반으로 볕에 그을려 단단한 인상을 지녔던 사장은 그가 누구인지 한눈에 알아보았다. 자네 아버지를 아네. 사장은 자신의 머리칼에 손가락을 집어넣어 모래를 털어내며 말했다. 패널로 지은 가건물은 두 개의 공간으로 구획되어 한쪽은 사장실 한쪽은 휴게실로 사용되었다. 휴게실에 있던 사람들 가운데 두 명이 그에게 말을 붙였다. 어디에서 배웠나? 이렇게 물은 사람은 페이로더 기사인 김이었다. 그가 무슨 뜻인지 몰라 눈을 껌벅거렸다. 학원인가? 그 말에 그가 고개를 끄덕였다. 이 강에서 모래를 파먹고 사는 사람들 가운데 학원 출신은 자네 하나일 거야. 비웃는 소리로 들리지는 않았다. 포클레인 기사는 단지 몸살에 걸렸을 뿐인데 자네 덕분에 단박에 해고되어버렸군. 이렇게 말한 사람은 준설선 기사인 박이었다. 그는 우물쭈물하며 그런 줄은 몰랐노라고 대답했다. 그들도 사장처럼 머리카락에 손을 집어넣어 모래를 털어냈다. 김과 박은 선별기가 선 작업장으로 그를 데리고 갔다. 진흙과 모래가 섞인 강물이 파이프 끝에서 폭포수처럼 떨어졌다. 그들은 길고 검은 무언가가 자신들 발치 앞으로 꿈틀대며 다가오는 걸 보았다. 박이 그 앞에 다가가 쭈그리고 앉았다. 장어네. 김이 끌탕을 했다. 여기에서 일한 뒤로 처음 보는 일이군. ……이게 길조인지 흉조인지. 박이 그 말을 받았다. 길조거나 흉조거나 강변식당 아주머니한테 넘기면 좋아하겠어. 박이 고개를 돌려 그를 보며 덧붙였다. 그 아주머니는 시집왔을 때부터 강에서 일하는 게 싫어 고양이처럼 굴었다네. 무섭다며 강에 가지는 않고 성난 고양이처럼 잡아온 물고기만 날름 받아먹었지.

그는 집으로 돌아오는 길에야 두 사람의 말에 담긴 속뜻을 깨달았다. 그들은 그에게 아버지의 피가 유전되었음을 상기하라고 경고했던 게 분명했다. 아버지는 아직도 이 강에 살아 있다.

그날 이후로 그 역시 사장과 다른 직원들처럼 온몸에서 모래를 털어내게 되었다. 모래는 어디에서나 나왔다. 다 털어냈다고 생각하면 단춧구멍에서 옷의 접힌 부분에서 혹은 운동화 깔창 아래서 몇 알갱이의 모래를 찾아내곤 했다. 그는 스스로 동생들과 밥상을 달리했다. 작은 상에 자신의 밥그릇과 국그릇을 옮겨 놓고 쑤욱 팔을 뻗어 동생들의 밥상 위에서 김치나 무말랭이 같은 반찬들을 가져다 먹었다. 처음에는 이런 식사를 불편해하던 동생들도 이내 익숙해져 더는 아무 말도 하지 않았다. 막내가 이런 말을 하기는 했다. 적어도 아버지는 모래를 집 안으로 끌어들이지는 않았어. 입안에서 모래가 씹히는 경우도 많았다. 굵은 모래라면 당연히 뱉어냈지만 입도가 작은 곱고 가는 모래라면 타액과 엉킨 그것들을 혀로 굴리다가 꿀꺽 삼켜버리기도 했다. 그는 몸속 어딘가에 모래집이 있어 삼킨 모래 알갱이들이 그 안에 차곡차곡 쌓이는 거라고 상상했다. 그의 방 창문은— 어린 시절에도 그러했듯이—강 쪽으로 났다. 방에 누운 채 창을 통해 올려다본 하늘은 강의 복사물처럼 여겨졌다. 창을 통해 수시로 물안개가 밀려 들어왔고 고요하고 깊은 밤이면 나직한 물소리가 달빛과 함께 끊임없이 갈마들었다. 그 소리와 빛을 안주로 삼는 사람도 있었다. 마을 초입의 오래된 슈퍼의 안채에 사는 노인이 그런 사람이었다. 소년이었던 그는 노인을 따라 낚시를 가곤 했다. 노인은 그에게 아무 말도 하지 않았고 그 역시 노인에게 말을 붙이지 않았다. 후사가 없는 사람을 공대하지 않던 오랜 관습의 영향이었는지 그의 또래들은 노인을 어려워하지 않았다. 하지만 그 외에는 누구도 노인에게 가까이 가지도 않았다. 그는 노인의 낚싯대처럼 늘 그 뒤를 따라 다니는 소문 때문이라는 걸 잘 알았다. 소문은 노인의 어깨 위로 비스듬히 호를 그리며 뒤로 늘어져 낭창낭창 흔들리는 대나무 낚싯대의 끄트머리를 오래 바라보았을 때처럼 어질머리가 나는 것이었다. 누구에게 탯줄을 받았는지는 모르지만 노인의 핏줄임이 분명한 딸이 있었다. 어미는 전쟁 뒤 행방이 묘연해졌다고 한다. 그 시절 청년이었던 노인은 왜가리가 알을 품듯 딸을 품고 살았다. 어느새 딸이 자라 강에 어울리는 처녀가 되었다. 노인은 자주 딸과 더불어 강가를 거닐었는데 그럴 때의 부녀는 부부처럼 정다웠다고 한다. 어느 해 큰물이 났을 때 노인의 딸은 강물에 휩쓸렸다—그 뒤로 아버지가 낚싯대를 강에 드리우면 물속에 사는 딸이 잠에서 깨어나 팔뚝만 한 꺽지나 붕어를 바늘에 끼워준다고 해. 그는 이렇게 동생들에게 말해주었다. 세 남매는 강기슭에 앉아 노을이 내려앉은 강을 보고 있었다. 아, 그럼 할아버지는 잃어버린 딸을 낚으려고 그렇게 날마다 강에 나가 낚시를 하는 거구나. 이렇게 말했던 게 여동생이었는지 막내인 남동생이었는지는 헷갈렸다. 그는 무릎을 끌어당겨 턱을 괸 채 아마도 그럴 것이라고 답해주었다. 그때 막내가 그와 똑같이 무릎을 끌어당겨 턱을 괴었다. 여동생이 막내에게 면박을 주었다. 얘는 오빠가 하는 거라면 뭐든 따라하려고 해. 그러자 막내가 배시시 웃었다. 난 형이 하는 건 뭐든지 멋있어. 그는 쑥스러워하며 막내에게 되물었다. 형이 그렇게 멋있어? 막내는 허리를 펴고 힘차게 고개를 끄덕였다. 응. 그러나 이제 노인은 낚시하러 다니지 않으며 막내는 그를 흉내 내려 하지 않는다. 노인의 딸도 어디론가 사라졌다. 강 위로 구름이 지나면서 옅은 그림자가 강물 위에 어른거리면 강바닥을 스치듯 헤엄치는 노인의 딸일지도 모른다는 생각에 덜컥 겁이 나 움츠러들었던 그 역시 이제는 없다. 누구라도 그게 사람이라면 인생의 길목 어딘가에서 한 번쯤은 파괴된 적이 있을 거였다. 그는 지금 이 순간이 자신에게는 그런 때라고 여겼다. 손가락 사이로 빠져나가는 모래처럼 산산이 부서져 흘러내리는 자신을 보는 기분이었다. 몇 해 전 보를 건설하는 공사가 시작된 뒤부터 아니 더 거슬러 올라가 한때 아버지 밑에서 일한 적이 있다는 사장에 이끌려 포클레인에 올라 시동을 걸었던 그 순간부터 아니 그가 중장비 학원에 등록하기 위해 집을 나설 때 안주머니에 넣어두었던 돈 봉투를 외투 위로 쓰다듬어보던 차갑던 겨울날 새벽부터…… 그러나 확실한 건 기원이 아니라 그가 태어나기도 전부터 강바닥에서 모래를 끌어 올렸던 아버지 역시 파괴되었다는 사실…… 그에게 사람은 누구라도 한 번쯤은 파괴될 수밖에 없는 노릇이라는 숙명적인 관념을 심어주었던 아버지에게서 이 모든 파괴가 비롯되었다는 사실뿐이었다. 그의 아버지는 자신들을 강이 실어 나른 퇴적물처럼 여겼던 고향 사람들과 마찬가지로 스스로를 세월에 짓눌려 단단해진 대지라고 여겼다. 강을 끼고 살았으나 강에 명줄을 대고 살지는 않았다. 그의 집안은 대대로 강에서 물을 끌어다 농사를 지었고 기껏해야 강을 빨래터나 멱을 감는 곳으로 여겼다. 강은 마을 앞 느티나무처럼 대수롭지 않은 하나의 사물이었고 강의 상류와 하류 혹은 그들이 속한 중류— 마을 사람들이 곧잘 강의 배꼽이라 빗대어 말하길 즐겼던— 어디에도 심각한 역사는 깃들지 않았다. 그가 성인이 되어서야 어렴풋이 깨달았던 비극은 전쟁 중에 강이 전선을 이루었고 그 탓에 강의 이쪽과 저쪽이 이념적으로 대립하던 시절이 있었다는 것뿐이다. 하지만 그에게 비극은 선조들의 것이었다. 딸이 대신 낚아준 물고기를 망태에 담아 돌아와 우물가에 주저앉아 정성스레 손질을 한 뒤 어탕을 끓여 밤새 홀로 술잔을 기울이던 슈퍼 안채의 노인처럼 삶은 구체적이게도 허기를 자극하는 냄새나는 물질이었다.

강은 넓은 범람원을 양쪽으로 낀 채 북에서 남으로 흘렀고 그의 마을 북쪽에는 강으로 흘러드는 지류인 샛강이 있었다. 그가 태어나기 전 어느 해 여름 장마에 큰물이 났다. 노인의 딸이 휩쓸려갔다던 그 홍수를 일컫는지도 모른다. 강물이 지류로 역류하면서 마을 북쪽의 자연제방을 타고 넘어왔다. 밤이 깊은 시각이었고 아무도 그런 사실을 눈치채지 못했다. 아니, 단 한 사람 그의 아버지만은 알았는지도 모른다. 모두 세 명이 실종됐다.

그 가운데 한 명은 노인의 딸일지도 모르며 두 명은 확실히 그의 조부모였다. 이런 사실을 어린 시절부터 들어 알았던 그는 횡사라고 표현할 수밖에 없었던 조부모의 죽음을 비극으로 분류하지는 않았다. 차라리 어린 그에게 매혹적이었던 건 젊고 싱싱했을 생명의 죽음이 불러일으키는 기묘한 동경이었다. 노인의 딸은 죽었으나 아버지는 살았다. 아버지가 조금은 비열하게 여겨졌다. 그의 조부모는 배수로에 빠져 익사했던 게 분명했다. 조부모의 시신은 좁은 배수로에 갇힌 채 제자리를 맴돌다 강물이 빠져나갈 때 강으로 통하는 배수구를 통해 강심으로 옮겨진 뒤 먼 하류까지 흘러갔을 것이다. 그가 태어났을 무렵 조부모는 살아 있지 않았으므로 그에게 가계는 실체가 아닌 소문으로만 존재했다. 조부모는 먼 과거와 다르지 않았다. 그의 기원인 동시에 기원이 아닌 모순적이면서도 정합적인 하나의 소문.

그러나 그의 아버지에게 그것은 명백하게도 비극인 동시에 역사였다. 스스로 겪은 역사만큼 끈질긴 게 없다는 걸 아버지는 증명해주었다. 아버지는 역사에 참여했기에 역사의 일부분이었고 역사를 부정하기 위해서는 스스로를 부정하지 않을 수 없었다. 그의 아버지는 피해를 입지 않은 구릉지의 논밭을 포함해 집안의 농토를 모두 팔아버렸다. 습지가 되어 갈밭으로 변한 과거의 농토 위에서 하염없이 울다가 문득 눈물을 그친 뒤 행한 첫번째 일이었다. 일가의 만류가 없었다면 그의 아버지는 선산조차 기꺼이 내다 팔아버렸을 거였다. 어느 먼 곳 지류에 첫 준설선이 나타난 이후로 그즈음 고향의 강에서도 드물기는 했으나 미국이나 일본에서 수입한 중고 준설선을 볼 수 있었다. 그해 큰물의 원인은 무분별한 모래 채취 때문이었다. 여기저기 강바닥과 둔치를 파헤친 탓에 강 속 사구들이 무너져 부유하던 모래들이 때마침 내린 비로 거세어진 난류에 휩쓸린 진흙과 더불어 강을 가득 메워 곳곳에서 강물이 제방을 넘었다.

그의 아버지는 당장에라도 준설선을 뒤집어 엎어버릴 것만 같았다. 사흘 동안 그의 아버지는 강둑에 올라 안전한 곳에 닻을 내린 채 대피해 있던 준설선들을 노려보았다. 한 달 뒤 강변 사람들은 놀라운 광경을 목격했다. 80톤짜리 준설선 이물에 허릿장을 지른 채 짝다리를 짚고 선 사내가 누구인지 알게 되었을 때 사람들은 불길한 예감에 사로잡혔다. 그들이 날 때부터 물려받았으며 강과 더불어 살면서 단련되었던 바로 그 예감이 그의 아버지가 탄 준설선처럼 하류에서부터 강 표면에 날카로운 궤적을 남기며 침착하면서도 집요하게 거슬러 올라왔던 것이다.

그의 아버지는 마을 앞을 흐르는 강에서 1년에 30만 루베의 모래 채취권을 얻었다. 그러나 사람들은 그의 아버지가 족히 100만 루베의 모래를 채취했을 거라고 믿어 의심치 않았다. 준설선은 하루 종일 강바닥에서 모래를 끌어올렸고 둔치에 설치된 선별기는 밤새 돌아갔지만 그 옆 야적장의 강모래는 줄어들지 않았다. 선별된 모래는 쌓이기가 무섭게 덤프트럭들이 실어갔고 마을은 겨울이 올 때까지 뿌연 비산 먼지에 휩싸였다. 안개에 섞인 모래 먼지들을 호흡하면서 사람들은 자신들이 모래 무지가 되어버린 듯한 기분이 들곤 했다. 그의 아버지는 할 수만 있다면 100만 루베가 아니라 1000만 루베의 모래라도 파냈을 것이다. 적진 한가운데로 뛰어드는 돌격대원처럼 날마다 강으로 출근했고 밤이 깊어서야 돌아왔다. 잠자리에 누우면 미처 파내지 못한 모래를 생각하는지 분노가 섞인 신음을 냈고 눈을 뜨면 조금도 지체하지 않고 벌떡 일어나 방문을 열고 나가 마루 끝에 서서 강 쪽을 바라보았다. 밤새 누가 강을 훔쳐가지는 않았는지 걱정하는 것처럼 보였다.

한겨울에도 그의 아버지는 쉬지 않았다. 준설선의 펌프는 아침부터 저녁까지 강바닥에서 흡입한 물과 모래를 둥근 관을 통해 그대로 둔치까지 밀어냈다. 무서운 기세로 관을 빠져나온 모래가 물과 함께 강으로 떠내려가기라도 하면 그의 아버지는 주위에 누가 있든—그게 페이로더 기사이거나 미니로더 기사이거나 혹은 거래처 사장이거나 상관없이—분을 참지 못하며 발을 동동 굴렀다. 채취 지역의 모래가 어디론가 달아날까 봐 안절부절못하는 그의 아버지 때문에 포클레인 기사는 제방을 수시로 보수해야 했고 모래를 싣고 갈 트럭이 오면 미니로더 옆에서 상차 작업을 거들어야 했다. 그의 아버지와 함께 일하는 사람들은 다른 누구도 아닌 자신들의 사장을 닮아갔다. 그들은 일과 관련된 말이 아니면 작업 도중에 잡담조차 나누지 않았으며—날마다 한계치를 초과한 작업 때문에 더 크게 그르렁 소리를 내는 중장비들의 엔진음에 묻힐 게 뻔했지만— 점점 얼굴이 붉어졌다. 일을 마치고 각자의 집에 돌아가면 그의 아버지와 마찬가지로 다음 날 해낼 작업 생각에 치를 떨다가 신음을 흘리며 잠들었다. 하지만 그의 아버지와 함께 일하는 사람들은 단 한 번도 명령을 거역하거나 뒤에서 불만을 토로하지 않았다. 그의 아버지는 다른 채취업자들처럼 강바닥을 2미터 이상 파 들어갈 수 없다는 규정을 수시로 어기며 4미터 가까이 파헤치는 것으로도 모자라 깊게는 6미터 혹은 7미터까지도 흡입관을 들이댔다. 만약 그 아래 지구의 중심에도 모래가 있었다면 그의 아버지는 거기까지도 파들어가고 말았을 것이다.

그의 아버지는 이처럼 강의 무법자였지만 동시에 누구보다 열렬한 법의 수호자이기도 했다. 직원의 월급을 꼬박꼬박 지불했으며 보너스를 다른 업체의 두 배로 지급했다. 면 소재지에 불과했던 마을 주변으로 농공 단지가 들어서게 된 것도 그의 아버지가 사방으로 분주하게 뛰어다닌 결과였다. 마을 사람들을 이해시키고 설득한 끝에 인부들의 숙소를 비롯해 도로를 닦거나 공단 건물 건설과 관련된 여러 편의를 제공했다. 강에서 채취한 모래에서 분리된 흙을 매립토로 제공했으며 늦은 밤까지 이어지는 인부들의 술판이나 화투판에서 몇 푼의 돈을 잃어주었고 그들 사이에 험악한 싸움이 벌어지면 원만히 합의할 수 있도록 중재를 했다. 그의 아버지는 정치인들에게 아낌없이 뇌물을 주었고 각종 공사와 관련된 이권을 지역 유지들이 누릴 수 있도록 해주었다. 그러나 정작 자신은 아무것도 바라지 않았다. 오직 강에서 모래를 채취할 수 있는 권한—사실은 주어진 권한을 넘어 천만 루베의 모래를 채취한다 해도 아무도 간섭할 수 없는 무제한의 권한—에 만족했다.

강을 가로지르는 다리와 그 다리의 양쪽 끝에서 도시로 이어지는 도로가 놓였다. 일제시대부터 유원지로 개발되었던 강변의 한 야산에는 야외 수영장이 들어섰고 위락 단지가 그 옆에 조성되었다. 면 소재지에 불과했던 마을이 소읍이라 불러도 좋을 만큼 번성했다. 사람들은 이런 변화를 체감하면서 자신들을 사로잡았던 불길한 예감에서 어느 정도 놓여났음을 깨달았다. 대다수 농촌 마을이 급속히 몰락해가던 그 시절에 마을의 도약은 경이롭기까지 했다. 해 질 무렵 날벌레를 노려 강 위로 뛰어오르는 물고기처럼 사람들은 마을의 포장된 도로를 뛰어다녔다. 그 시절에는 누구나 맹수였다. 누구나 돈을 사냥할 수 있었고 누구나 마을을 떠나지 않고도 살아갈 수 있다는 사실에 만족했다.

이런 변화의 중심에 섰던 그의 아버지는 외려 중심에서 한 걸음 벗어난 듯 보였다. 중심에 있으면서도 중심에서 비켜설 수 있는 건 그의 아버지만의 능력이었다. 이런 경우를 제외하고 그의 아버지는 모든 능력을 줄기차게 모래를 채취하는 데 썼다. 골재업 3년째 해의 어느 봄날 강을 들여다보던 그의 아버지는 손에 잡힐 듯 물속에서 높이 솟아오른 사구를 발견했다. 작은 보트라면 좌초할 수도 있을 만큼 커다란 사구였다. 공포가 그의 아버지의 가슴을 베며 지나갔다. 저 모래는 대체 어디에서 왔단 말이냐. 그는 아버지가 자주 이처럼 뇌까렸던 걸 기억했다. 그런 습관이 생긴 것도 아마 그 무렵부터였을 것이다.

하지만 그의 아버지는 좌절하기는커녕 투지를 불태웠다. 노을이 깔린 강처럼 그의 아버지도 붉게 번들거렸다. 그의 아버지는 다른 업체를 두 군데나 인수했다. 손을 털고 강을 떠나는 두 명의 사장은 그의 아버지의 불운을 기원했다. 그의 아버지는 호탕하게 웃었다. 그들의 저주에는 이렇게 응수해주었다. 두고 보라지. 강이 이기나 내가 이기나.

그는 아버지를 사로잡았던 열정이 건강한 열정이 아니라 사실은 공포에서 비롯되었다는 걸 지금은 안다. 그런 사실을 아버지도 알았을 것이다. 그가 궁금했던 건 어떻게 아버지는 날마다 공포와 대면하면서도 도망가지 않을 수 있었던가였다. 아버지는 어떤 방식으로 강을 바라보면서 배수진을 쳤던 것일까. 그는 알 수 없었다. 다만 아버지는 강에 둘러싸여 살았을 것이라고, 앞에도 강이 뒤에도 강이 있었을 것이라고 짐작할 뿐이었다.

골재업은 호황이었다. 관련 산업에서 처음으로 찾아온 호경기였고 업체들은 지속적으로 늘어났다. 그러나 누구도 그의 아버지만큼 성공적이지는 못했다. 그의 아버지에게 속한 것들은 하나같이 야수처럼 사나웠다. 1천 마력의 준설선들은 석유 시추선보다 늠름했으며 둔치에 늘어선 선별기는 거인을 연상시켰다. 야적장을 드나드는 트럭들이 일으키는 먼지를 잠재우기 위해 살수차가 물을 뿌리며 오갔고 미니로더와 페이로더가 버킷 가득 모래를 싣고 분주히 제자리를 맴돌았으며 경유를 실은 기관보트가 날렵하게 준설선들을 찾아다니며 기름을 보급했다. 그리고 강은 유유히 흘렀다.

그의 아버지가 처음 모래를 채취하던 때나 그때나 강은 별다르지 않았다. 강은 물로만 이루어지지 않았다. 제 안에 언제든 하류로 싣고 갈 수 있는 유동적인 바닥을 품었으며 그 바닥이야말로 그의 아버지가 닿고자 하는 목표였다. 바닥을 드러낸 강. 한 톨의 모래도 없는 매끈하고 순종적인 강이 그의 아버지가 정복하여 얻으려는 것이었다. 강과 조화롭게 살기로 마음먹은 누군가에는 파내고 파내어도 끝없이 샘솟는 모래가 든든한 미래처럼 여겨질 것이다. 그러나 강바닥을 송두리째 들어내 다시는 둑을 넘을 수 없을 만큼—강은 강이로되 얌전하게 지하로 흐르는 강이나 마찬가지가 되기를 바라는 누군가에게 저 모래는 강의 교활하고도 음험한 방어막일 뿐이었다. 강의 진짜 제방은 바닥에 있었다. 언제라도 범람할 준비가 된 강이야말로 그의 아버지에게는 정복할 가치가 있는 강이었다.

그의 아버지는 강과의 지루한 싸움을 포기하지 않았다. 채취권을 따내듯 결혼을 했고 강바닥에서 모래를 끌어 올리듯 아이들을 낳았다. 막내가 태어난 뒤 그의 아버지는 당시로는 퍽 드물게도 자발적으로 정관수술을 했다. 성욕마저 묶어버린 건 아니었다. 그의 아버지는 예전보다 신중했기에 물살이 거세어 모래 대신 강물만 올라오는 날에는 과감히 작업을 중단시켰다. 그건 포기나 후퇴를 뜻하지 않았다. 강의 저항에 사려 깊게 대처하기 위해서였다. 그런 날 밤이면 강은 제가 거느린 들판의 뭇 생명들을 조롱하듯 맹렬한 기세로 흐르면서 사람들을 특히 그의 아버지를 잠 못 들게 했다. 그의 아버지는 새벽녘 잔뜩 취해 돌아왔으며 공단 근처 술집에서 여자를 안았던 흔적을 숨기지 않았다. 불과 두어 시간 눈을 붙이고도 그의 아버지는 멀쩡하게 깨어나 간밤에 강이 어디까지 침범했는지를 살피기 위해 달려나갔다. 만약 그날도 작업이 불가능하다면 그의 아버지는 이를 갈며 돌아와 방 안에 퍼질러 앉은 채 다른 가장들이 휴일에 그러듯이 라디오를 듣거나 지역 신문을 읽으며 한가롭게 시간을 보냈다. 그러나 그의 아버지의 신경은 온통 강 쪽으로 쏠렸다. 이따금 벌컥 방문을 열고 밖을 내다보았는데 그게 마치 강이 마당을 가로질러 흐르기라도 한다는 듯, 강을 감시하기 위한 행동임을 눈치채지 못할 사람은 없었다.

몇 해 뒤 강모래의 수요가 줄면서 폐업을 하는 업체들이 한두 군데씩 생겨났다. 그의 아버지는 2~3년만 견디면 다시 호황이 찾아오리라는 걸 잘 알았다. 이 강에서 생산되는 모래는 품질이 좋았다. 입도가 다양해 굵은 모래와 잔모래가 적당한 비율로 섞여 골재로는 그만이었다. 당분간은 값싼 수입 모래와 바닷모래가 시장을 잠식하겠지만 그 시장은 그 시장대로 커나갈 것이며 일시적으로 눈길을 돌렸던 건설 업체들이 다시 품질 좋은 강모래를 요구할 게 분명했다. 그의 아버지는 안타까워했다. 폐업하는 업체들의 장비와 인력을 인수하면 사업을 확장할 수 있었으나 자금이 부족했다. 그때까지 끌어 쓴 대출금 상환을 독촉하는 은행을 상대하는 것만으로도 힘겨웠다. 강모래 채취업이 불황의 늪에 빠졌던 몇 해 동안 그의 아버지는 처음으로 강이 아닌 다른 상대와 싸우다 순식간에 늙어버렸다. 그리고 눈을 들어 바라보니 강은 이전보다 더 젊어진 듯했다. 기이하게도 적은 나날이 젊어지는데 자신은 늙어버렸다는 사실에 그의 아버지는 어느 때보다 커다란 고통을 받았다. 인력과 장비를 줄이는 대신 그의 아버지는 동업을 선택했다. 투자자를 구해 공동으로 사업체를 운영했다. 사정은 나아졌지만 동업자의 간섭이 새로운 골칫거리로 다가왔다. 동업자는 조심스럽게 말했다. 강을 다스릴 줄 알게 되었다고 믿었던 순간부터 우리는 오만해졌던 거라네. 자네가 그렇게 어리석을 거라고는 믿지 않네. 하지만 그토록 많은 사람들이 이 강에서 죽은 건 지혜가 모자라서만은 아니었지. 그들을 강으로 이끌었던 손이 자네 멱살을 틀어쥔 게 내 눈에는 보이네. 내가 자네를 도와줄 수 있게 내버려두게나. 그의 아버지는 코웃음을 쳤다. 이봐, 난 멀쩡해. 설령 저 강이 내 멱살을 잡았다 해도 난 두렵지 않아. 나를 끌고 물속으로 들어간다면 거기에서도 모래를 퍼 올릴 걸세. 만약 내가 미덥지 못하다면 지금 손을 떼도 상관없네. 자네를 원망하지는 않겠네. 동업자는 현명한 사람이었지만 열정이 없는 사람은 아니었다. 그의 아버지는 다른 이들의 열정에 불을 지필 줄 아는 사람이었으므로 신중했던 동업자 역시 속절없이 타올랐다. 그의 아버지는 동업자를 통해 한 가지 사실을 배웠다. 홍수 빈도였다. 이 강은 통계적으로 50년에 한 번씩 큰 홍수가 나지. 그 사실을 알게 된 날 밤 그의 아버지는 잠들지 못했다. 그러나 집 밖으로 한 걸음도 나가지 않았다. 그의 아버지는 생각했다. 만약 그 말이 맞는다면 다음 번 대홍수까지 살아 있을 수 없을 것 같았다. 설령 살아남았다 해도 그때는 모래 한 줌 움켜쥘 힘조차 없는 늙은이일 게 분명했다. 패배가 예정된 싸움에 나선 게 아닌가 하는 자괴감이 잠을 빼앗았다.

사람들이 기억하는 아버지를 그 역시 부분적으로 겪었다. 그가 태어나기 전이나 다섯 살까지의 일은 타인의 기억을 통해 알았고 그 뒤부터는 어렴풋하게나마 자신의 기억으로 아버지를 그려볼 수 있었다. 그가 기억하는 아버지는 소문처럼 과감한 인물은 아니었다. 어쩌면 아버지 내부에 절망감이 퍼져가던 순간이 그가 아버지를 기억하게 된 최초의 순간이어서인지도 모른다. 그 무렵 그의 아버지는 최초로 강의 근원이 무엇인지 알고 싶어졌다. 강을 거슬러 올라가보았다. 며칠이 걸리는 여행이었다. 발원지에 이른 그의 아버지는 그 작은 못에서 강이 시작된다는 말을 믿을 수가 없었다. 이 물은 대체 어디서 왔을까. 고개를 들어 하늘을 보았다. 강은 지상에서 시작되지 않고 하늘에서 시작된다는 걸 깨달았다. 강의 공모자는 하늘이었다.

아무도 달의 인력이 강에 어떤 방식으로 작용하는지 알려주지 않았지만 그의 아버지는 알았다. 보름달이 뜨면 강은 달빛에 취해 농염해졌다. 도수 높은 술처럼 물안개마저 비릿했다. 강 전체가 한 뼘씩 솟아 흘렀다. 여울조차 깊어졌고 그 탓에 물소리는 깊고 어두운 동굴을 통과한 듯 한 옥타브씩 낮아졌다. 그의 아버지는 하류에 내려가보았다. 몇 년 전 준설선을 타고 올라왔던 길이건만 무척이나 낯설었다. 하구언이 가로막은 강의 끄트머리에 이르러 그의 아버지는 정체를 알 수 없는 분노를 느꼈다. 분노는 까슬까슬한 모래알처럼 입속을 굴러다녔다. 평소에 느꼈던 분노와는 판이한 새로운 분노였다. 강둑에 있던 컨테이너 사무실에 앉아 그의 아버지는 왜 자신이 하구에서 분노를 느꼈는지 곰곰이 생각해보았다. 그는 아버지가 했던 말을 기억했다―강은 완벽한 대칭이야. 강은 높은 곳에서 시작되어 평지를 지나 바다로 스며드는 일방의 흐름이 아니야. 강은 하늘에서 내려와 하늘로 사라지지. 수많은 지류가 모여 강이 되어 흐르다 하류에 이르면 다시 수많은 지류로 갈라져 바다로 사라지지. 그건 강이 대칭형이라는 증거야. 그러므로 강은 처음과 끝이 똑같은 형태이며 그건 곧 강이 지상에만 존재하는 특별한 완전체라는 뜻이지. 그의 아버지는 동업자에게 했던 이 말을 그에게도 똑같이 했다. 그는 아버지가 분노를 느꼈던 이유를 지금은 짐작할 수 있었다. 하구언이 가로막은 강의 하류는 거대한 저수지로 변하면서 삼각주의 대부분을 삼켜버렸다. 하류에 이르러 다시 하늘로 올라가기 위해 뿔뿔이 흩어진 가느다란 수로 역시 흔적도 없이 사라졌다. 강이 대칭성을 잃었다는 걸 뜻했다. 아버지는 강의 대칭성이 강의 완벽성을 설명해주는 것이라 느꼈기에 부당한 방식으로 강을 무력화한 하구언을 무례한 동맹자로 받아들였다. 그의 아버지는 동업자에게 말했다. 비상하지 못하는 강은 더 이상 신비롭지가 않다네. 나는 저 무례한 녀석들과 동맹을 맺은 적이 없어. 동업자는 반만 수긍했다. 자네 역시 지금까지 강에 충분히 무례했다고는 생각하지 않나? 그의 아버지는 껄껄껄 웃었다. 내가 이 강바닥에서 모래를 퍼 올린 뒤로 한 번도 큰물이 나지 않았지. 그것만으로도 이미 강은 반쯤 내게 스스로 무릎을 꿇은 거야. 동업자는 전혀 동의하지 않았다. 자네가 모래를 얼마나 퍼 올리든 상관없네. 때가 되면 큰물은 나는 거야. 그 말이 그의 아버지를 자극했다. 그때가 바로 오늘이면 좋겠군. 내가 어떤 방식으로 강을 굴복시키는지 자네에게 보여줄 수 있을 테니 말이야. 동업자는 더 이상 대꾸하지 않았다.

그의 아버지는 한층 더 초조해졌다. 그는 자신이 중학생일 때 아버지가 같은 연배의 다른 사내들보다 10년쯤은 더 늙어 보였음을 기억했다. 야적장에는 선별한 모래가 오래도록 쌓였다. 그 사이에도 몇몇 업체가 문을 닫았고 수요와 공급이 얼추 균형을 이룬 시점에서 지지부진한 상태로 몇 년이 이어졌다. 모래를 실고 갈 덤프트럭은 간간이 강변에 나타났으며 준설선 기사들은 적당량의 모래를 채취하면 오후 두 시가 되었든 세 시가 되었든 퇴근해버렸다. 사업 규모는 줄어들었고 모래 채취 현장은 활기를 잃었다. 그러나 강은 여전히 활기차게 흘렀다. 슈퍼 안채의 노인은 낚싯대를 어깨에 걸치고 느릿느릿 매일처럼 같은 길을 왕복했으며 그는 어머니가 마련해준 돈을 품속에 넣고 중장비 학원으로 향했다. 막내는 몇 년 뒤에는 자신도 형처럼 중장비 운전을 배우겠다고 말하지 않았으며 여동생은 말수 적은 여고생이 되어 도시의 학교 근처에서 자취를 했다.

그가 기억하기에 모든 일은 그가 아직 고등학생일 무렵에 시작되었다. 그해 초가을 아버지의 사업은 기울 대로 기울었다. 동업자는 갈등했다. 사업에서 손을 뗄 수는 없었다. 그의 아버지에게 투자했던 자금을 회수할 가능성이 없어서였다. 동업자가 선택할 수 있는 길은 두 가지 가운데 하나였다. 이대로 모래더미처럼 허물어져 강 속으로 침몰하거나 일괄적으로 사업체를 다른 이에게 넘기거나. 그의 아버지는 결코 후자를 선택하지 않을 인물이었다. 그는 초저녁부터 불던 바람이 심상치 않았음을 기억했다. 바람은 뜨뜻미지근했다. 폭풍의 척후병처럼 은밀하게 불어왔다. 평생을 강의 마력에서 벗어나지 못했으나 더는 강에 몸을 담그지 않았던 마을 사람들은 바람의 정체를 선뜻 헤아리지 못했다. 그의 아버지는 저녁밥을 먹은 뒤 방 안에 틀어박혔으나 바람 소리에 귀를 곤두세웠다. 준설선은 안전한 곳에 정박시켰고 선별한 모래가 휩쓸려 가지 않도록 야적장 주위에 콘크리트 둑까지 세워두었다. 밤이 이슥해지자 바람은 노골적으로 불어왔다. 그의 아버지는 외투를 챙겨 밖으로 나갔다. 사무실에서 화투나 치자는 핑계를 대며 직원들을 모았다. 준설선 기사는 공단 근처 술집에서 이미 취해 곯아 떨어졌으나 나머지 직원들은 두말없이 그의 아버지를 따랐다. 바람에 맞선 컨테이너 사무실은 이따금 쇠가 부러지는 소리를 냈다. 그의 아버지는 푼돈을 잃어주며 여러 번 반복해서 말했다. 이제 사람들은 아파트가 아니면 못 살게 될 거야. 헐값으로 넘기게 되었지만 저 모래도 벌써 계약이 되었어. 이틀 뒤에 건설 회사에서 덤프들이 올 거야. 생각보다 불황이 길어졌지만 내 장담하는데 곧 좋은 시절이 올 거야. 그러나 누구도 고개를 끄덕이지 않았다. 이윽고 컨테이너 사무실은 빗방울 듣는 소리로 채워졌다. 자네들은 그대로 있게. 내가 나가서 살펴볼 테니. 그의 아버지는 손전등을 들고 밖으로 나갔다. 굵은 모래알 같은 빗방울이 사방에서 달려들었다. 바람은 휘파람 소리를 냈다. 무엇보다 강이 눈을 뜨고 기지개를 켜는 게 보였다. 빗물이 둑의 사면을 타고 강으로 흘러들어갔다. 설령 홍수 빈도를 어겨 큰물이 난다 해도 시기가 글렀다. 여름 장마도 무사히 흘려보내지 않았던가. 그 시각에 그는 동생들과 마찬가지로 잠들지 못했다. 아버지가 걱정되어서였다.

그의 아버지는 강둑 위로 비틀비틀 걸어오는 동업자를 보았다. 동업자는 어둠 속에서 희디흰 이빨을 드러냈다. 자네들이 여기에 다 모였다는 걸 알고 한달음에 달려왔지. 동업자의 숨결에서 들뜬 술 냄새를 맡을 수 있었다. 이미 화투판을 접은 직원들은 비에 흠뻑 젖은 두 명의 사장이 사무실로 들어오는 걸 보았다. 그들은 무엇을 지키고 감시해야 하는지 납득하지 못한 채 그날 밤을 새우처럼 웅크린 채 졸다 깨다를 반복하며 지샜다. 빗소리는 규칙적으로 들려왔다. 빗줄기는 가늘지도 굵지도 않았다. 다만 언제까지고 그치지 않을 것처럼 끈질기게 내렸다. 어둑어둑한 아침이 왔다. 젊은 미니로더 기사가 다급한 목소리로 잠든 이들을 깨웠다. 강물이 심상치가 않아요. 그의 아버지는 누구보다 먼저 밖으로 나갔다. 강물은 어느새 둔치를 타고 올라 야적장의 콘크리트 제방 앞에서 출렁거렸다. 뒤늦게 달려온 동업자가 탄식처럼 내뱉었다. 상류에 집중호우가 쏟아진 거야. 시간이 얼마 없어. 곧 여기까지 밀려와 범람하고 말 거야.

그는 간밤에 겨우 잠이 들긴 했으나 꿈자리가 사나워 여러 차례 깨어났다. 그때마다 빗소리는 한결같았다. 아버지에 대한 걱정만 밀어둔다면 포근하게 여겨질 법도 한 빗소리였다. 하지만 모든 게 그날 시작되었던 게 분명했다. 그의 아버지는 준설선이 둔치에서 멀어지는 걸 보았다. 준설선과 둔치 사이를 잇는 보드가 끌려갔다. 그의 아버지와 동업자는 보드 위로 달려가 준설선에 올랐다. 다른 직원들이 따라오자 그의 아버지가 고함을 쳤다. 빨리 여기서 꺼지라고 이 멍청이들아! 닻이 풀려나간 준설선에서 그의 아버지는 위태롭게 흔들리는 보드 위로 직원들을 내몰았다. 그들은 둔치로 되돌아갔다. 그리고 두 사장의 사투를 목격했다. 그의 아버지는 새로운 닻을 내리기 위해 안간힘을 썼고 동시에 동업자는 배의 시동을 걸었다. 동업자는 기관을 움직일 수 없었다. 무엇이 잘못됐는지도 알 수 없었다. 동업자는 그의 아버지를 도와주는 쪽을 선택했다. 직원들은 두 사장이 승강이를 벌인다고 생각했다. 흔들리는 배 위에서 두 사람은 씨름 선수처럼 엉겼다. 훗날 그의 아버지가 주장하듯 배가 요동을 쳤기 때문일 수도 있고 많은 사람들이 의심하듯 모호한 동업을 끝장내버리기 위해 그의 아버지가 동업자를 강으로 떠밀었던 것일 수도 있었다. 진실이 무엇이든 술에서 미처 깨어나지 못한 동업자는 강이 내민 손에 멱살을 잡혀 그곳으로 끌려 들어갔다. 직원들은 아무 일도 할 수 없었다. 모래 산은 허물어지는 중이었다. 콘크리트 제방을 넘은 강물이 밑바닥부터 갉아먹으며 올라와 허리를 무너뜨렸다. 직원들은 강둑 위로 슬금슬금 물러났다.

동업자의 머리가 한 번 불쑥 솟았다. 채취 현장 주변의 물에 잠긴 제방에 발이 걸린 게 분명했다. 한동안 그 자리에서 버티던 동업자는 세찬 강물을 타고 흘러갔다. 이번에도 어깨까지 한 번 불쑥 솟았다. 오일펜스를 붙잡은 덕분이었다. 이내 동업자는 펜스와 더불어 떠내려갔다. 동업자는 교각에서 한 번 더 목격되었으나 그게 마지막이었다. 준설선은 끝내 좌초했다. 배는 기울었으나 강물에 완전히 잠기지는 않았다. 배에서 흘러나온 시커면 경유가 흙탕물에 풀려 들어갔다. 기운 배에 매달렸던 그의 아버지는 준설선이 강물 속으로 잠겨들기 직전에야 구조되었다. 흘러넘친 밥물처럼 단내 나는 강물이 십수 년 만에 다시 둑을 넘었다. 그는 물마가 진 길을 첨벙거리며 걸어갔다. 병원에서 본 아버지는 사지에서 돌아온 사람답지 않게 평온히 잠들었다. 그게 아버지의 마지막 단잠이었다. 문병을 온 지역 유지들과 정치인들은 아버지의 열띤 설명에 귀 기울였으나 병실 밖으로 나가는 순간 고개를 저었다. 아버지는 파산했다. 그는 아버지에게 파산이 무슨 의미인지 알았다. 채권자들은 장비와 채취권을 다른 업체에 넘겼다. 더는 모래를 파낼 수 없게 되었다.

아버지는 술에 취해 헛소리를 지껄였고 강물을 다 마셔버릴 기세로 강가에 나갔다가 발 한 번 담그지 못한 채 그림자처럼 흐느적대며 돌아왔다. 모래를 아니 강을 파괴하기 위해 인생의 후반부를 쏟아부었던 아버지는 끝내 자신을 파괴하고 말았다. 그때까지 그에게 강은 저만치 떨어진 풍경이었으나 이제 강은 집 안으로만 흘렀다. 그는 집이 아닌 다른 곳에서 잤다. 그는 특히 불도저의 차갑고 움푹한 버킷 안에서 평온했다. 공병대에 근무하는 동안에는 내무반이 아닌 포클레인 아래서 잤다. 그를 사로잡은 생각은 단 하나였다. 강에 잠긴 선박들처럼 쓸쓸해진 가계를 일으켜 세우는 것이었다. 그가 군복무를 마치고 고향에 돌아와 곧장 골재 업체의 문을 두드렸던 것도 그 때문이었다. 동생들은 그를 달가워하지 않았다. 그가 날마다 모래를 묻히고 돌아와 집 안 어딘가에 흘렸던 탓이다. 그는 동생들과 자신 사이의 거리가 점점 멀어지는 걸 느꼈다. 언제부터였을까. 그는 그리 오래되지 않은 기억 하나를 가슴에 품은 채 꺼내지 않았다. 여고생이었던 동생은 마을의 다른 여학생들처럼 몹쓸 기억을 쪽지에 쓴 뒤 병에 밀봉하여 저녁 강에 띄웠다. 강물이 소용돌이치는 곳이었으므로 다음 날 아침까지도 병이 그 자리를 맴도는 경우가 흔했다. 그들은 흘러가지 못한 병이 자기 것임을 알게 되면 지우고 싶은 과거를 운명으로 받아들였다. 그는 새벽 강에 나가 여동생이 띄운 병을 건졌다. 누구도 찾을 수 없는 먼 곳에 갖다 버릴 생각이었다. 그는 봉인을 훼손하고 싶은 유혹과 싸우느라 기진맥진할 지경이었다. 그러나 이제 그는 확신할 수가 없다. 그때 병을 깨뜨리고 쪽지를 꺼내 읽었는지 그러지 않았는지, 쪽지를 읽었는데 내용을 기억하는지 잊었는지도. 무엇이 사실이든 여동생의 과거는 그의 것이 되었다.

아버지를 더는 사랑할 수 없었고 막내 앞에 당당할 수가 없었다. 대신 그는 꿈속에서 물속을 날고 하늘을 헤엄쳤다. 어머니는 암으로 죽었으나 동생들은 그의 탓으로 여기는 듯했다. 별다른 행동은 없었다. 시선과 숨결에서 느꼈을 뿐이다. 작업을 마치면 강둑에 앉아 어두워질 때까지 시간을 보냈다. 강은 결코 잠들지 않는 것처럼 보였다. 그런 생각만으로도 그는 피로했다. 잠들지 않다니. 그는 학원과 공장을 오가던 시절을 떠올렸다. 눈만 감으면 잠들 수 있었다. 깨어나면 몸이 더 아팠다. 단잠은 아니었어도 그 시간만큼 새로운 기억이 축적되지 않았으므로 만족했다. 분노도 없었고 증오도 없었으며 미래가 불안하거나 자신의 것이 아니라는 생각으로 스스로를 괴롭히지도 않았다. 그는 마음속으로 강의 머리를 쓰다듬었다. 어린 시절 어머니도 그가 잠들지 못할 때면 그렇게 해주었다. 그는 이따금 유령선을 보았다. 닻을 잃은 준설선이 떠다녔다. 그는 강에도 유령선이 있구나라고 중얼거렸을 뿐이다. 강은 이제 아무도 미치게 하지 못한다. 대운하 공사— 일반적인 수로 정비라고 믿는 마을 사람은 없었다. 그들은 더 많은 보상과 혜택을 바랐다. 오래전 그의 아버지가 이루었던 도약이 다시 한 번 실현되기를 바랐다— 가 시작되자 사람들은 전보다 냉정해졌다. 그의 아버지처럼 헛된 열망에 사로잡혀 강으로 뛰어들지 않았다. 그는 준설선에 올랐다가 강물에 비친 자신을 오랫동안 내려다보기도 했다. 강 속 사구들이 어른거렸다. 강바닥에서 솟아오른 슬픔들이었다.

그가 골재 업체의 포클레인 기사로 일한 지 2년째 되던 해 어느 날 강에 300톤급 3천 마력의 준설선들이 등장했다. 그의 아버지는 강가에 나와 손가락질을 하며 분통을 터뜨렸다. 그는 아버지가 마땅히 자신의 소유여야 할 것들을 강탈당한 사람처럼 군다고 생각했다. 아버지는 강이 누구에게도 속하지 않는다는 사실을 모르는 사람 같았다. 이전의 모래 채취업자들이 하루에 채취했던 모래의 100배가량이 한 나절 만에 둔치에 쌓였다. 사십대 후반이 된 사장은 직원들에게 퇴직금을 지불하고 일일이 악수를 했다. 그는 사장의 손이 떠나간 자신의 손바닥에 몇 알갱이의 모래가 쓸쓸하게 남은 걸 보았다. 지난봄 그는 골재원들과 더불어 과천 정부 청사에 항의 시위를 갔다. 승합차에 동승했던 박과 김 그리고 그는 '화염병 사용 등의 처벌에 관한 법률 위반' 혐의로 기소되었다. 조사를 받기 위해 불려갔던 검사실에서 그는 조롱을 당했다. 그는 피곤했다. 경찰서에서 진술했던 내용을 검사에게 반복해서 말했다. 그의 접힌 소매에서 모래가 우수수 떨어졌다. 고향으로 돌아오는 길에 고속도로 휴게소에서 김이 박에게 물었다. 왜 그런 생각을 했냐? 박은 대답하지 못했다. 경찰은 승합차에서 맥주병이 가득 든 상자와 시너가 든 통 그리고 천 조각들을 찾아냈다. 검사는 화염병을 제조하려고 시도했던 게 분명하지 않느냐고 추궁했다. 그는 화염병을 어떻게 만드는지도 설령 그런 게 있다 해도 어떻게 사용하는지도 알지 못했다. 그는 되묻고 싶었다. 이미 강은 활활 타오르지 않았나요. 검사는 이해하지 못할 게 분명하므로 그는 소리 내어 말하지 않았다. 강은 타오르기를 멈춘 불이라는 사실을 검사가 알 리 없었다. 그들은 휴게소에서 연락을 받았다. 폐업을 하고 강을 떠났던 사장이 자살을 했다. 유서가 있다고 했다. 휴게소에서 다시 고속버스에 오른 셋은 각자 다른 자리에 앉았다. 사장은 그의 아버지 밑에서 일한 적이 있다. 아버지의 동업자가 익사했던 그 시절 사장은 미니로더 기사였다. 그는 사장의 말을 기억했다. 나는 빗줄기를 가르며 우리 쪽으로 날아왔던 자네 아버지의 목소리가 생생하네. 자네 아버지는 침몰을 예감했던 거야. 사람들이 뭐라 하든 나는 아직까지도 그처럼 인간적인 목소리를 다시 듣지 못했네. 다른 사람들의 혈관 속에는 강물이 흘렀지만 자네 아버지의 혈관 속에는 용암이 흘렀지. 일부가 내게도 흘러 들어왔네. 그 소리를 듣던 순간에 말이야.

그는 소리 내지 않고 울면서 박과 김도 그럴 것이라고 생각했다. 박과 김은 모래 채취로 잔뼈가 굵었다. 그들은 학원을 다녀본 적이 없다. 기사의 조수로 맞아가면서 기술을 배운 세대에 속했다.

박은 유죄 판결을 받았다. 300만 원의 벌금형이었다. 박은 항소를 포기했다. 김과 그는 무죄 판결을 받았다. 그는 일당을 받고 포클레인을 운전했다. 곳곳에서 구제역에 감염된 가축을 매몰하는 바람에 일자리는 많았다. 버킷에 묻은 핏물을 씻어내며 더는 어떤 버킷이라도 그 안에 들어가지 않겠노라 다짐했다. 어쩌면 그가 한 번쯤 들어가 웅크리고 잠들었던 버킷에도 그런 과거가 있었을지 모른다. 며칠 전 김과 그는 검사가 항소했음을 알리는 법원 통지서를 받았다. 또다시 쓸모없고 지루한 서울행이 계속될 거였다.

그는 말없이 동생들에게 항변했다. 천 조각은 늘 승합차에 실렸던 것이라고 맥주는 마시기 위한 것이라고 시너는 박이 분신을 염두에 두고 실었던 것이라고. 문득 그는 화염병 제조 방법을 알고 싶어졌다. 병 속엔 강물을 담으리라. 그는 둔치에 선 채 작은 돌멩이 몇 개를 강에 던졌다. 박은 왜 그런 생각을 했을까. 그는 박의 대학생 두 딸과 고등학생 아들을 떠올려보았다. 그는 한 번도 자신을 파괴하겠다는 생각을 해본 적이 없었으나 이미 파괴되는 중이었다. 그는 강에 비친 자신을 보며 쓰게 웃었다. 이런 몰골이라면 동생들이 무서워할 만도 하지. 강은 알코올 기운이 휘발되어 맹탕이 된 소주 같았다. 취하고 싶어도 그럴 수가 없었다. 그는 강 한가운데까지 길게 뻗어간 튼튼한 제방을 보았다. 강의 옆구리에 길게 찔러 넣은 검 같았다. 아니 강이 한 자루 칼처럼 반짝 빛을 냈다. 제방 끝에서 포클레인이 직접 모래를 퍼 올렸고 곧장 뒤에 선 덤프트럭에 실었다. 포클레인으로 모래를 채취하는 건 금지된 일이었다. 그들은 퍼 올린 것보다 많은 양의 모래를 바닥에서 도약하게 할 것이었다. 모래는 강 속에서 흘러갈 것이다. 이처럼 강은 날마다 흐리다. 강은 다시 무법자이면서 동시에 법의 수호자인 사람들이 지배하게 되었다. 항소에서 유죄 판결을 받게 된다면 그래서 박처럼 벌금형에 처해진다면 퇴직금의 일부를 혹은 전부를 헐어내지 않을 수가 없었다. 근무 기간이 짧았던 그였기에 퇴직금은 두 달치 월급 정도였다. 그게 아직 남기는 했을까. 그는 점심을 먹기 위해 긴 제방을 걸어가는 포클레인 기사를 보았다. 저 사람은 학원에서 배웠을까 김과 박처럼 날마다 쇠뭉치에 맞아가며 배웠을까. 이윽고 그는 포클레인 쪽으로 휘청휘청 달려가는 사람을 보았다.

김은 둑의 안쪽 경사면에 앉아 강을 보았다. 그를 기다리는 중이었다. 함께 점심을 먹으며 항소에 대처할 방안을 의논하기로 했다. 어차피 이번에도 그들은 국선 변호인의 조력을 받을 수밖에 없었다. 김은 저 멀리 제방 위를 달리는 사람을 보았다. 앞서 간 사람이 포클레인 운전석에 오르자 뒤따라간 사람이 끌어 내리려는 것 같았다. 먼 거리여서 두 사람 가운데 누가 그이고 그의 아버지인지 알 수 없었다. 김의 입에서 신음이 흘러나왔다. 어디선가 고함도 들렸다. 포클레인은 거짓말처럼 강물 속으로 곤두박질쳤다. 뒤에 남은 사람이 그인지 그의 아버지인지는 알 수 없었다. 김은 고개를 저었다가 끄덕였다. 김은 그저 덜덜덜 떨고 있을 뿐이었다. 강이 징발해 간 사람이 누구인지 알 수 없으나 강에서 태어나 뭍으로 기어 나온 최초의 인류처럼 한 사람은 제방 위에 누웠다.

김은 손을 머리카락 사이로 집어넣어 모래를 털어냈다.

강바람이 김의 얼굴을 쓰다듬고 지나갔다.

모래 알갱이가 뒤늦게 떨어졌다.

김은 중얼거렸다.

내가 얘기해준 적이 있던가. 페이로더만 25년. 그런데도 후진이 가장 어렵다네. 웬만하면 그냥 빙 돌아서 뒤로 가지. 하지만 김은 앞에 길이 없는 경우에는 어떻게 했는지를 기억하지 못했다. 김은 강을 물끄러미 내려다보았다. 화요일이었다.

해설

출노령기(出盧嶺記)

김형중

1

프랑코 모레티는 자신의 저서 『근대의 서사시』(새물결, 2001)에서 마르케스가 대표하는 '마술적 리얼리즘'이 특별히 라틴 아메리카에서 탄생할 수 있었던 조건을 이렇게 설명한다.

> 이것은 유럽과는 전혀 다른 문학적 진화의 산물이다. 물론 여러 가지 이유가 있었지만 무엇보다 큰 이유는 3세기 이전에 이단 심문관들이 라틴아메리카에서 유럽 소설을 판매하는 것을 금지했기 때문이다. 이것은 아주 분명한 의도를 가진 검열행위였지만 참으로 기이한 결과를 가져왔다. 왜냐하면 일단 소설이 제거되자 소설의 체제가 유럽보다 빈곤해지기는커녕 훨씬 더 풍요

로워졌기 때문이다. 〔……〕 유럽과 달리 그렇게 됨으로써 모두 휩쓸어버렸을 다른 모든 형식들이 그대로 보존될 수 있었던 것이다. (『근대의 서사시』, p. 361)

모레티가 말하는 '다른 모든 형식들'이라 함은 아마도 구래의 설화나 전설 같은 서사 양식들을 지칭할 것인데, 소설의 금지에 따른 전통 서사의 '보존'이 마술적 리얼리즘을 낳았다는 말이겠다. 바로 이런 이유로 나는 한국에서도 제2의 '마술적 리얼리즘'이 탄생하기를 기대한다는 최원식이나 황석영 등의 논의에 대해 회의적이다. 자본주의가 발달하면 발달할수록 '보존한다'란 말은 오로지 '상품 가치가 있다'라는 의미 외에 다른 내포를 가지지 않는다. 우리 시대에 전통이란 '문화 콘텐츠' 이상이 되기 힘들어 보인다. 게다가 한국의 경우, 3세기 전의 라틴 아메리카에서와는 달리 단 한 번도 소설이 박해당해본 적은 없다. 소설이라는 글쓰기 양식은 일단 수입되자마자 모든 전통적 양식들을 제치고 서사 문학의 왕좌를 차지했다. 이광수 시절부터의 이야기다. 오랜 시간이 지나 영화가 그 지위를 위협하기 전까지는 그랬다는 말이다.

그런데 여기, 스스로를 여전히 '마르케스주의자'라고 지칭하는 한 소설가가 있다.

그는 얼마 안 가 발자크라는 별명으로 불리었다. 합평이 끝난 뒤 뒤풀이 자리에서 반드시 분탕질을 했기 때문이었다. 그는 후배들이 자신을 발자크라 부른다는 사실을 알고 씁쓸한 얼굴로 이렇게 말했다. "나는 마르께스주의자야."(「마르께스주의자의 사전」, p. 77)

혹자들은 (인용한 작품에 등장하는 '그'의 누나들이나 복덕방 고리오 영감 같은 이들) '마르크스주의자'로 잘못 알아듣곤 하지만, 손홍규는 그의 첫 작품집 『사람의 신화』(문학동네, 2005) 시절부터 '마르케스주의자'였다. 기이한 일이기는 하지만 어쨌든 그간 발표한 작품들의 상당수가 그를 마르케스주의자로 인정하게 한다. 소설들 곳곳에서 직접적으로 거론되는 설화적 모티프들은 차치하더라도, 사진 속에서 걸어 나온 죽은 할아버지와 대화를 나누고, 곧 이무기가 될 뱀과 먹이를 나누어 먹고(「사람의 신화」, 이하 『사람의 신화』), 나이를 거꾸로 먹는 소년(실은 노인)과 신화적인 폭우가 쏟아지는 밤을 같이 보내고(「폭우로 걸어들어가다」), 거미-인간(「거미」), 쥐-인간(「장마, 정읍에서」), 소-인간〔「봉섭이 가라사대」, 이하 『봉섭이 가라사대』(창비, 2008)〕, 뱀-인간(「뱀이 눈을 뜨다」), 심지어 이무기 사냥꾼(「이무기 사냥꾼」)까지 등장하는 그의 세계를 '마술적'이라고 부르지 않기는 힘들다. 게다가 그 마술 같은 인물과 이야기들 속에 버젓이 자리한 한국 현대사 100년의 슬프고 거룩한, 혹은 잡스럽고 부조리한 사연들〔『귀신의 시대』(랜덤하우스코리아,

2006)]을 '리얼리즘적'이라고 부르지 않기는 더더욱 힘들다. 그는 분명히 마술적 리얼리스트, 곧 마르케스주의자였다. 그런데 이런 일이 어떻게 가능했을까? 그는 무엇에 기대 스스로를 마르케스주의자라고 칭하는 것일까?

종종 마술적 리얼리즘의 가능성을 (그리고 한계도) 보여준 예외적 작가들이 없었던 것은 아니다. 가령 임철우의 '황천 이야기' 연작과 『백년여관』(한겨레출판, 2004)이 있고, 성석제의 『순정』(문학동네, 2000) 같은 작품들이 있다. 그리고 이 경우, '마술'의 비밀은 이 작품들의 시간적 · 공간적 배경에 있었다. 임철우의 황천은 일상적 공간이 아니다. 그곳은 실존할 법한 물리적 공간이라기보다는 고립되고 폐쇄된 설화적 공간이다. 그러므로 그 안에서는 현실에서와는 완전히 다른 방식으로 시간이 흐르고 사건들이 일어난다. 『백년여관』에서도 사정은 마찬가지인데, 특유의 샤머니즘적인 해원 서사가 가능해지는 것은 바로 이 소설의 배경인 고립된 섬과 오래된 여관이 지극히 신화적인 공간이기 때문이다. 유사하게 성석제 소설의 경우 이런 역할을 전근대 소읍 도시(주로 '은척'이라 불린다)가 맡는다. 충분히 근대화되어 있지 않은 곳에서는 이야기들이 승한 법이고, 전근대적인 시공에서 일어나는 일들의 개연성에 대해 독자들은 쉽사리 너그러워지는 법이다. 언젠가 나는 그런 시공간을 일컬어 마술사의 휘장과 같다고 한 적이 있는데, 휘장이 사라지면 마술은 금방 들통이 나게 마련이다.

손홍규의 경우도 예외는 아닌데 그의 소설들에서 마술사의 휘장 역할을 하는 것은 다름 아닌 '노령(盧嶺)'이다. 『귀신의 시대』 초반부, 마치 지난 시절의 이야기꾼처럼 말이 많고 논평을 자제할 줄 모르는 서술자는 이렇게 말한다.

> 이 지랄 맞은 애사와 같은 숱한 사연들이 저 노령산맥의 깊은 그늘에는 얼마나 많이 매장되어 있을까. 노령산맥의 그늘은 지난날의 이야기가 채굴도 되기 전에 오늘의 이야기가 다시 매장되어 앞선 이야기를 화석으로 만들어버리는 곳이 아닐까. (『귀신의 시대』, p. 50)

노령산맥의 깊은 그늘에 매장되어 있는 숱한 사연들, 그리고 그것들이 채굴도 되기 전에 다시 매장되는 오늘날의 이야기들이라고 했다. 그간 손홍규의 소설들은 거의가 그곳에서 직접 '발굴'된 지난 이야기들이거나, 최소한 그 노령의 자장권에서 형성된 오늘날의 이야기들이었다. 오래된 설화와 저개발의 고독과 피로 얼룩진 역사와 산맥의 원시적인 정기와 소외된 농촌의 원한을 간직한 노령이야말로, 이 놀라울 정도로 의뭉스럽고 노련한, 젊은 작가의 마르지 않는 소설적 자양분이었고, 그 마술적인 이야기들을 가능하게 하는 '휘장'이었으며, 든든한 버팀목이자 거대한 보호막이었다. 달리 말해 노령이라는 울타리가 손홍규 소설 특유의 마술, 곧 '비동시적인 것들의 동시성'을 가능케 했다.

2

흔히들 지난 시절의 유산이란 부질없다고 말하지만, 전근대의 마술적 이야기들에도 미덕은 있다. 가령 루카치가 『소설의 이론』(문예출판사, 2007) 첫 문장에서 향수 어린 어투로 그리스적 총체성의 상실을 한탄하자, 그가 속한 유럽의 근대 문명이 낯설고 하찮은 것이 되어버리는 이치가 그 좋은 예인데, 전근대적 감수성은 항상 근대성의 매몰참과 근대인의 왜소함을 되돌아보게 한다. 하늘에 떠 있는 별들을 보고 가야 할 길의 지도를 그리던 이들에 비하면 우리는 얼마나 왜소하고 물화되어 있으며 소외되어 있는가? 어떤 현재도 찬란했던 과거에 비교되면 낯설고 추한 무엇이 된다.

그러나 한편으로 전근대적 향수는 흔히 근대적 문제들에 대한 '상상적 해결' 이상을 결과하지 못한다는 한계도 지닌다. 마르케스의 '마콘도'가 필연코 몰락할 수밖에 없었던 이유도 거기에 있을 것이다. 전근대는 근대를 비판하는 거점은 될 수 있을지언정, 근대에서 발생한 이러저러한 문제에 현실적인 답을 가져다주지는 못한다. 한국 소설의 경우도 이는 마찬가지인데, 같은 이유로 임철우와 황석영은 결국 그 낯익은 샤머니즘의 서

사로 돌아갈 수밖에 없었던 듯하다. 그리고 내가 보기에 한국적 샤머니즘은 해원 서사 이상이 아니고, 해원이란 항상 현실적 갈등의 상상적 봉합 이상이 아니다.

다행인 것은 손홍규가 이 길을 택하지 않았다는 점이다. 임철우와 황석영이 한국 근대사의 참혹한 상처들에 대한 애도를 상상적으로 완성하기 위해 전근대로 되돌아갈 때, 손홍규는 그것의 비극적 소멸을 미리 예감하고 그곳에서 걸어 나온다. 그의 노령은 처음부터 무너져가던 담장과 같은 것으로 기록된다. 「봉섭이 가라사대」에서 우사가 무너질 때, 『귀신의 시대』에서 전설적 황소가 죽고 노령에 터널이 뚫릴 때, 작가는 자신이 속한 설화적 세계가 이미 무너져가고 있음을 이해하고 있다. 「아이는 가끔 돌아오지 못할 길을 떠난다」의 어린 주인공은 끊임없이 탈노령을 꿈꾸고 시도하지 않았는가? 어린 인류는 무너져가는 곳에 둥지를 틀지 않는다.

손홍규의 주인공들이 자신을 보통의 인류와는 완전히 다른 족속으로 여기는 자학적 감정을 갖게 된 기원도 여기로 보인다. 이제 막 상상적 질서에서 걸어 나와 상징적 질서에 편입되려는 자의 막막함, 두려움, 열패감 같은 것이 그의 주인공들을 사로잡는다. 그들에게 세계는 낯설고 자신들은 이방인이다. 여기 그 좋은 예가 있다.

> 그를 처음 만난 날 나는 나만의 언어로 나 자신과 이야기하고

있는 중이었다. 이건 참으로 표현하기 곤란하다. 왜냐하면 나의 언어는 아직 문자를 갖지 못했기 때문이다. 굳이 소리를 따라 표현하자면 밝금팽춣남긺럼좋향츕비슕…… 과 같은 암호가 되고 만다. 나는 그때 이런 말을 중얼거리고 있었다. 계문강목과속종, 척추동물문, 포유강, 영장목, 사람과, 사람속, 사람. 그 어디에도 나는 속하지 않는다. 그렇다면 나는 계(界)에도 속하지 않는 게 아닐까. 나는 헛것에 지나지 않는 게 아닐까. 나는 존재하지 않는 게 아닐까. (「사람의 신화」, p. 11)

그가 아직 제대로 된 문자의 세계에 진입하지 않았다는 말은 그가 언어로 이루어진 상징적 질서를 채 받아들이기 전의 상태에 있다는 의미다. 손홍규의 어리거나 젊은 주인공들은 노령에서 벗어나야 하지만, 노령 밖의 언어를 모른다. 그럴 때 스스로를 비인, 동물, 육손이, 괴물, 귀신 등으로 여기는 자학적 감정이 탄생한다. 그러나 따지고 보면 그 잃어버린 총체성의 시절에 대한 향수와 그것의 상실을 알면서도 포기하지 않고 찾아 헤매는 자학적 감정이 소설을 만드는 것이 아니던가? 손홍규의 어린 주인공들이 대개 글솜씨가 있고, 이야기를 잘 만들며, 훗날 소설가가 되기를 꿈꾸는 것은 그러므로 전혀 이상한 일이 아니다. 그들이야말로 루카치가 말한 '문제적 개인'이기 때문이다.

게다가 그런 자학적 감정이 손홍규 소설에 가져다주는 이점은 생각보다 그 규모가 크다. 스스로를 정상적인 상징적 질서에 편입되지 못한 타자로 인식하게 하는 그 자학적 감수성이야말로, 훗날 그들이 노령을 벗어났을 때, 자신 이외의 다른 타자들에 대한 연민과 연대감의 기초가 되어줄 것이기 때문이다. 그런 의미에서 장편소설 『이슬람 정육점』(문학과지성사, 2010)은 노령이 작가 손홍규에게 준 최고의 선물이다. 그에게 스스로를 타자로 인지하는 능력이 없었다면, 터키 출신 무슬림 하산의 종교적 신념과 지혜에도, 그리스 출신 야모스 아저씨의 신화적 비유들과 천성적인 게으름에도, 알콜 중독자 열쇠장이 노인의 선문답에도, 주기도문을 잊어버린 전도사의 절망에도, 말더듬이 유정의 그 아름다운 언어들에도, '맹랑한 녀석'의 지독한 짝사랑의 아픔에도, 그림자처럼 살아가는 이맘의 고독한 침묵에도 그는 결코 반응하지 못했을 것이기 때문이다. 그리고 무엇보다도 그들을 모두 한데 모아 '가이아' 같은 안나 아주머니의 식당에서 맛있고 따뜻한 국밥을 한 그릇씩 먹이고, 트럭 한 대를 빌려 그 기이하게 아름다운 소풍을 감행하게 하지는 못했을 것이기 때문이다.

그러나 우리는 『이슬람 정육점』 시절까지도, 손홍규가 여전히 노령의 자장권 안에 있었다고 말해야 한다. 설사 이 장편의 어린 주인공이 노령 출신이 아니고(그는 고아원에서 하산에 의해 입양된다), 또 배경이 서울 어디 변두리의 가난한 산동네라 하더라도 사정은 달라지지 않는다. 안나 아주머니 때문이다. 소설 속에서 그녀는 먹이고 치유하는 가이아 여신 같은 존재로 그려지는데, 그런 의미에서 이 소설은 그녀가 만들어내는 어떤 모성적 공동체에 관한 이야기다. 오로지 그녀가 만들어내는 밥과 그녀가 안아주는 품 안에서만, 정상/비정상의 경계가 사라지고 인종과 피부색의 경계도 사라지고, 가난은 죄가 되지 않는다. 그 마을은 분명 아직 노령이다. 안나가 노령이기 때문이다.

먼 길을 돌아왔지만 손홍규의 다섯번째 책이자 세번째 소설집 『톰은 톰과 잤다』에 대한 이야기는 여기서부터 시작한다. 이 소설집은 명실공히 손홍규의 '탈노령기'란 수사에 값한다. 노령을 떠난 손홍규가 서울로 표상되는 근대의 상징적 질서 속에서 무엇을 보고, 무엇을 느끼고, 무엇을 쓰려 했는가를 기록한 것이 바로 이 책이기 때문이다.

3

자크 라캉이 말한 특권적 기표로서의 남근을 운운하지 않더라도, 상징적 질서란 대개 아버지가 부여하며 명령문(혹은 위엄 있는 청유문)의 형태를 취하기 마련이다. 그것에 대한 저항과 받아들임이 한 주체를 상징적 질서 내에 안착해 주체로 살아가게 한다. 앞서 손홍규의 어린 주인공들은 일찍부터 이야기를 잘하고 글도 잘 썼다고 했거니와(그 외에 다른 것은 못한다), 그래서인지 이번 소설집의 주인공들은 기이한 아버지를 두었다. 아버지는 회상의 형식으로 소설 곳곳에서 등장한다. 그것도 엄하거나 훈육적이라기보다는 결여를 가진 대타자의 모습으로. 그 역시 노령의 사람이었고, 그랬던 탓에 매몰찬 근대성(노령에 터널을 뚫어버린)에 적응하지 못하고 비운의 죽음을 맞은 것으로 그려진다.

그런데 그가 남긴 유언이 있다. 마치 죽었으나 모호하고 거부할 수 없는 어떤 명령문의 형태로 햄릿의 주변을 떠나지 않던 부왕처럼, 혹은 존재하지 않게 되면서 더욱 그 존재감을 발휘하는 '투명인간'처럼 말이다. 그 유언은 이렇다.

> 그즈음 나는 열병을 앓는 사람처럼 쉬이 달아오르곤 했다. 아버지의 장례를 치른 뒤였다. 장지에서 돌아올 때 고모는 내게 아버지의 유언을 전했다. "시인이 되어달라더구나."(「증오의 기원」, p. 174)

기이한 아버지다. 이 같은 시절에 시인이 되어달라고 명령하는 아버지라니(노령에는 지금도 더러 저런 아버지들이 있다). 그러나 일단 저 명령문이 아버지의 입을 통해 발화되어버린 한 다른 방도는 없다. 상징적 질서의 도입자 아버지가 시인이 되어달라고 했으니 그는 이제 꼼짝없이 시인이 되어야 한다. 달리 말해 이제 청년이 되어 노령을 떠난 손홍규의 주인공들은 서울이라는 근대적 공간 내에 '시인'으로서의 주체 위치를 점하기 위해 노력해야 한다. 그렇다면 마치 기획이라도 한 듯이 두어 편을 제외하고 이 작품집에 실린 단편들 모두가 예술가 소설로 읽히는 것도 이상한 일이 아니다. 어떻게 시인이 될 것인가? 어떻게 소설가가 될 것인가? 궁극적으로 문학이란 무엇인가? 이 질문들에 대한 젊은 시절 (지금도 젊지만) 손홍규의 고뇌가 고스란히 이 단편들에 담겨 있다.

그러나 저 질문들은 작가가 해결해야 할 질문들이고, 나 같은 독자에게는 우선 다른 질문이 먼저 떠오른다. 그는 스스로를 마르케스주의자(「마르께스주의자의 사전」)라 칭했다. 내 식으로 바꾸어 말하자면 그는 '노령의 사내'다. 유소년기 내내 노령에 빚진 게 아주 많다. 그런 그가 이 차갑고 비정한 도시 서울에서 어떻게 살아가며 문학을 할 것인가? 아니 살아갈 수는 있겠는가? 물론 근근히 살아가기는 한다. '매기'처럼.

> 우리는 키가 다 커버린 나이 많은 애송이에 지나지 않았다. 매기. 어쩌면 이미 우리가 매기였는지도 모른다. 매기들은 누구와 결혼하여 아이를 낳아야 할까. 또 다른 매기만이 유일한 배우자겠지. 그리하여 근친혼을 거듭하다 결국 도태되어 사라지겠지. 그럼에도 끝없이 되풀이되어 어디에선가 매기가 탄생했다가 소멸하겠지. 그가 속으로 이렇게 생각하리라는 걸 나는 알았다. 처음부터 그 모든 걸 알았다. 우리는 서로 달랐고 또한 비슷했다. 이 세상을 두려워한다는 점에서 일치했고 처음부터 이런 세상과

는 어울리지 않는 사람들이라는 점에서도 그러했다. (「내가 잠든 사이」, p. 65)

그는 자신과 연인을 '매기'에 비유한다. 매기는 수퇘지와 암소가 흘레붙어 낳은 변종 괴물이다. 그러니까 그는 여전히 노령의 사내다. 스스로를 정상적 상징 질서의 내부인으로 생각하지 않고, 비인이자 괴물, 끔찍한 타자성의 표식을 가진 외부적 존재로 인식하는 노령의 사내다. 그는 애초부터, 그러니까 노령에서 보낸 유소년기부터 이미 자신이 이 세상에 어울리지 않는 구타유발자란 사실에 대해 너무도 잘 알고 있다. 이 작품집에 등장하는 거의 대부분의 사람들이 다 매기의 존재 형식을 취하고 있는 것도 같은 이유로 읽힌다. 그들은 모두 비루하고 졸렬하고 가난하고 엉뚱한 경계인들인데, 그 매기들은 결국 근친혼 속에서 살다 종래에는 소멸할 운명들을 타고났다. 노령의 사내는 서울에서 뼛속까지 타자였던 것이다. 시공이 완전히 다르기 때문이다. 그러니 다시 질문해야 한다. 이들은 어떻게 저토록 적대적인 세계에서 문학을 하며 살아남을 것인가? 노령의 아버지가 부여한 시인됨의 삶을 어떻게 살 것인가? 가능성은 두 가지로 보인다.

한 가지는 노령으로 돌아가는 것, 그것은 아마도 황석영과 임철우의 길일 것이다. 그러나 손홍규는 이 길을 택하지 않았다. 구질구질하고 비좁고 인간의 거주지라기보다는 거의 짐승의 서식지에 가까운 골방들을 전전하면서 비자발적 유목의 삶을 택하더라도(이 소설집은 그가 전전한 방들에 얽힌 자전적 개인사라고 읽어도 무방하다), 그는 서울에 남는다. 그렇다면 나머지 한 가지 가능성은 무엇인가? 이렇게 말해도 된다면, 그것은 바로 서울에서 노령을 찾는 길이다. 그리고 무모하게도 손홍규는 이 길을 택했다. 그리고 나는 그가 택한 이 길에 '불멸의 형식 찾기 서사'란 이름을 붙여주고 싶다.

4

만약 '불멸의 형식'이 우리가 존재하는 상징적 질서 '너머'에 있을 것이라고 생각하는 낭만적 독자라면 이번 소설집에 큰 기대는 걸지 말아야 한다. 앞서 언급한 것처럼 이 소설집은 노령을 떠나온 젊은 소설가 지망생이 하루하루를 동족인 매기들과 다투고 놀고 마시고 사랑하는 이야기들로 이루어져 있기 때문이다. 기대와 달리 비루하고 졸렬한 경계인들의 무모한 실패담만 발견하게 되기 십상이다. 그러나 만약 어떤 '불멸의 형식'도 저 '너머'에 존재하는 것이 아니라 우리가 살아가는 상징적 질서 그 안에 일종의 균열이나 예외로서 존재한다고 생각하는 현명한 독자라면, 이번 소설집에 크게 기대를 걸어도 좋다. 소설집 『톰은 톰과 잤다』 도처에는, 우리 시대에도 어떤 불멸의 형식이 가능하다면, 그것을 이루는 요소들은 무엇이어야 할 것인가에 대한 통찰과 암시로 가득하다.

그 첫번째 요소는 '권총' 혹은 '증오'이다.

> 나는 시멘트 바닥에 녹슨 못으로 권총을 그렸다. 이게 선에 머물지 않고 진짜 권총이 되는 회화의 경지와 똑같은 형태의 소설이라고 말해주었다. (「무한히 겹쳐진 미로」, p. 165)

> 나는 가끔 내 눈을 들여다본다. 혹시 그가 보이지 않을까 싶어서. 증오를 모르면서 내게 증오를 가르쳐준 쁘띠가. (「증오의 기원」, p. 201)

첫 인용문의 화자는 쓰려는 소설이 무엇이냐는 미대생들의 질문에 권총 그림으로 답한다. 화가들이 이차원의 평면에 살아 숨 쉬는 권총 한 자루를 그려내려는 꿈으로 살듯, 그가 꿈꾸는 것은 문장들 그 자체가 하나의 무기가 되는 경지의 소설이다. 두번째 인용문의 화자가 스스로 가장 경계하는 것은 자신에게 증오를 가르쳐준 '쁘띠'(프티부르주아)의 눈빛을 제 눈에서 읽게 되는 사태다. '증오를 모르는 자'가 되어버리는 것에 대한 끝없는 자기 성찰에의 다짐, 그것은 권총을 문장으로 쓰고 말겠다는 소설가의 다짐과 통한다. 작품집 마지막에 실린 「화요일의 강」은 그 포기되지 않은 정당한 증오가 이 맹목적인 근대적 상징 질서의 아주 깊은 치부에까지 미치고 있음을 확인하게 하기에 족하다. 그리고 내가 보기에 이 증오 역시 노령이 그에게 물려준 유산이다. 왜냐하면 우리는 노령 인근의 한 도시에서 권력이 행한 일에 대해 작가 손홍규가 얼마나 오랫동안 소설적 복수('테러리스트' 연작)를 꿈꿔왔는지 잘 알고 있기 때문이다. 이즈음 권력은 비슷한 일을 '강'에 대해 저지르고 있다. 「화요일의 강」은 그 강에 대한 증오의 이야기다.

손홍규가 꿈꾸는 '불멸의 형식'을 이루는 두번째 요소는 '고통을 보는 눈'이다.

> 나는 눈을 뜬 채 아무것도 보지 못했으므로 영혼이 실명한 것이나 마찬가지였다. 배가 고팠을 그를 어딘가에 누워 깊이 잠들고 싶었을 그를 창밖에 홀로 내버려둔 것만 같았다. 다정하고 귀중했던 나의 그는 오래도록 쓸쓸했던 것이다—내가 오래도록 맹시(盲視)였듯이. (「내가 잠든 사이」, p. 69)

인용문은 자신의 고통만을 들여다보느라, 오랫동안 주변을 서성거렸을 연인의 고통을 살피지 못한 자의 고백이다. 이제 그는 말한다. 타인의 고통을 보지 못하는 자는 맹시, 곧 소경과 같다고. 알다시피 등단 초창기부터, '타인의 고통'이라는 주제에 관한 한 작가 손홍규가 지닌 감수성은 놀라울 만큼 예민했는데, 매기와 같은 삶을 살아본 자만이 매기와 같은 삶을 사는 자들의 고통을 이해할 수 있기 때문일 것이다. 『이슬람 정육점』에서 빛을 발했던 타인의 고통에 대한 공감력이 이 소설집 곳곳에서도 빛을 발한다. 이 역시 노령이 그에게 물려준 유산일 것이다. 노령은 수많은 고통들의 산맥이 아니던가.

그리고, 마지막 요소, 그것은 이것이다.

愛

읽고 있는 활자와 달리 '사랑'을 뜻하는 저 글자는 원래 붉은색이었고, 박형규란 사내의 피로 하얀 손수건 위에 씌었으며, 번지고 흘러내려 그 글자를 알아보기 힘든 상태였다. 작가는 "피에 흠뻑 젖어 무슨 글짜를 썼는지 알 수 없게 된 손수건에서 愛만을 추출할 수 있는 기술이 발명되기 전까지는 아무도 그의 절망을 이해하지 못할 것이다"(「불멸의 형식」, p. 141)라고 말하지만, 눈 밝은 독자는 손홍규의 소설들에서 저 붉게 타오르는 글자 하나를 추출해낼 수 있다. 그에게 불멸의 형식을 이루는 제일의 요소는 "끝없이 번져가는 그래서 종국에는 무엇으로 시

작되었는지 알 수 없는" '사랑'이다. 오로지 타인에 대한 사랑을 위해 자신을 소멸시킴으로써 궁극적으로는 자신의 불멸을 완성한 박형규야말로 불멸의 형식의 발견자고, 완성자다. 그가 얼마나 비루한 삶을 살았고, 무모했으며, 엉뚱하고, 게으르고, 유아적이었는지 소설을 읽은 우리는 알고 있다. 그러나 바로 그처럼 졸렬한 삶, 우리의 삶과 전혀 다르지 않은 삶, 그 안에서 불멸의 형식이 싹튼다. 타인에 대한 절대적 사랑이 그것을 가능하게 한다. 그리고 그 사랑은 번지고 전염되기까지 한다.

그런 이유로 나는 표제작 「톰은 톰과 잤다」 말미에서, 화자가 그립다고 말한 판도라 상자 속의 마지막 관념, 그것이 무엇인지 알 것만 같다. 희대의 난봉꾼 톰은 그날 밤, 선아의 몸 위에서 타인이 되어버린 자신을 안았다. 아니, 자신이 되어버린 타인을 안았다. 그날 그 역시 불멸의 형식을 완성했던 것이다.

그가 남긴 상자 속에 남아 있던 마지막 관념, 그것은 그러므로 다시 '사랑'이다.

작가의 말

한 편의 소설을 쓰는 일은 눈을 뜬 채 지독한 꿈을 꾸는 것과 비슷해서 아직 동살이 잡히지 않은 새벽녘 나는 참 많이도 홀로 쓸쓸했다. 삶은 늘 그 시각에 머문 듯했고 소설은 언제나 멸망 직전이었다. 전멸하지 않기 위해 사투를 벌였으나 무엇과 그토록 싸워왔는지 알 수가 없다. 고단하다.

사연이 담긴 말들을 주우며 살아온 지 여러 해 되었건만 돌아보면 거기에 내 사연은 없는 듯하다. 내 삶은 사연이 될 만큼 무르익지도 못했으며 앞으로도 그럴 가능성은 적어 보인다. 오랜 세월 헛짚었다. 잃어버린 낱말은 추문이 되었고 간직해서는 안 될 추문을 무척이나 오랫동안 품고 살았다. 손안에 남은 몇 개의 낱말들만이 내 문장이다. 몸을 둥글게 만 채 살아남은 기억들만이 내 글이다. 기억이 사라지는 날 나 또한 기꺼이 사라지겠다. 그날이 오기를 열망한다. 아무쪼록 어서 오시길.

「투명인간」은 아버지에 대한 이야기다. 당신은 단 한 편의 시도 쓰지 않았으나 이미 시인이다. 「내가 잠든 사이」는 세 해 잇따라 구안와사를 앓지 않았다면 쓸 수 없었을 것이다. 「마르께스주의자의 사전」은 그해 여름을 잊을 수 없는 이들에게 바친다. 그이들은 충분히 아름다웠다. 「불멸의 형식」 「무한히 겹쳐진 미로」 「증오의 기원」 「톰은 톰과 잤다」는 그 시절을 살았던 문청들이 흔히 겪어야 했던 신화 같은 현실을 각색한 것이다. 「얼굴 없는 세계」는 용산참사를 지켜보며 무력했던 나날들을 견디기 위해 썼다. 「화요일의 강」은 선배 소설가들에 대한 오마주다.

소설집을 묶으려니 앞으로도 계속 쓸 수 있을까라는 의문이 맴돈다. 언제는 안 그랬던가. 앞으로도 고단하겠다. 책을 묶어주신 문학과지성사 편집부에 감사드린다. 해설을 써주신 김형중 선생에게도 감사드린다.

2012년 6월

연희문학창작촌에서 손홍규

수록 작품 발표 지면

투명인간 『창작과비평』 2009년 겨울호

내가 잠든 사이 『문학사상』 2010년 5월호

마르께스주의자의 사전 『문학과사회』 2010년 가을호

불멸의 형식 『문예중앙』 2008년 여름호

무한히 겹쳐진 미로 『현대문학』 2011년 1월호

증오의 기원 『문예중앙』 2010년 여름호

톰은 톰과 잤다 『작가세계』 2010년 봄호

얼굴 없는 세계 『현대문학』 2009년 10월호

화요일의 강 『실천문학』 2011년 여름호